Bernard Lovink

De Sumatraanse bruid

novum ◣ pro

Dit boek is ook als
e-book
verkrijgbaar.

www.novumpublishing.nl

© 2022 novum publishing

ISBN 978-3-99131-206-2
Geredigeerd door: Ine van Gerwe
Omslagfotos: Denis Tevekov,
Paop | Dreamstime.com
Ontwerp omslag, lay-out & typografie:
novum publishing

www.novumpublishing.nl

Climate neutral
Print product
ClimatePartner.com/16547-2201-1002

Lieve Andreas (André)

Ik ga niet in op de reden van mijn vertrek. Als je die niet vermoedt, zullen Petra en Monique je die vertellen; dat heb ik destijds met ze afgesproken. Ik bied je mijn excuses aan voor de manier waarop ik uit jouw leven ben geglipt. Elke andere ma-nier zou mijn hart hebben gebroken, en misschien breekt het binnenkort alsnog. Ik woon voorlopig bij mijn moeder en haar man. Ik heb een tijdelij-ke baan als receptioniste in een hotel in Palembang. Het is dom werk maar ik heb tenminste iets. Na verloop van tijd, als ik vast werk heb gevonden, ga ik op mezelf wonen. Ik kon terug naar Indonesië omdat mijn moeder het een en ander heeft 'geregeld' en omdat ik net voldoende geld had voor het ticket. Mijn nieuwe stiefvader heeft al gezorgd voor een verblijfsvergunning. Ik wil me tot Indonesische laten naturaliseren. Omdat ik hier geboren ben, en dat aan kan tonen, zal dat allemaal een stuk makkelijker gaan. Ik denk spoedig vast werk te vinden want hier in de stad zijn heel wat firma's die zaken doen met Europese bedrijven, waaronder ook Nederlandse. Mijn stiefvader weet dit allemaal. Ze zitten hier nogal verlegen om mensen die de Engelse en ook de Nederlandse taal goed kunnen. Maar voor ik een vaste baan kan aannemen moet er eerst uitzicht zijn op mijn naturalisatie. Met al die politieke en sociale onrust in Indonesië op het moment (ook hier op Sumatra heerst een zekere buitenlanderhaat) kan dat allemaal nog een tijdje duren. Ook zijn er op het moment overal bosbranden, soms moet zelfs overdag het licht op.
Lieve Andreas, ik vind het vreselijk dat het allemaal zo gelopen is. Voor mij omdat ik zo van je hou, en veel meer nog voor jou omdat ik zomaar, op kousenvoeten, uit jouw leven ben weggeslopen en omdat ik weet hoeveel ik de afgelopen tijd voor jou ben gaan betekenen. Ik had je zo graag naast me gehad, jouw stem, jouw adviezen, jouw warmte. Ik heb een heel moeilijke tijd hier en ik

klamp me vast aan wat moeder, die erg met me te doen heeft, een paar dagen geleden tegen me zei. Ze is ervan overtuigd dat jij en ik van die mensen in de wereld zijn die werkelijk bij elkaar horen, elkaar hebben getroffen, bij elkaar hebben stilgestaan, elkaar omarmd en elkaar toch weer laten gaan. Moeder kan daar verdrietig om worden, en ze is daarom eigenlijk ook niet blij met m'n besluit, hoe fijn ze het ook vindt dat ik nu bij haar terug ben. Ze had jou willen zien, in haar armen sluiten, je schoonmoeder willen worden. Ze zei (en ik weet Andreas dat je nu je hoofd schudt, maar dat kan me niks schelen), ze zei dat ze gelooft in een leven na de dood. Een leven waarin die mensen die echt bij elkaar horen — zeg maar voor elkaar bestemd zijn zoals jij en ik —, dat die mensen dan ook voorgoed bij elkaar zullen zijn en dat in dat hiernamaals (ik zie je nog steeds je hoofd schudden) tijd en leeftijdsverschil niet meer bestaan. Een tijdloos iets dus. Je weet Andreas, ik ben niet zo gauw onder de indruk van zulke verhalen, maar ik klamp me er gek genoeg nu toch aan vast. Ze zijn op het moment mijn enige houvast.

Lieve André, ik zou willen dat je me de dingen die zijn gebeurd niet al te kwalijk neemt. Misschien word ik een keer gestraft voor wat ik je heb aangedaan. Dat is dan mijn verdiende loon. Ik geef jou niet mijn adres omdat ik vrees dat je dan dingen gaat doen waar we allebei spijt van kunnen krijgen. Ik zal na verloop van tijd nog één keer weer naar Nederland komen. Ik zal vanuit de verte naar je huis kijken en wachten tot ik je thuis zie komen of je de deur uit zie gaan. Ik wil dan een glimp van je lieve gezicht opvangen en op grond van jouw gezichtsuitdrukking oordelen of je gelukkig bent. Ben je (weer) gelukkig, dan ben ik dat ook; zie je er ongelukkig uit, dan zal ik ook ongelukkig zijn en het mijn leven lang blijven. Dat is dan mijn lot, mijn straf.

Saja tjinta padamoe,
je Imke.

Palembang, 18 maart.
P.S. Familie De Vries heeft intussen ook een levensteken van me gehad.

6

1.

"Jammer dat je er al vandoor moet, André."

Ze zit op de rand van het bed, is wat moeizaam overeind gekomen. Ze heeft de leeftijd waarop het al inspanning kost om het lichaam van horizontaal naar verticaal te verplaatsen. Zesendertig telt ze, de eerste onbestemde bladzijden van het middelbaar. Niettemin, hoeveel frisser dan mijn capitulerende jaren.

Lena trekt een paar nieuwe tissues uit het doosje, drukt ze tegen haar kruis om het weglekken van mijn sperma tegen te gaan. Ooit kon haar dat niets schelen, vandaag wil ze het risico van een vlek in het laken uitsluiten. Toch weigert ze een handdoek, 'omdat hoeren dat doen'.

"Dat was wel een hele lading trouwens," grinnikt ze. "Een voltreffer. Eentje als vanouds. Zo heb ik ze 't liefst."

Als vanouds? Vluggertjes zijn bij mannen altijd voltreffers, dame. De perfecte regeling van moeder natuur om ook bij haastig seksueel contact nageslacht veilig te stellen. De doortrekkende frontsoldaat en ander kwetsbaar passantenvolk dienen wel nog de kans geboden hun erfelijk materiaal door te geven.

Als vanouds. Na al die jaren waarin de relatie… Want het pijnlijke gezegde wil dat mevrouw je wel heimelijk en bij voorkeur op onregelmatige tijdstippen aan de achterdeur moet blijven ontvangen omdat anders de lol er gauw af is. Ons stiekeme en aanvankelijk onregelmatige treffen is allang verworden tot een arrangement van vaste ontmoetingen op voor ons beiden meest geschikte uren. Ons *cinq-a-sept* beslaat overwegend de maandag- en donderdagmiddagen.

"Ik hoop dat het een beetje gezellig wordt," zeg ik ontwijkend. Ze is in een stemming om uitgebreid invulling te geven aan het naspel, het haar altijd heilige naspel, dat dan onveranderlijk eindigt met nóg een coïtus. Maar ik moet me haasten; zelfs voor een douche ontbreekt me vanmiddag de tijd.

"Wanneer hoor ik iets van je?" Ze staat nu achter me; met haar vrije hand borstelt ze mijn colbert af, pikt een grijze haar weg. Ze laat me omdraaien om de knoop van m'n stropdas te inspec-teren. Ik beloof haar morgen te bellen, leg mijn armen om haar middel, trek haar tegen me aan, vlij mijn wang tegen de hare. Zij slaat háár armen om me heen; eerst de ene die ze vrij heeft, dan ook de andere, waardoor het propje tissues met het bleekgele vocht uit mijn scrotum op m'n schouder komt te rusten.

Lena ziet wat ik vanuit m'n ooghoeken zie, laat het propje val-len. Dan zeg ik, naar beneden knikkend: "Daar ligt een toe-kom-stig Damstraatje." Dat waren haar woorden toen ze een paar jaar geen pil gebruikte en we wel onbeschermd vreeën voordat ze me een condoom aanreikte: "Oppassen lief, anders woont er straks een Damstra in me." En dan beschreef ze met haar hand die golfbeweging over haar buik die me zo lief is en die de suggestie moest wekken dat ze hoogzwanger van me droeg.

Ze drukt haar knie tegen m'n kruis. "Hoe laat denk je te bel-len, grote minnaar? Je weet dat ik morgenmiddag de stad in ben."

Ik noem een tijdstip, zoen haar, loop de trap af de hal in, trek de voordeur van het huis van m'n maîtresse achter me dicht. Een blik op m'n horloge zegt dat ik me moet haasten. Ik kijk nog een keer om, hoewel ik ervan mag uitgaan dat mijn *Phyllis* al onder de douche staat. Ze zal zich vervolgens snel aankleden en thee gaan zetten voor Marjon die dadelijk van school thuiskomt.

De auto startend, realiseer ik me dat het nog droog is, hoewel al vóór de middag regen is voorspeld; veel en langdurige regen. De loodkleurige lucht boven de stad dempt elke illusie omtrent een onjuiste weersverwachting. Ik schakel naar de derde versnelling als de eerste druppels op de voorruit te pletter slaan.

2.

"… als er dan niemand meer uit kwam, hij tenslotte de oplossing aandroeg, die op de hem karakteriserende manier op tafel legde… Henk, menige collega hier aan tafel – ik niet op de laatste plaats – we zullen ze missen: de vanzelfsprekendheid waarmee op jouw kennis en ervaring een beroep kon worden gedaan, het nestorschap dat jij de afgelopen jaren met veel betrokkenheid en geduld hebt vormgegeven."

Een stroom onbezielde leugenwoorden die ik uit mijn clichékabinet opdiep en zo'n tien minuten als lauwe, bedorven adem uit m'n mond laat komen. Ik heb de indruk dat ze steeds laffer klinken, dat ik mijn omgeving met ze besmeur. Gericht tot de man die ik nooit anders heb gekend dan als lijntrekker en profiteur, iemand die zich op cruciale momenten drukte en op wie je eigenlijk nooit een beroep kon doen omdat hij óf ziek was óf zogenaamd 'zó druk, zó druk, het spijt me'. Bovendien de afgelopen drie jaar wettelijk arbeidsongeschikt vanwege onbestemde maar chronische pijnen aan hoofd en rug. Ik was hem al vergeten toen ik eraan werd herinnerd dat nog een officieel afscheid van Henk Baljé op het programma stond.

Ik ben uitgesproken, ga weer zitten, laat m'n blikken door het sfeerloze restaurant gaan, langs de muren met voorstellingen bedacht door een plaatselijke penseelartiest, over de tafels met kunstbloemen in metalen vazen, over het gebruikte bestek waartussen zo dadelijk het nagerecht zal worden opgediend.

De man die aan de overkant van de rij aaneengeschoven tafels in z'n paasbest naar mijn valse woorden luistert, is voor mij altijd de verpersoonlijking geweest van alles wat verkeerd is aan mensen in de openbare dienst, incarnatie van dat waar de zogenaamde ambtenarenmoppen op van toepassing zijn. Een archetype. Eigenlijk zou ik hem dát hebben moeten zeggen, hoe ik, en met mij velen, werkelijk over hem denken. Z'n zelfingenomen kop van 'nou hoor je het 's van de baas zelf', die kop laten inzakken tot het stukje prul dat hij is. Dat gans voldane gezicht van zijn vrouw die erbij zit als de vleesgeworden overtuiging dat haar man een uitermate belangrijke bijdrage aan de organisatie heeft geleverd, om dat geborneerde gelaat tot een vraagteken van ongeloof of erger te verbouwen. Je doet het niet. De droom, de daad en daartussen de praktische bezwaren, inderdaad. Hoeveel valse noten hoor je daarom dagelijks om je heen, hoe keurig speel je je stukjes in het gemankeerde symfonieorkest dat ons samenleven is.

Ik frommel een sigaret uit het voor me liggende pakje, neem een slok wijn die me bitter smaakt ineens. Een verstolen blik op m'n horloge leert dat deze marteling nog minstens een uur zal duren. Van het sectorhoofd wordt weliswaar niet verwacht dat hij tot het einde blijft (integendeel, als die z'n hakken heeft gelicht kan er pas goed van wal worden gestoken). Maar ik weet dat, als ik opsta, nu het hele gezelschap op zal staan, vage excuses mompelend, iedereen als de dood als laatste met de afscheidsjubilaris en z'n opgedofte hen over te blijven. Eigenlijk zitten we allemaal met dit afscheid in onze maag.

Er valt een stilte als het nagerecht wordt binnengebracht. Ik kijk opzij, in het beregende vensterglas, tracht m'n spiegelbeeld te vangen. Maar dat is door druppels en condensdeeltjes onherkenbaar. Sinds de aankomst bij dit café-restaurant is het niet meer opgehouden met regenen. Achter de vochtsluiers zie ik af en toe koplampen langs schieten, in het licht voor de bumpers spat te regen op het asfalt. Het giet.

"Bent u met de auto of met de fiets?"

Ik heb haar dikwijls gevraagd me in de tweede persoon enkelvoud aan te spreken, en me bij de voornaam te noemen, maar ze blijft volharden in de beleefdheidsvormen. Ze is na het samenzijn in de bar meteen naast me aan tafel komen zitten, heel bewust en nogal haastig, als was ze bang dat iemand haar voor zou kunnen zijn. Imke de Vries, leerlinge voortgezet onderwijs, administratieve richting, onder mijn hoede bezig in de organisatie een half jaartje mee te lopen.

"Ik ben met de auto. Ik hoorde vanochtend dat ze regen voorspelden." Ze knikt en ik vervolg: "Wordt dat voor jou geen probleem als we hier zo meteen weggaan? Ik denk dat het voorlopig niet ophoudt met regenen." Ik had haar met de fiets zien aankomen.

"Meneer de Jong heeft beloofd me naar huis te brengen."

Misschien zijn het de vier of vijf glazen rode wijn. Ze deelt weliswaar al vier maanden mijn kamer, maar pas deze avond, eerst aan de bar en nu, nu ze informeel naast me zit en nog weer een keer met me klinkt, word ik, lijkt het, me bewust dat achter deze aantrekkelijke stagiaire een individueel wezen steekt. Heel geleidelijk aan je horizon verschijnen, je leven binnenwandelen, langzaam aan elkaar wennen, aan elkaar gehecht raken. Vormt dat niet het beste fundament voor...

"En jij Damstra, wanneer denk jij op te rotten... om plaats te maken voor een jonge, ambitieuze kerel?"

Deze vraag die ik ervaar als een obscene handeling wier groezelige vingers in m'n gedachteleven dringen, wordt door de vertrekkende op haast triomfantelijke toon gesteld. Het 'je' en 'jou' van de man met de jenevermoed die in hiërarchisch opzicht niets meer van me te vrezen heeft. (Z'n vele absenties hadden me wel 's het dreigement ontlokt dat ik gedwongen was maatregelen te nemen, hoewel ik weet dat die me nauwelijks ter beschikking staan). Ik zie terstond alle, dat wil zeggen dertig ogenparen aan de lange tafels op me gericht, sommige sensatiebelust. Maar het sterkst op me gericht *voel* ik de ogen van Imke de Vries die geen 'Imke' zou moeten heten en nog minder 'de Vries', maar met een mooie insulaire naam zou moeten zijn getooid.

"Op het moment, Henk, dat ik meen geen nuttige bijdrage meer aan de organisatie te kunnen leveren."

Besmuikt gegrinnik hier en daar, teken dat het werkelijke antwoord is aangekomen. Ik verwacht een per omgaande reactie van de jubilaris, maar die blijft uit. Misschien broedt hij nu op de mij wegvagende, mij volstrekt vernietigende respons.

De rest van de avond die zich nog ongeveer anderhalf uur voortsleept, glijdt als een kakofonie van door alcohol opgepepte gesprekken, lachsalvo's, uitroepen voornamelijk langs me heen. Ik concentreer me meer en meer op het meisje met die onmogelijke naam. Ik keuvel wat met haar, luister naar haar stem die zachter is geworden, met de steeds persoonlijker klank van onze *petite intimité*. We drinken allebei nog twee glazen wijn, stoten daarbij verschillende malen aan, praten, lachen om niets. Ik knipoog tegen haar op momenten dat de situatie het toestaat, zij glimlacht tegen me. Even houdt ze mijn arm vast, net boven de pols, in een schaterlach nadat ik haar iets flauws vertel. Ze belooft me vanaf nu met 'je' aan te spreken. Ik beloof haar zoveel mogelijk 'Imke' te noemen. Dé winst uit deze verder zo jammerlijk verloren uren.

(Glim)lach, zoete gulle lach, kon je de tijd maar stoppen, deze avond laten voortduren, in ander opzicht laten voortduren…

Maar buiten blijft het heden de toekomst tot verleden vermalen, buiten staat niets stil, buiten blijft de regen met bakken uit onzichtbare wolken vallen. *Panta rei…* In het duister achter het vensterglas is er af en toe nog een langsglibberende auto. In een deel ervan dat minder beslagen is, zie ik nu mijn gezicht. Het staat verlopen, met kringen onder de ogen. Flarden van het rendez-vous vanmiddag schieten door de mistige buitengebieden van m'n brein. Als ik mijn ogen sluit, zie ik Lena naakt op me zitten, *horse riding* – haar favoriete standje als ze in de gaten krijgt dat ik haast heb; om het samenzijn plagend te rekken. Ik zie haar door concentratie en contractie misvormde gezicht, de plooi onder haar kin (eerste uiterlijke teken van verval), haar buik met de fijne striaelijnen, haar opspringende borsten, haar navel die zich met zweetdruppels vult, het kletsnatte toefje als ze omhoog komt in het zo bloedserieuze spel dat haar orgasme moet bewerkstelligen, en ik denk – geamuseerd –: hoe in godsnaam zouden ze hier aan tafel reageren als mijn voorstellingen opeens zichtbaar werden, op een *drive-in*scherm bijvoorbeeld, daar plotseling meer dan levensgroot zichtbaar werden? Ik glimlach inwendig, maar voel me ook moe, doodmoe, gepaard aan een lichte misselijkheid opeens. Ik heb de behoefte mijn hand op de arm van m'n tafelgenote te leggen, haar te zeggen hoezeer ik het waardeer dat juist zij naast me is komen zitten, de enige in dit gezelschap mij over 't algemeen zo weinig zeggende dames en heren (overwegend kerels trouwens) die nog rein en zuiver is, nog niet door het leven getekend en onbetrouwbaar en huichelachtig geworden, en…

Het is ongeveer half elf (de feestelijke bijeenkomst is om half vijf begonnen) als ik opsta, niettemin in een totaal andere stemming dan ik had verwacht, en opmerkend: "Natuurlijk hoeft dit niet het einde van het gezellige samenzijn te betekenen, maar ik moet morgen vroeg naar Den Haag." Dit geldige excuus kan niet voorkomen dat iedereen (en misschien mijn rechterhand nog het vlugst) als aan touwtjes uit de stoel omhoogkomt om het voorbeeld van de chef te volgen. Ik geef de pensioen'gerechtigde' een hand, krachtiger dan in mijn bedoeling ligt. In m'n vreugde dat het voorbij is, druk ik de vrouw der jubilaris wier gezicht me doet denken aan het door François Clouet vastgelegde gelaat van Maria Stuart (dezelfde arglistig-wantrouwige uitdrukking), zowaar een zoen op beide wangen. Een paar minuten later sta ik onder de overkapping van de entree naar het café-restaurant. Het regent nog steeds pijpenstelen.

3.

Ik ben Andreas Damstra, vandaag negenenveertig, geboren in de vijftiger jaren van de oude eeuw, ik bezit een normaal postuur, meet één meter tachtig, weeg tachtig kilo, heb grijze ogen, donker uiterlijk, enigszins kalende schedel, een Frans-Duitse moeder (helaas overleden), een Friese grootvader. Ik ben André voor intimi; heb met een van hen in de stad afgesproken.

Ik zou bij haar langskomen om weer een tandemtocht naar de toppen van Eros te ondernemen. Maar toen was er haar telefoontje, tussen de middag op kantoor – ik stond op het punt om naar de bedrijfskantine af te dalen, samen met Imke, om er een kop soep en een broodje te nuttigen.

Haastige, beetje schuldig klinkende stem. "Schat, dat van vanmiddag hè... Rood... twee min... mag... wel zedvee..." (Ben ongesteld – twee dagen te vroeg – je mag wel als je wilt).

Souvent femme varie, surtout leur corps; en hoe trefzeker, deze cryptiek die de betreffende boodschap nog intiemer maakt. De op dit punt berekende Lena weet welke gevaren dreigen. Een telefoniste die zomaar het gesprek kan afluisteren als ze wil. Eén simpele druk op een knop volstaat om naam en faam voorgoed te verwoesten. Hoog tijd eigenlijk om dergelijke gesprekjes uitsluitend nog mobiel te laten verlopen.

Ik keek naar Imke die toen het belletje kwam weer op haar bureaustoel ging zitten, zogenaamd iets beredderend maar ongetwijfeld meeluisterend.

We vrijen wel vaker als ze haar periode heeft, zo kieskeurig zijn we niet, geen van beiden. Maar vanmiddag zou me dat niet lukken, ik voorvoelde dat ik het vanmiddag niet voor elkaar zou krijgen. Die zedvee (zondvloed, vloed der zonden, twee dagen te vroeg)...

"Zullen we ergens...?" Bij voorkeur hield ik het gesprek hier kort.

"Waar... en hoe laat?" Samengestelde vraag, zodat ik alleen adres en tijdstip in één adem hoefde te noemen. Onderdeel van de afgesproken strategie.

Ik moest even nadenken, té onverwacht was deze decorwisseling... "Op de hoek bij de... èh... je weet wel. Van daaruit naar Rosen...? Ik moet trouwens toch nog een paar boodschappen doen."

"Je vindt het toch niet erg, hè?" Verontschuldiging, volstrekt misplaatste verontschuldiging. Voor mij horen de maandstonden bij de vrouw als de liefde. Ze zijn de kern van het feminine.

"Hoe laat?"

Ik keek met één oog op de wandklok, opperde: "Drie dertig?" Legde daarna op, stapte met Imke aan mijn zij richting kantine die in een ander deel van het gebouw ligt.

"Dat was mijn dochter," loog ik. En er was geen enkele reden me nader te verklaren, noch om te liegen.

Zonovergoten winkelstraat, mooi en ongekend zacht aprilweertje opeens, teer groen hier en daar. Maandagmiddag, het tijdstip waarop een enkele etalage nog donker is, een blind oog waarin ik me weerspiegeld zie, met naast me een mooie vrouw met een uitstekende smaak van kleden. Lena is een meer zuidelijke, donkere schoonheid met, net als ik, langs haar moeders kant Franse voorouders. Slank en rijzig is ze; met haar één meter achtenzeventig nagenoeg net zo groot als ik. Ze beweegt met krachtige maar ook soepele tred.

"Ik ben blij dat de krokusvakantie staat aan te komen, ik heb soms het gevoel op m'n tandvlees te lopen," zei ze toen we elkaar klokke half vier op een hoek van het marktplein troffen. Lena is deeltijdlerares klassieke talen aan een gymnasium in een provincieplaatsje twintig kilometer zuidelijker.

Dat het gister is begonnen terwijl het pas morgen werd verwacht, dat ze… Dat alles vertelde ze met haast triomfantelijke zwier. Ik prijs me gelukkig met een vrouw te zijn die haar humeur niet laat beïnvloeden, althans naar mij toe niet, door het vierwekelijkse ongemak. In dat opzicht merk ik bij haar nooit iets.

Deze overwegingen en de gedachte dat ik een van de weinigen ben die zelfs de intiemste delen van deze door zo menige masculiene begeerte aangegaapte vrouw kent en heeft doorvoeld, dit alles vervult me deze middag bij elke volgende stap met een op het laatst overweldigend geluksgevoel dat me op een haar na laat instemmen met haar volgende voorstel:

"Zullen we… zullen we… (ze schudt aan mijn mouw opeens, alsof het idee nu pas bij haar opkomt) zullen we volgende week een dagje Maastricht doen?"

Maar ik kreun: "In de vakantie? Ben je niet bang dat we daar dan over de koppen kunnen lopen?" Ook los daarvan voel ik er weinig voor. Vanuit het noorden is Maastricht zo ongeveer een wereldreis, zelfs in dit onnozele kikkerlandje. Te omslachtig voor één dag.

"Je hebt gelijk lief, dat is niet 't beste moment. Ik bedenk nog wel iets anders. Kun je je tenminste een dag vrijmaken?"

Ik bromgrom iets, zij glimlacht naar me. Ik zie haar glimlach eerst in een etalageruit. Dan draai ik mijn hoofd opzij en antwoord met een kus.

Rosenbaum, Konditorei Rosenbaum. Een begrip voor velen. Omdat vader, moeder, grootvader en overgrootmoeder in dit etablissement hun koffie, thee, namiddagaperitief hebben gedronken, er een petit-four of zo hebben gesmaakt, of er de lunch gebruikten. En op de maandagmiddagen niet minder dan de recreatiezaal van een verzorgingstehuis. Trefpunt van de zeventigplusbourgeoisie die de stad rijk is. De pensioenuitkeringen, aow's, opbrengsten van spaarrekeningen, kapitaalverzekeringen, erfenissen, effecten, koopsommen omgezet in lijfrentes zorgen voor een fraaie jaarlijkse omzet.

Midden tussen het 'weet je nog van toen', 'vroeger was het toch allemaal heel anders', 'de tijden worden er niet beter op', hele en halve seniorenflatroddels en de uitwisseling van de laatste nieuwtjes over kinderen en kleinkinderen die dit weekend al dan niet geweest zijn, zit ze 'n beetje verloren – Marjon, Lena's vijftienjarige schoonheid. Ongemakkelijk, nagelbijtend en ongetwijfeld reikhalzend uitziend naar de mensen op wie ze hier wacht (mijn hemel, redt me uit deze bewaarplaats voor tachtigjarige kleuters!). Er kringelt sigarettenrook vanaf haar vingers die ze in de lucht klauwt om ons naar haar tafeltje te dirigeren.

"Marjon, jij al hier? Waar ben je…"

"Het laatste lesuur viel uit. Ik kon je niet meer bereiken mams."

De dochter staat op, geeft haar moeder een zoen op de mond, en mij twee, op elke wang een. Ik neem Lena's jas, raak hem samen met de mijne met moeite aan een uitpuilende kapstok kwijt, bestel drie koffie met croissants en ga ook aan Marjons tafeltje zitten. Op afstand volg ik het gesprek dat zich tussen moeder en dochter ontwikkelt en dat vooral niet verschilt van de ge-bruikelijke gesprekken tussen moeders en dochters. Tevens ben ik me het geroezemoes bewust van de discussies om me heen, discussies die heftiger worden naarmate stokoude geheugens zich moeten inspannen het verdere verleden aan te spreken. Ik haal me het gesprek voor de geest, omgeven door eenzelfde soort geroezemoes, een paar uur eerder in het bedrijfsrestaurant.

Zij: "Waarom stop je niet met werken, Andreas, waarom help je niet zelf ergens aan zo'n project? Je hebt nu nog de leeftijd."

Ze doelt op door de Nederlandse overheid betaalde onderwijsontwikkelingsprojecten waar ik ambtelijk bij betrokken ben, waarover ik haar tussen de middag wat informatie verschafte en waarvoor ik, als afgelopen vrijdag, gemiddeld één keer per maand naar de residentie afreis.

Ik had haar sinds het afscheidsdiner van Baljé niet meer gezien. Vanochtend was ik nauwelijks op m'n werkkamer. Toen zij kwam, was ik alweer vertrokken. Pas tegen een uur of twaalf, kort voor het telefoontje van Lena, liep ik haar tegen het lijf. Ze was opgemaakt, voor het eerst sinds ik haar ken; een lichte rouge, aangezette lippen. Het verraste me nauwelijks, iets in mij waarschuwde dat ik dit kleine accent in mijn voordeel moest uitleggen. Haar glimlach was té nadrukkelijk tot me gericht, op-dat deze details me toch vooral niet zouden ontgaan.

Ook haar zo pertinent geformuleerde suggestie verbaasde me niet. Alsof ik haar verwachtte, als aansluitend bij gedachten die ik me het afgelopen weekend (bewust? onbewust?) omtrent Im-ke vormde. Ze zijn vaag, nauwelijks omlijnd, maar omcirkelen de indruk dat ze iets van (met) me wil. Het waren haar blik, die avond in het café-restaurant, soms zo aanhoudend op me ge-richt, haar vertrouwelijke glimlachjes aan mijn adres, haar don-kere ogen die de mijne leken te willen doorboren, de aanraking in de auto voor het uitstappen ook, die me de voorbije dagen onder hun betovering brachten. Een gevoel van sneeuwklokjes, krokussen, hyacinten (maar de tijd van deze vroegste voorjaars-kleuren is alweer voorbij), kortom het gevoel van een nieuwe lente met een jongedame. Heel het verregende weekend gaf 't kleur en zin. Ik kwam tot niets, een vrolijke lethargie…

"…moe, aan een korte vakantie toe…" dringt dit rijm m'n geest binnen. Twee paar vrouwenogen kijken me geamuseerd aan. De voorstellingen in mijn hoofd verbleken.

"Nietwaar, André?"

"Misschien moeten we er in elk geval een dag uit volgende week" haak ik min of meer op goed geluk aan. "Als je wilt mag je mee, Marjon."

"Ik ben de hele week op kamp" zegt deze *belle fille d'une belle mère*, "ik kan alleen als jullie in het weekend iets ondernemen."

Ik (natuurlijk moet ze mee): "We bedenken vast wel iets," met een blik op de moeder en vervolgens naar Marjon opziend. Want ze heeft haar stoel achteruitgeschoven, wil niet nóg een kopje koffie of iets anders en verontschuldigt zich met iets waarmee alle mooie jonge meisjes zich op een dag verontschuldigen en dan hun papa's en vooral hun pseudo-papa's met een knagend gevoel achterlaten: haar vriend zal haar om half vijf ergens afhalen omdat ze daar en daar (heel belangrijk, ongelofelijk interessant) samen heen zullen gaan.

Ze pakt haar over de stoelleuning hangende demi, slaat hem om de schouders, slalomt, lenige billen in nauwe spijkerbroek, door al het oude goud, vervolgens door de draaideur, steekt nog een keer haar hand op.

"En ik moet even naar een zekere plaats, dan zullen we ons om jouw boodschappen bekommeren. Bestel je nog een koffie, lief?"

Natuurlijk schat. <De tot de m. aanleiding gevende processen worden door het ovarium en de daarin gevormde hormonen op gang gebracht. Zij staan in nauw verband met de ovulatie die normalerwijze veertien dagen voor de m. plaatsvindt. De m. betekent (geachte heer) dat een onvruchtbaar gebleven eicel (al uw krachtige, hartstochtelijke pogingen, acht in totaal, ten spijt) weer verloren is gegaan en samen met het voor de zwangerschap voorbereide slijmvlies is afgestoten>.

Lena is opgestaan, met ietwat gekwelde blik. Ze wordt on-zichtbaar achter de sigaren- en sigarettenrook, op weg naar de plek om in alle rust te tamponneren. Ze zal met opgelucht gelaat en mogelijk een beetje rode wangen weer in mijn gezichtsveld verschijnen, met naar mij toe een blik van: jij weet wat ik heb gedaan, en alleen jij mag het weten. Ze zal haar koffie opdrin-ken, ik zal afrekenen. We zullen samen boodschappen doen, levensmiddelen en groenten die zij voor me uitzoekt omdat ze voor me zorgen wil, en om erop toe te zien dat Petra en ik voldoende voedings-stoffen en vitamines binnen krijgen.

4.

"Waarom trouw je haar niet?"

Petra, mijn dochter, tijdens het avondeten, een paar dagen later. Ze kijkt me weer 's aan met die bevreemde blik die ik nooit goed plaatsen kan. Alsof ze maar niet kan begrijpen waarom ik haar destijds in de wereld heb gezet – zo'n blik ongeveer. Ze blaast over de lepel soep, zit onfatsoenlijk met haar ene been onder haar gat op de stoel tegenover me.

Gaat het om verbale aanvallen, om insinuaties, confrontaties, verregaande bemoeizucht met mijn zaken, dan ben ik van mijn twee dochters, Monique m'n oudste, en Petra, 't nodige gewend. Ik breng dit gemakshalve in verband met het feit dat ze allebei een zogenaamde anti-autoritaire opvoeding en vrij en vervolgens speciaal onderwijs hebben genoten. Gevolg van het een of andere niet te vermurwen denkbeeld van Anna. Dat mijn dochters door de schuld van dit exclusieve onderwijs ook als kind al dag in dag uit dwars door de stad moesten fietsen terwijl een in mijn ogen prima openbare schoolvoorziening op een steenworp afstand ligt, dat heeft me in het verleden best wel eens zeer gedaan. Maar voor mijn ex was dit werkelijk belachelijke argument van geen enkele feitelijke betekenis. Zij houdt er de Spartaanse opvatting op na dat je van fietsen door weer en wind sterk en gezond wordt – waar ik weinig tegenin te brengen vermag.

Resultaat van dit vrije onderwijs is in elk geval twee krachtige, door en door gezonde kinderen die er in sommig opzicht nogal ruime opvattingen op na houden. Dus 'trouwen'? Bestaat zo'n werkwoord in Petra's vocabulaire? Of denkt ze: papa is langzamerhand een ouwe kerel, hij moet maar gauw onder de pannen voordat hij straks misschien nog een blok aan mijn been wordt ook.

Deze veronderstelling leg ik mijn jongste ongeveer letterlijk voor – we zijn bezig met het hoofdmaal intussen. Ze kijkt me lang aan, en naarmate ze me langer aankijkt met steeds grimmiger blik. Het is alsof ze dwars door mijn ogen in m'n vunzige hersenkamer wil boren om te zien hoe dergelijke aapachtige gedachten gebrouwen worden.

"Nee, ik dacht meer, jullie kennen elkaar al zo lang. Je zult vast wel van haar zijn gaan houden. En... nou ja, mama heeft immers ook weer een vriend. Ik zie haar ook nog wel een keer weer in het huwelijksbootje stappen."

"Wat heeft dát er nou mee te maken?"

"Niets, feitelijk niets. Maar als je maar weet dat als Lena hier bij je in mocht trekken ik meteen voorgoed weg ben."

"Wat haal je je in godsnaam nou in je hoofd?"

"Niks, ik heb alleen geleerd verder te kijken."

"Ik weet niet of jij het weet, maar Lena *is* getrouwd" spreekt de grote moralist.

"Waarom gaat ze niet scheiden? Dat is niks bijzonders hoor, vandaag de dag."

Dezelfde vorsende, verstoorde, om niet te zeggen gekwelde blik die ik niet plaatsen kan. Ik stop een hap voedsel in m'n mond, kauw, slik, bauw:

"Waarom scheiden? Een vriend, dat is niks bijzonders hoor, vandaag de dag."

Ik probeer een triomfantelijk gezicht. Maar m'n dochter is al van tafel opgestaan, nukkig, maakt een wegwerpgebaar.

"Paps, wil jij wel afwassen? Ik moet om zeven uur op volley zijn. Het is tegenwoordig een half uur eerder."

Huize Damstra beschikt niet over een vaatwasmachine.

5.

Mijn gedachten zijn regelmatig terug geweest bij de afscheidsreceptie van mijn senior medewerker en dan in het bijzonder bij de discussie die ik daar met mijn stagiaire voerde.

Zij (na Baljé's insinuatie): "U bent nu achtenveertig?"

"Negenenveertig" moest ik het nog erger maken, en het is de nu volgende korte dialoog die in mijn geheugen gegrift blijft. "Als je belooft me vanaf nu met 'je' aan te spreken, drink ik nog een glas wijn, speciaal met jou."

Bij gelegenheid ben ik determinist. Zoals wanneer 't me goed uitkomt te veronderstellen dat ook dingen die bij oppervlakkige beschouwing geen enkel verband met elkaar houden wel al keu-rig in elkaars verlengde liggen. Dan kan ik me vinden in Voltai-res opvatting waar hij meent dat wat wij toeval noemen slechts de uitwerking is van een oorzaak die we niet zien. Belangrijk voor de ontwikkeling van de hierna te beschrijven situatie was het eerste duwtje, het voorzichtig in beweging zetten van het causaliteitsmechanisme, opdat deze dingen wel hun samenhang behouden. Welnu – en dit is mijn overweging – mijn vraag (u herinnert zich haar nog) of er als gevolg van de gestage regen misschien een probleem was als we dadelijk het pand gingen verlaten, beschouw ik als zo'n duwtje. Sterker nog, vandaag denk ik dat met deze vraag, die niet belangeloos was zoals ik aanvankelijk meende, maar vast en zeker is gesteld vanuit de lichte hunkering naar een *petite affaire d'amour*, dát in gang is gezet waar de komende honderd of tweehonderd treurige pagina's van willen getuigen. Met het keurig in elkaars verlengde liggen van dingen bedoel ik, mijn kleine 'affaire' betreffend, dat de nu volgende belofte van mijn tafelgenote in alle opzicht m'n al zacht kloppende verwachting overtrof. Mijn gedienstige rechterhand zei – en ze zou die woorden moeten herhalen en herhalen omdat ik nooit, *nooit* genoeg van ze krijg – ze zei:

"Ik drink graag nog een glas wijn met *jou*. Ik wil je ook wel tutoyeren, maar dan moet je wel vaker mijn voornaam noemen, me niet altijd alleen met 'je' en 'jou' aanspreken."

Dat was dus het probleem, het probleem der pronomen. Het lag aan mij, natuurlijk lag het aan mij, altijd aan mij, onhandige, hunkerende calvinist met z'n kleine grote verwachtingen. Niet aan haar, Imke de Vries, die zich al zo vaak bleek te hebben geergerd aan mijn afstandelijkheid.

Ik zie nog haar blik, haar ogen die op me gericht waren; met daarin gevat het twinkelende: "Heb ik je dát niet even goed gezegd?"

"Ik beloof je dat ik je vanaf nu vaker Imke noem," zong mijn stem. "En (subtiele mutuele verplichting) als ik het vergeet moet je me er beslist op aanspreken."

Het lukte me zowaar deze woorden niet als stijve tonen in te voegen in het swingende lawaai van de bigband in mijn hoofd, m'n borst opeens.

Nu, diezelfde avond ongeveer anderhalf uur later, onder de luifel van het café-restaurant waarop de mij goedgezinde Pluvius zijn regen nog steeds met bakken liet neerkomen. Ik kende de auto van Jan de Jong, ik haalde me het voertuig al voor de geest toen Imke zei dat hij haar thuis zou afzetten. Mijn auto was niet afgesloten en stond tamelijk dicht bij de ingang. Met een spurt had ik binnen vijf seconden droog kunnen zitten. Ik deed het niet want de Jongs auto, wist ik, was er een met een bagageruimte waarin je met moeite een kinderfietsje kwijt kunt. Ik zag al het stalen ros van Imke uit het duister tevoorschijn komen – een zogenaamde omafiets van vaderlandse degelijkheid waar je niets aan kunt buigen of vouwen – aangeduwd door Jan de Jong, galante ridder van de koude grond. Met genoegen voorzag ik wat zou gaan gebeuren, en het was ook al bezig te gebeuren. In de stromende regen, in het licht van de parkeerplaats, terwijl mijn bekoorlijke rechterhand van zopas een in vergelijking met deze zondvloed werkelijk belachelijk kleine, frivool gele paraplu openhield (het leek een slapstick), was mijn gewaardeerde medewerker van de sectoradministratie al begonnen aan de bij voorbaat tot mislukking gedoemde poging het weerbarstige rijwiel een plaatsje te geven in z'n kleine Renault. Enige transportveiligheid zou alleen gewaarborgd kunnen worden wanneer de achterbank platgelegd en de fiets op verschillende plaatsen in de bagageruimte en aan de achterklep werd vastgemaakt. Tot dat inzicht was ook mijn ridderlijke medewerker gekomen, die daarom al bij collega's begon rond te vragen naar een stuk touw.

Maar bij zware regenval wordt iedereen een beetje zelfzuchtig, en bijna alle collega's zaten al hoog en droog in hun auto's, en sommigen waren al weggereden of bezig dit te doen. Er was bitter weinig animo voor aanstalten.

Ik rij een Volvo Van en daarin is achterin ruimte voor wel drie desnoods rechtopstaande opoefietsen, en dan kun je de klep ook gewoon weer sluiten. De Volvo stond in de buurt van de Jongs Renaultje. Mijn haast nonchalante aanbod: "Jan, gooi die fiets maar bij mij achterin, ik breng haar wel thuis" bezat ondanks de misschien iets te grote gretigheid waarmee het werd uitgesproken een logica die mogelijke praatjes geen enkele voedingsbodem zou kunnen bieden. Het aanbod, met andere woorden, was van een verpletterende vanzelfsprekendheid. De medewerking van kansloze Jan, naar mijn mening toch al geen *homme à bonnes fortunes*, leek me niet helemaal van harte, maar mijn aantrekkelijke tafeldame was al in mijn auto geglipt.

Deze berekeningen speelden nog door mijn kloppende hoofd toen ik door de regensluier mijn weg zocht naar de andere kant van de stad.

Zeven à acht glazen wijn, welk promillage bij benadering? Ik ben niet een man van veel woorden, behalve wanneer ik drank op heb. Terwijl ik, om zo min mogelijk de aandacht van eventueel blauw op straat te trekken, de auto behoedzaam langs rijwielstroken manoeuvreerde, door verkeerslichten die nu alle oranje knipoogden, hoeken om, bochten door, een paar bruggen over en we 'zwiep-zwap, zwiep-zwap' ons stadsdeel al naderden, kwamen ze in één lange stroom, inclusief, herinner ik me, een fikse roddel over Henk Baljé. Een dronkenmansvertrouwelijkheid en de behoefte bij Imke goede sier te maken (mijn verklaring achteraf) zetten mijn gemoed plotseling open – als een sluis. Dat er toen van meneer de jubilaris en van de gezelligheid tijdens de afscheidsreceptie niet veel overbleef, dat het weinig had gescheeld of ik was als een oud vrouwtje over elke medewerker afzonderlijk gaan roddelen: het maakte dat ik me achteraf schuldig jegens hen voelde, een schuldgevoel dat dagenlang met me rondsolde.

We waren bij haar huis aangekomen, een hoekhuis, op stand. Haar pleegouders (ik kende ze uit de verte) zijn gesitueerde mensen, nogal actief in allerlei organisaties. Haar pleegvader is leraar. Ik stopte de auto iets voorbij de toegang. Maar omdat de regen nog steeds niet minderde, bleven we zitten. Ik zette de motor af en knipte de binnenverlichting aan.

"Ik denk dat we even het ergste moeten uitzitten." Deze overbodige woorden brachten een flauwe glimlach op haar gezicht, je zou wensen dat van een volwassen vrouw, gepokt en gemazeld in de omgang met mannen. Had ze misschien die ervaring?

"Maar bent u nu verplicht zulke recepties…"

"Ben *jij*…" (Imke, ben 'jij'; hoe kunnen we anders naar elkaar toegroeien, een huwelijkspaar vormen, kinderen krijgen?)

"Sorry… maar ben je dan verplicht om aan zulke schertsvertoningen mee te doen? Die maken toch dat je zelf ook huichelach-ig wordt."

'Schertsvertoning', 'huichelachtig' waren echo's van wat ik daarvóór allemaal te berde had gebracht over werk, organisatie en medewerkers. Ik besefte andermaal daarin veel te ver te zijn gegaan, zocht naar een afzwakkend woord, een relativerende opmerking, maar vond er geen.

"Verplicht ben ik het niet, het wordt van me verwacht, dat zonder meer. Bovendien kan ik moeilijk onderscheid gaan maken, de een wel, de ander niet."

Ik zag haar ogen op me gericht en weerstond die, zag de schittering van het wit rond haar donkere irissen. In de beslotenheid van een autoruimte, een beslotenheid die met regenvlagen en donkerte en tijdstip een extra dimensie krijgt, woog het weerstáán van haar blik dubbel. Dit gevecht van boren en niet wegkijken duurde lang, veel te lang. Toen glimlachte ze opnieuw, legde haar hand op mijn bovenbeen, omvatte het ergens halverwege knie en kruis, maar wel op de regenjas, wat het effect van deze aanraking iets afzwakte.

"Ik ben blij *je* morgen weer te zien, *Andreas.*"

"Maandag, *Imke*. Morgen ben ik de hele dag in Den Haag." Mijn stem zong schor en vibrerend.

"Maandag dan. *Andreas…* ik ben blij maandagochtend weer bij je te zijn."

Ofschoon het nog regende dat het goot, stapten we uit. Zo vlug ik kon haalde ik haar fiets achteruit; terwijl ze met haar wupse parasolletje min of meer vergeefs trachtte mij en zichzelf tegen de regen te beschermen. Ik kreeg een zoen op m'n wang. Haar bedankje, zei ze, voor het thuisbrengen. Ze draaide zich nog een keer om, stak haar hand op en liep al op de oprit naar het huis, haar pleeghuis.

Toen was het alsof het vocht haar opslorpte.

Terwijl ik door de slagregens verder boorde, zag ik weer haar blik op me gericht, vorsend en wel, en onbeschaamd. Ik voelde nog steeds haar hand op mijn bovenbeen, een brandvlek intussen. Ze had heel even gedrukt – toeval of berekening?

Ik herinner me dat het bij half twaalf was toen ik de auto voor mijn garagedeur parkeerde.

6.

De maandagochtend is ze opnieuw opgemaakt. Gelet op haar jeugd, haar uiterlijk, gladde huid een wat mij betreft totaal overbodige exposure. Ze heeft een soort schoonheid, Imke, van de 'exotische bloem die (ik citeer uit m'n geheugen) soms ontluikt in de berm van de verkeersweg waarlangs uiteenlopende rassen snel en geluidloos paren' (Wijs me de parkeerplaats waar je verwekt bent, liefste). Ze zegt in Indonesië te zijn geboren, uit een Indonesische moeder en een blanke vader. Een regelmatig gezicht heeft ze, mooi uitstaande jukbeenderen, amandelvormige ogen onder sierlijke wenkbrauwen, en een prachtig gebit. Het is een genot haar te zien lachen, en ze lacht vaak en gul.

"Was dat je vrouw, vorige week in super de Boer?"

"Nee, neehee, een kennis van me. Je weet niet dat ik gescheiden ben?" (Dat weet ze).

Ze knikt. "Ik dacht... nou ja, ze leek me wel een type dat bij je past."

Haar ogen richten zich meteen op de paperassen op haar bureau, blijven daarop gericht. Ja, word maar een beetje rood van je indiscrete gewroet, kleine donkere Venus, word maar gekweld door het besef dat je nu iets te persoonlijk bent – maar niet te veel natuurlijk. En waarom die rouge opeens, die aangezette lippen, je oogschaduw. Dat heb jij toch helemaal niet nodig, mooi klein ding. Dat had je...

Telefoon: via de buitenlijn een gesprek op mijn toestel. Ik neem op, hou één oog op Imke gericht.

"Hello André."

Manuel... Manuel Domé, Centraal-West-Afrika, krakend stemgeluid, dwars door de stratosfeer boven die gort- en gortdroge Sahara. Je hoort, je voelt de zandkorrels uit de Sahel de verbinding teisteren. Manuel, manager van 'n lokaal onderwijsproject, die me elke maand een keer belt in z'n steenkoolengels hoewel ik me uitstekend in het Frans met hem versta. Ik ben lichtelijk verbaasd want hij belt me anders altijd 's avonds thuis.

"How you are, my good friend... how the weather in Holland?"

De standaardinleiding tot een gesprek. Terwijl ik mijn goede vriend Manuel Domé, mooie, slanke, volbloed zwarte uit Ouagadougou, lid van de trotse Mossi-stam, aanhoor, tientallen beelden uit dat oude landschap langs mijn geestesoog trekken, hem antwoord, een kort meningsverschil met hem uitdiscussieer, zogenaamd even op m'n strepen ga staan (want ja, ik zit nou eenmaal aan de subsidieknoppen), zijn mijn ogen nu gehecht aan iets buiten, dat wil zeggen dat deel van 'buiten' waar het raam van mijn werkkamer uitzicht op biedt. Maar langs de uiterste rand van mijn blikveld blijft een waakzaam deel van mijn bewustzijn op m'n bevallige kamergenote gericht. Ik zie, indirect, dat ze het gesprek met stijgende belangstelling aanhoort.

Ik weet (nog) niets van jou, kleine schat, het geheim van je oorsprong, je afkomst bijvoorbeeld. Maar ik heb ook geheimen, heel mooie geheimen over exotische plaatsen in hartje Afrika, dat verschrikkelijke (verschrikkelijk qua leegte, qua omvang) continent in het centrum waarvan het nagenoeg armste, maar ook meest trotse volk ter wereld woont, en waar je die armoede aan bijna niemand afziet. Armoe wordt pas armoe als de naargeestige en nietsontziende luchten van het possessieve noorden erover strijken, of als ze gekoppeld is aan degeneratie, verloedering, bezitsextremen. In de Sahel is alles licht en doorschijnend, en armoe, ben je geneigd te geloven, een zegen.

Ik maak met makker Manuel de afspraak dat ik voor de details terugbel nadat ik eerst de notulen van mijn laatste vergadering op het ministerie onder ogen heb gehad. Vervolgens neem ik nog wat dingen met hem door in verband met mijn voorgenomen bezoek aan Afrika. Als ik na een kwartier de hoorn weer op het toestel leg, kijk ik Imke aan en blijft ze me wel recht in de ogen zien. Ik mag weten dat ze het hele gesprek heeft gevolgd.

Zij: "Ga je daar binnenkort echt naar toe? Hebben jullie daar ook een project?"

Ik knik habitueel, al gewend aan haar tutoyeren dat geen aparte sensatie meer oproept. "Een van onze projecten loopt in Burkina Faso."

Zij vraagt, ik antwoord, zij vraagt opnieuw, ik antwoord, ze vraagt steeds verder, ik blijf naar beste vermogen antwoord geven, ze vraagt me het hemd van mijn lijf. Daarna, ernstig, haast hoofdschuddend, op volstrekt serieuze toon: "Ik snap niet wat *jij* nog op dit kantoor doet, je kunt in de hele wereld terecht."

Enigszins overdonderd als ik ben, heb ik daarop zo gauw geen passend antwoord.

Na de middag: "Ze leek me nog jong. Ik dacht eerst dat ze misschien Monique was."

Het duurt eer ik doorgrond wie ze bedoelt. En als ik het doorgrond en besef dat het haar niet loslaat, meen ik in haar stem ook, vaag en ver, de jaloezie te horen die mijn hartsnaar meteen het jinglebells doet trillen. Ze weet van mijn dochters, ik heb haar vol vadertrots over Monique en Petra verteld. Ze weet niet van mij en Lena, dat zo'n onmogelijk oude, al haast weer in zijn atomen uiteenvallende meneer gemiddeld twee keer in de week met die jongedame het bed deelt. Moet ik dat mogelijke vonkje afgunst aanwakkeren, kijken hoe groot het wordt? Moet ik haar integendeel niet geruststellen, volhouden dat die mevrouw slechts een kennis van me is? Moet ik er niet meer over praten, er op dit punt verder het zwijgen toe doen? Maar hier ligt een aanknopingspunt, misschien *het* aanknopingspunt. Heel behoedzaam zal ik te werk moeten gaan wil ik erachter komen wat werkelijk in haar omgaat, of mijn vage vermoeden een basis heeft. Heel voorzichtig zal ik…

"Als je er belang in stelt, wil ik je over die ontwikkelingsprojecten wel 'ns meer vertellen. Hoe ze geselecteerd worden, welke richtlijnen we aanhouden, hoe ze worden uitgevoerd, wat ik er mee van doen heb. Wat mij betreft een keer na kantoortijd, bij een kop koffie."

Bij een kop koffie. Hoe neutraal, onschuldig, hoe als vanzelf-sprekend, hoe volkomen natuurlijk die uitnodiging mijn mond verlaat. Als bij een topacteur (maar is niet elke mens een toneelspeler in zijn beste momenten, als het er echt op aan komt?).

Ik kijk haar aan, gemakkelijk achteroverleunend in m'n stoel, de handen achter mijn hoofd gevouwen, mezelf onder controle. Ze is, nadat ze me een kopje thee aanreikte, voor mijn bureau komen staan. Ze meet hooguit een meter zestig, ze is tenger, ik denk niet meer dan zo'n vijfenvijftig kilo schoon aan de haak, naakt… Ja ja, ik moet doorgaan, doorgaan op deze weg, niet stoppen, niet omzien (alles zou in zout kunnen veranderen). Opdat mijn pure, ongepolijste, onvermoeibaar naar mogelijkheden vorsende natuur het genetisch materiaal kan planten, stel je voor, in dit beeldschone schepseltje! Daarvoor zijn we op de wereld, niet meer en niet minder; elke andere verklaring is huichelachtige nonsens.

Zij: "Een kop koffie? Gezellig. Wanneer?"

Vanavond zal ik koken, nog laat koken want mijn jongste komt later thuis om een reden die ze me verteld heeft, maar die ik natuurlijk allang weer vergeten ben. Daarna zullen we afwassen en samen televisiekijken – een mij heilige avond in de week; pa en dochter genottelijk schouder aan schouder op de bank, huise-lijk voor de buis met borrelnootjes en een glaasje.

"Morgenavond?"

"Leuk. Hoe laat?"

"Zeven uur?" (Negentien uur). Al haast bedtijd voor kleine meisjes – maar ik zal je nadien wel instoppen, er persoonlijk op toezien dat je in een droomloze slaap valt. Ik zal je op je voorhoofd zoenen, je zoete slaapadem als honing indrinken. Ik zal je...

"Waar?"

"Bij mij thuis, dunkt me. Je weet waar ik woon?"

Ze knikt, en dan is daar Ina van Dalen, mijn solide, zeer be-trouwbare maar saaie secretaresse. Ze legt de post op m'n bureau, vraagt kort om inlichtingen over een van de poststukken. Ik sta haar te woord, zet en passant een paraaf. Mevrouw van Dalen weer af, met een korte hoofdknik en een zuinige glimlach, een zweem van haar uitstekende parfum achterlatend.

Meteen daarna komt een afdelingshoofd binnen met wie ik een onderhoud heb. Imke neemt een stapel paperassen onder haar arm en verdwijnt neuriënd op de gang.

7.

Het regent weer eens als ze om kwart voor zeven, slechts een kwartier te vroeg, op de stoep van mijn zeventig jaar oude herenhuis staat. Ze is met de fiets. Ik loop met haar langs het huis om de fiets onder een afdakje bij de deur van de bijkeuken te zetten. In de bijkeuken vormen de druppels die van haar plastic regenjas glijden, als tekens uit obsidiaan, een onregelmatige cirkel op de donkere tegelvloer. Ik neem de jas van haar schouders, sla die droog en hang hem in de hal. Was ze, zeg ik, nóg een kwartiertje eerder gekomen, dan had ze Petra getroffen. Die is, in de veronderstelling de bui net voor te zijn en na de oeroude mededeling dat ze geen tijd meer had met de afwas te helpen, overhaast naar haar volleybal vertrokken.

Imke, de situatie overziend, stelt voor samen met mij de vaat aan kant te maken, en als Andreas de Huisman meent dat dat best kan wachten, is ze al bezig te beredderen. Wanneer we elkaar kruisen om een stuk vaat te pakken of op te bergen lijkt mijn toch zo ruime keuken ineens zó klein, dat het wel daarom moet zijn dat we voortdurend tegen elkaar op botsen. Dit loopt uit op een ferme pakkerd van haar kant.

"Dat ik nog 's samen met jou de afwas zou doen."

"Wie weet het begin van een nieuwe samenwerking als binnenkort die andere afloopt," kan ik, een hese gloed in m'n stem, niet nalaten te zeggen. Het ligt in mijn aard om op bepaald terrein dingen niet te lang op hun beloop te laten en ze van meet af zo zuiver mogelijk te stellen. Ik heb een hekel aan misverstanden achteraf.

"Ik hoop het Andreas, ik hoop het werkelijk," fleurt deze voorjaarsstem mijn ouderwetse keuken op.

Ze vraagt, in haar ogen samenzweerderslichtjes, of ze het huis mag zien. Na de afwas lopen we het huis door, van de garage en de bijkeuken tot in de kelder (het huis is volledig en gegarandeerd waterdicht onderkelderd). Dan naar de zolder, en van daar terug naar mijn werkkamer en de slaapkamers. Die waar Petra werkt en slaapt en die waar ik mijn nachten pleeg te vermorzelen.

"Hé, jij slaapt in een tweepersoonsbed?"

De van-tafel-en-bed-gescheidene legt uit dat hij het bed heeft aangehouden waarin hij tot tien jaar geleden samen met zijn echtgenote placht te slapen en andere dingen, omdat hij ruime bedden nu eenmaal op prijs is gaan stellen.

We dalen giechelend en gearmd de brede traptreden af met de bedoeling koffie te zetten.

"Hoe laat komt Petra thuis?"

"Ik weet het niet precies, ik denk tegen tien uur. Is het gezellig dan blijft ze een tijdje hangen, treft ze niet het juiste gezelschap of is haar stemming er niet naar dan kan ze ook al om een uur of negen thuis zijn."

Na het zetten van de koffie (zij staat erop dat te doen en ik moet aanwijzen waar ze de spullen kan vinden) installeren we ons naast elkaar op de bank die uitzicht biedt op 'het scherm'. Als ik aanstalten maak het apparaat in te schakelen, eigenlijk alleen maar om de weervoorspelling te zien (het is kwart over acht), zegt ze met een pruilstem:

"Ajakkes Andreas, geen televisie. We gaan deze avond toch niet bederven door dat eeuwige beeldscherm."

Ik geef aan wat mijn bedoeling is, en nadat een vrolijk kijkende weerman ook voor de komende dagen de nodige bar- en boosheid in de huiskamers heeft gestrooid gaat de tv weer dood. Ik heb daar bepaald geen moeite mee, ik kijk weinig televisie. Het is Petra die er nogal gebruik van maakt.

Nou is dit medium er natuurlijk wel de oorzaak van dat we nu naast elkaar op een bank en niet bijvoorbeeld in de tegenover elkaar geplaatste fauteuils zitten. Ik zal me nadien nog menige keer afvragen hoe die avond zou zijn verlopen als ik toen niet naast, maar wel degelijk tegenover haar had plaatsgenomen. Want tijdens een kwartiertje gossip is ze steeds meer naar me toegeschoven, en op het moment dat ons gesprek bij de aanstaande vakantieperiode is aangekomen en ik de mededeling doe geen plannen te hebben (al jaren niet trouwens) zit of hangt ze tegen me aan. Het is bij het tweede kopje koffie en negen uur intussen. Is het een van haar 'slechte' avonden, dan kan Petra elk moment thuis zijn. Maar ik hoop allang dat mijn dochter een van haar 'vreselijk gezellige' avonden heeft.

"Heb jij plannen?" Ik doel op de zomervakantie, voel haar tegen m'n schouder al ontkennend knikken.

"Mijn ouders willen dat ik met ze meega naar de Algarve. Ze hebben daar een huis. Maar ik heb al een paar jaar geen zin meer nog met ze op vakantie te gaan. Mam is en blijft een bedillerig type. Of ze nou thuis is of in Portugal, of waar ook, ze loopt altijd maar te regelen. Daar word je horendol van. Niet alleen mij, ook papa bederft ze zo het vakantieplezier."

Dan slaat ze onverwachts haar arm om me heen, vleit haar wang tegen de mijne. Ze vertelt uitgebreid over haar pleegouders, en ook van de periode daarvóór, voor zover ze zich die kan herinneren. Ze woonde tot haar derde jaar in een dorpje, in de buurt van Palembang. Ze meent zich haar moeder nog vaag te kunnen herinneren. Haar vader zou Australiër zijn geweest, zou in de mijnbouw hebben gewerkt, en zou bij een brand op een bedrijfsterrein zijn omgekomen nog voor zij geboren was. Meer weet ze niet. Ze vertelt van het kindertehuis waar ze in terecht kwam en waar ze ook nog vage herinneringen aan heeft, van haar komst naar Nederland, samen met haar stiefouders die haar rechtstreeks uit het tehuis hadden meegenomen.

We zitten stijf gearmd op de sofa. Ik heb me laten meevoeren in haar persoonlijke *tour d'horizon*. Als ik me opnieuw bewust wordt van dat kleine warme lijf dat in de oksel van mijn rechterarm bescherming lijkt te zoeken, besef ik dat ik iets moet zeggen, dat het initiatief nu even van mij uit moet gaan. Ik schat in, ik wik, ik weeg, aarzel en spreek mezelf moed in, en tenslotte, haar woorden nog eens overdenkend, durf ik de suggestie aan.

"Wat dacht je van een wandelvakantie, dit najaar? Lekker een paar daagjes eruit, samen dingen doen, elkaar goed leren kennen en dan bekijken of we misschien samen iets kunnen opbou-wen?"

"Leuk," is haar antwoord, vlakker dan ik hoopte en verwachtte... En na een korte stilte: "Maar blijven we elkaar intussen wel ontmoeten?"

'Ja, jaja,' drumt in mijn borst een stem, 'ja, jaja, ja'.

Ik: "Drinken we een glas wijn?"

Dan vertel ik haar van mijn rol in de ontwikkelingshulp, m'n lidmaatschap van de interdepartementale werkgroep, hoe die de verdeling regelt van gelden voor ontwikkelingsprojecten in de derde wereld, wat daaraan voorafgaat, welke criteria hierbij worden gehanteerd. Ik leg haar uit dat van deze werkgroep naast vertegenwoordigers van ministeries en ontwikkelingsorganisaties twee onderwijs- en onderzoeksbollebozen van de plaatselijke universiteit deel uitmaken omdat enkele van de projecten op gezag van deze Alma Mater worden uitgevoerd, dat deze werkgroep wordt aangevuld met enkele 'neutrale' leden, dat ik als neutraal lid en adviseur ben gevraagd omdat ik in het verleden in een andere functie beleidsmatig bij dergelijke projecten betrokken was, weid uit over mijn contacten met sommige ervan, met coördinatoren, veldwerkers, mijn reizen, twee, drie keer per jaar, naar projectlanden.

Intussen glijdt mijn blik langs haar schouders omlaag naar haar boezem, waar hij een moment blijft haken; om in alle rust en met genoegen te constateren dat ze mooie, stevige borstjes heeft en geen beha draagt, deze eeuwige barrière. Dan glijdt hij verder omlaag langs haar taille en naar haar benen. Ze draagt een rok, een vrij korte. Het was overigens voor het eerst dat ik haar in rok zag. Omdat ze tijdens mijn verhaal steeds verder naar me toeschoof, is die opgekropen tot ver op haar dijen die ze, als is het door de kracht van mijn blik, neuriënd uit elkaar doet, om zich te krabbelen. Ik zie de driehoek van haar slipje dat me door een lichte schikking van haar bips plots onbekommerd wordt getoond; voor mijn oeroude en feilloze instinct voldoende om te beseffen hoe de vlag erbij hangt. Ik durf daarom mijn wijsvinger in dit stukje dessous te drukken, precies op de inkeping bij haar vulva, en waar hij blijft rusten. Ze giechelt dat ik wel erg vrijpostig ben, zoent me, zó innig dat ik in staat ben haar feromonen op te pikken, waarop mijn innerlijk onmiddellijk reageert met de boodschap dat het tussen haar en mij een goede genese zal zijn. Dan slaakt ze een zucht, slaat haar ene been over het andere, laat haar rechterschoen aan haar grote teen bungelen. Neuriën en bungelen: precies als Anna vroeger – uitnodiging tot het grote gebeuren. Met een huivering beseft de oude Pan dat hij maar één beweging hoeft te maken, één woord te zeggen. Dan zal dit verleden weer in beweging komen en z'n oude, vertrouwde coulissen naar voren schuiven. De actrice zal een andere zijn, de acteur zichzelf verjongen.

"Wat zou je zeggen als Petra nu opeens binnenkwam?" Ze kijkt me glimlachend, maar doordringend aan.

"Ik zou haar zeggen dat wij, jij en ik, al enige tijd een verhouding hebben en dat we bezig zijn geweest te bespreken naar welk land we zullen gaan om daar samen een ontwikkelings-project op te zetten."

Ik noem dit wel spijkers met koppen slaan eer het tij keert, om het huidige sentiment te verzilveren, zijn bodem vast te verankeren. Een reactie, een impuls haast richting vrouwen die me zelden een zeperd heeft opgeleverd. Het leven is kort, de werkelijk goddelijke ogenblikken zijn schaars, en bij sommig aanbod moet je niet aarzelen omdat de sfeer, zo vruchtbaar voor de totstand-koming ervan, elke seconde weer kan verdampen. Want terwijl Imke me met een zucht opnieuw omarmt en haar kussen me smoren, hoor ik wel nog de garagedeur die de komst van mijn jongste aankondigt. Na enig oponthoud in de bijkeuken hoor ik in de keuken al haar stem.

"Hoi pa, heb je visite?"

Daar Petra volstrekt niet gewend is vragen te stellen en die door een antwoord te laten volgen, maar meteen zelf naar het antwoord op zoek gaat, staat ze in de woonkamer op het moment dat mijn gast en ik op tafel de dingen haastig nog zodanig hebben kunnen herschikken dat het lijkt alsof we tegenover elkaar zittend de avond misschien wel onder een gezellige kout hebben doorgebracht.

Imke kijkt Petra aan. Ik zie op het gezicht van mijn dochter een trek die aangeeft dat ze verbaasd is, wat niet gauw gebeurt en me licht onaangenaam treft.

"Volgens mij zijn jullie schoolgenootjes," doorbreek ik een korte stilte. "Petra, dit is Imke. Imke, dit is mijn dochter Petra." Aan het adres van mijn jongste: "Imke is mijn stagiaire, ik heb haar op de koffie uitgenodigd."

Onder het genot van wat toastjes die ik in de keuken klaar-maak, wordt nog een uurtje over koetjes en kalfjes gepraat.

Omdat het nog steeds regent, rij ik haar om een uur of elf ander-maal naar huis. Bij de volgende vragen en overwegingen trekt een lichte opwinding, al gauw gevolgd door een gevoel van onzekerheid, door m'n berekende bloed. Zou mijn passagiere ook iets van opwinding bespeuren? Ze ging zo gretig... is dat een aanwijzing? Is in haar nog iets van een authentieke Indo-mentaliteit werkzaam die er wellicht niets ongewoons in ziet wanneer een oudere man en een jonge vrouw met elkaar verkeren? Wat betekent leeftijdsverschil in andere culturen, religies waar bijvoorbeeld uithuwelijking tot de standaard behoort? Zal ik in de fuik lopen van een *affaire de coeur*, het troebele net rond een ordinaire verhouding tussen chef en jonge medewerkster zoals er duizenden zijn en weer aflopen, slachtoffer van een *démon de midi*, met wat hoofdpijn en een extra desillusie aan het eind; ik die mezelf zo nuchter, onaangedaan schat?

Als ik haar thuis afzet, legt ze voor het uitstappen weer haar hand op mijn bovenbeen, nu meer in de buurt van de knie. Maar ik draag geen regenjas, en de druk van haar vingers is sterker dan een week geleden. Er is enige nádruk. En ik heb natuurlijk even, heel even maar, de intiemste plek van haar lichaam beroerd. Dat is het lichtafstand grote verschil. Ze kijkt me aan, lang, zwijgend, in het donker. Ik zie weer alleen het wit van haar ogen in het tegen de nacht terugkaatsende licht van de koplampen. Dan zegt ze:

"Andreas, ik vond je heel lief vanavond. Als je meent wat je zei, heb je me heel gelukkig gemaakt."

Nog lang daarna voel ik de zoen die ze voor het uitstappen op een hoek van m'n lippen drukte.

Als ik terug ben, heeft Petra zich gedoucht en zit op de bank, in haar nachtjapon die, als zo vaak, achteloos openstaat zodat ik onbelemmerd zicht op haar buik en borsten heb. Anna's borsten, toen die de leeftijd van m'n dochter had. Ik weet dat mijn oogappel onder haar nachtjapon volstrekt naakt is; ik weet dat omdat ze jegens mij nooit ook maar de geringste preutsheid aan de dag legt en vaak vanuit de douche al de woonkamer binnenstruint terwijl ze nog bezig is zich af te drogen of iets om haar schouders of middel te slaan. Deze onbekommerdheid die, dacht ik, meisjes gewoonlijk afleggen als ze in hun puberteit komen, op deze nonchalance heeft die tijd geen vat gekregen, althans naar mij toe niet. Ze ziet met een ontevreden gezicht naar me op.

"Wat heb je met haar?"

Ik (inwendige schrik, de intuïtie van mijn dochter vrezend): "Hoe bedoel je?"

"Paps, zij is veel te jong voor je, daar krijg je spijt van. Ze is vast nog minderjarig ook. Ik zou maar oppassen als ik jou was."

Paps die beseft dat hij een dergelijke opmerking niet over zijn kant kan laten gaan en die nu zo neutraal mogelijk moet kijken; z'n stem onder controle, die het liefst streng, maar ook weer niet té streng moet laten klinken, zegt: "Verklaar je nader, Petra, ik wil weten wat je bedoelt."

"Jij bent helemaal geen type om zo iemand op de koffie uit te nodigen... om vervolgens ook nog wijn met haar te drinken. Dat zou je uit jezelf nooit doen. Heeft zij zichzelf uitgenodigd misschien?"

"Ik heb haar uitgenodigd omdat ze een aardige meid is. Althans zo heb ik haar op kantoor leren kennen. Ik ben een beetje haar mentor geweest. Ze heeft wat klussen voor me opgeknapt. Ze is over een paar maanden weer bij ons weg... Ken je haar?"

"Nou nee... niet goed. Ik zie haar af en toe op school natuurlijk. Ze lijkt me tamelijk eenzaam. Volgens mij heeft ze nauwelijks vriendinnen."

"Wat vind je van haar?"

"Ik weet dat ze pleegkind is, ze haar eigen ouders misschien nooit heeft gekend. Zulke meiden vallen soms op ouwere kerels, pa."

"Dank je voor het compliment."

"Zo bedoel ik dat niet, ik wil je alleen maar waarschuwen."

"Ik heb je waarschuwing niet nodig, ik zal..."

Dochter, die intussen naast me is komen zitten, zich naar me toebuigt en me een moment alle zicht beneemt met haar volle zachte voorkant, me vervolgens overlaadt met een vracht knuffels, kreunt: "Paps, ik hou van je, ik wil dat je nog héél, héél lang bij me blijft... En wat zíj jou kan geven dat kan ik je ook geven, en nog veel meer, dat weet je best. Toe... toe..." Ze trekt haar pruilmondje, omarmt me opnieuw, warm en stevig.

"Ben je soms jaloers?"

"Nog niet echt. Maar ik zou wel eens jaloers kunnen worden, heel erg jaloers zelfs, en dan weet ik niet of ik mezelf nog wel in de hand heb. Je bent gewaarschuwd. Ik wil de enige voor je zijn, weet je dat, pa? Er mogen geen andere vrouwen tussen jou en mij komen. En al helemaal niet als ze ook nog jong zijn."

"Een keer zul je uitvliegen, Petra. Mag ik daar niet heel voorzichtig toch een beetje rekening mee houden?"

"Waarom zou ik uitvliegen? Beter dan met jou kan ik het nooit krijgen. Dan is er toch geen enkele reden om bij iemand weg te gaan?"

Paps: "..."

Veertien dagen later, na mijn bezoek aan Centraal-West-Afrika, nodig ik Imke uit ergens iets te drinken en wat dingen door te praten. Het lieve kind doet enthousiast en vraagt nergens naar.

8.

"Bij ons is dat helemaal geen punt, *man*. Het gaat erom dat ze weer onder dak zijn, dat ze een kerel hebben die 't heft in handen neemt. En trouwens, een huwelijk, dat kan altijd nog wel. Ze willen graag een man natuurlijk. Maar dat mag je best nog wat afhouden."

Manuel Domé wordt niet moe me het nodige uit te leggen over de diverse samenlevingsvormen in Burkina Faso, telkens als ik bij hem logeer. De voorlaatste maal, een half jaar geleden nu, bezochten we in de buurt van Balavé, twee uur rijden buiten Dédougou, de dependance van een onderwijsproject. We waren daarvan weer op de terugweg naar de districtshoofdstad toen hij me op het hart bond, voor de zoveelste keer en met het rechtstreekse van iemand die niet is geworteld in calvinisme en christelijke ethiek, zijn nicht en haar dochter tot vrouw te nemen.

Z'n woorden waren volstrekt serieus bedoeld; ik vroeg het hem op de man af, onder het mom dat ik in dit opzicht niet van grapjes hield. Er hadden zich, vertelde hij, bij de geboorte van Ayisha complicaties voorgedaan waardoor zijn nicht onvruchtbaar was geworden en zijn aangetrouwde neef het nodig had gevonden een andere vrouw te zoeken. Om Maryse en om zijn dochter bekommerde hij zich al jaren niet meer.

"André, wat houdt je tegen? *Man*, verkoop je spullen in Europa als je zo'n hekel aan 't klimaat daar hebt (dat had ik hem meermalen en uit de grond van mijn hart toevertrouwd). Hier schijnt elke dag de zon, en hier is jouw Europese geld een geweldige hoop waard. Ontferm je maar over moeder en de dochter. Daar krijg je beslist nooit spijt van want ze zullen je op handen dragen."

Manuels nicht en haar dochter leven in een gehucht onder de rook van Sanaba, een naar verhouding redelijk grote plaats op een uur *all terrain* ten zuidwesten van de districtshoofdstad, bij de bovenloop van de zwarte Volta. Ik ken ze allebei. Op aandringen van Manuel brachten we hen een bezoek. Moeder en dochter M'Kromo wonen in een huis dat is opgetrokken uit van leem gebakken stenen. Zodoende valt het op tussen de vele lemen hutten rondom. Ze lijken daardoor naar verhouding in betere doen. Zij, Maryse, vierendertig, gezet postuur, met om haar hoofd een doek zodat ik me van haar gelaat aanvankelijk geen goed beeld kon vormen, maar uitdrukkelijk aanwezig, reppend en zeer gastvrij. Ze is onderwijzeres aan een plaatselijke lagere school en spreekt uitstekend Frans. Haar dochter Ayisha die zich tijdens een lange theeceremonie aanvankelijk op de achtergrond hield op een binnenplaats, maar die wel voortdurend door een opening in een muur naar ons stond te ginnegappen, ze telt vijftien. Ze is dun en knokig, maar wel al met opvallend stevige boezem, en groot. Ze heeft ongeveer mijn lengte.

Het was een genoeglijke middag en we praatten honderduit.

Vorige week, in de oude Landrover terug naar Dédougou, kaartte m'n geestdriftige metgezel het onderwerp weer eens aan.

"Waarom zou je het niet doen, *man* (ik had de nodige scepsis verwoord, vorste naar mogelijk persoonlijk belang van zijn kant). Moeder en de dochter wachten erop. Sinds ik die suggestie deed, beloofde er met jou over te praten. Je laat je in de buurt een stevig huis neerzetten, *man*, met alle gemakken die je in Nederland gewend bent. En je zit er immers niet vast, je begraaft je er niet of zo."

Hij sprak deze woorden, zinnen met een vastberaden haast, de ouwe koppelaar, alsof hij bang was dat anders de koop wel eens niet door zou kunnen gaan. Ik zag in de buitenspiegel de wolk gele, soms tot een soort oranje kleurende stof die je in de Sahel onophoudelijk achter je aan trekt. Alsof die een onderdeel van de auto vormt. Nu en dan lag er een dood dier langs de weg, aangereden door een truck of jeep. Ergens dromden gieren om een stuk aas. Twee grote watervogels klapwiekten naar het oosten. Ik keek naar de groepjes acacia's en de solitaire apen- broodbomen langs de zand- en leemweg die soms nauwelijks als zodanig te herkennen is. Laag, doornig struikgewas en vergeeld gras bedekten de bodem. Ik staarde in de ademloze leegte van het landschap, de oude handelsroute van Dienné naar de Côte de L'ór, de overlandse doorgang van het Mopti naar het ooit zo machtige Ashantirijk vice vers, een landschap zo rijk aan histo- rie, en dat nu en dan okerkleurig oogt. Op zulke ogenblikken is mijn verlangen aan de rand van deze eindeloze lege ruimte te wonen immens. De zon was al weg; in een baaierd van vuur achter een heuvelrug neergestort, leek het wel, dwars door een van diep-paars naar violet en roze neigend hemeldak, met aan het eind daarvan wat gele tot vuurrode wolken van de helse brand die deze kosmische ramp daar veroorzaakte. Alles, land en lucht, van een verheven schoonheid die me in diepe contem- platie bracht. Een ogenblik kon ik me losmaken van mijn wil met zijn driften en verlangens, belangen en pijnen en ellende. Het was aan het einde van een woestijnmiddag, het begin van een stokoude Sahelavond.

Na een drukkende stilte waarin alleen het brommen van de jeepmotor en het kraken van de bladveren doordrongen en ik steeds meer stof tussen m'n tanden hoorde kraken, was er weer Manuels bezwerende stem.

"Je zou toezichthouder kunnen worden, *man*, van de projecten hier, *for the time being*, dat weet je. Je redt je ook nog 's goed in het Frans. Je komt dan een jaar of wat door het hele gebied. Zo leer je de mensen en de cultuur hier kennen."

Ze zouden me accepteren, wist hij, ze zouden me beoordelen naar mijn verdiensten voor het onderwijs hier. Ik werd er een gerespecteerde burger, een *fama*, lid van de *muwalat*. Na een jaar of vijf zou ik met pensioen gaan, me terugtrekken in Sanaba, in de schoot van mijn nieuwe, kleine gezin. Hij schatte dat ik er als een god ging leven met mijn Europese geld, mijn pensioen, twee echtgenotes die me op handen droegen en een paar schattige kinderen ook die ik bij Ayisha zou hebben. Ik werd in dat droge klimaat minstens honderd.

"Beter kun je het toch gewoon niet krijgen in de wereld, *man*. Zeg nou zelf."

We reden onder een kantelende hemel al Dédougou binnen toen ik zei weinig voor zijn voorstel te voelen. Niettemin, sinds het eerste gesprek over dit onderwerp is het niet meer uit m'n hoofd geweest. Het is voortdurend voorhanden om zich te laten taxeren. Hoe vaak zal ik in de nu achter me liggende maanden hebben uitgerekend hoezeer ik daar inderdaad als een vermogend man kan leven. De verkoop van mijn huis, op stand en niet met hypotheek bezwaard (tussen Anna en mij zijn alle financiële zaken tijdens de echtscheiding geregeld, verplichtingen heb ik alleen nog jegens Petra), mijn spaargeld, aandelen en obligaties, de aanstaande lijfrentes, over een jaar of tien een pensioen dat er niet om liegt...

Twee ijkpunten bieden zich dan onophoudelijk aan. Om te beginnen een tafereel, een jaar of acht geleden in het ziekenhuis waar mijn vader van een breukoperatie herstelde. Op de tweepersoons kamer stonden aan het andere bed steeds twee grote donkere, halfgesluierde vrouwen in kleurrijke gewaden, elk aan een kant. Ze converseerden in fluisterend Frans met de betreffende patiënt. Ik herinner me die vrouwen nog als gister. Hun donkere gezichten met daarin als edelstenen gevat de witte tanden en oogballen, de geur van hun inlandse herkomst die op de kamer de gebruikelijke deprimerende ziekenhuislucht ver-drong, de manier waarop ze voortdurend in de weer waren in hun ritselende kleren om het de patiënt aan niets te laten ont-breken. De man was na zijn pensionering naar Mali vertrokken. De dames – mijn met het no nonsens conservatisme van de jaren veertig en vijftig opgegroeide vader kon het niet nalaten met een licht hoofdschudden meermalen uiteen te zetten – ze waren zijn twee wettige echtgenotes. Omdat hij er de voorkeur aan gaf in een Nederlands ziekenhuis te worden behandeld, had hij ze al-lebei mee naar Europa genomen. Een derde echtgenote paste in Mali op de kinderen.

Het andere referentiepunt is een gesprek dat ik had met een neef uit de familie van mijn moeder tijdens een familiereünie in de Elzas, drie maanden geleden. Die enkele keren dat hij en ik elkaar treffen voelen we ons kennelijk zó tot elkaar aangetrokken, dat we tot een uitgebreid dispuut komen over van alles en nog wat. Dit familielid, drieënvijftig jaar, Fransman van geboorte, werkt als priester op een missiepost in de buurt van het Tanzaniaanse Tabora. Na wat aarzelingen en voorzichtige aanzetten maakte ik hem op zeker moment die middag deelgenoot van wat me bezighield. Hij liet me bij lange na niet uitpraten; toen hem on-gewoon snel duidelijk werd waar de schoen wrong en wat ik van hem verwachtte, verscheen een deelnemende grijns op zijn door het Afrikaanse klimaat gelooide gezicht. Terwijl ik, niet-katho-liek, onkerkelijk provinciaaltje, met een nog heilig geloof in het celibaat (waar ik overigens te weinig vanaf weet), er nog over dubde er wel goed aan te hebben gedaan dit onderwerp ter sprake te brengen, haalde mijn familielid en in zijn verre ambt prag-matisch geworden zielenherder met een gebaar alsof hij me geld schuldig was en ik hem daarop aansprak een portefeuille uit de binnenzak van zijn colbert. Hij toonde me een foto waarop hij zelf stond, geflankeerd door twee jonge Afrikaanse vrouwen en drie peuters. *'Mes femmes, mes enfants'* beweerde hij niet zonder trots. Hij bond me op het hart *'en ce cas'* de cultuur, de gewoonten en gebruiken van de betreffende streek goed te bestuderen en ernaar te leven; zei dat het hem speet dat Dédou-gou en Tabora zo ver uit elkaar lagen, wenste me veel geluk met deze volgens hem meest praktische vorm van ontwikkelingshulp.

Het zijn deze overwegingen die ook mijn weg naar de afspraak met Imke verlichten.

9.

Boschlust: café-restaurant met uitspanning, een kilometer of elf buiten de stad. Aan de rand van het bos- en recreatiegebied dat onze geachte stedelingen bij voorkeur 's zondags na de maaltijd per automobiel frequenteren, om met een gewetenontlastende wandeling van minstens anderhalve kilometer hun spijsvertering op gang te brengen. De uitbaatster ken ik al vanaf m'n vijfde of zesde jaar, de leeftijd der onschuld, als ik er met m'n ouders wel kwam, in korte broek, lurkend aan 'n glas grenadine of een Joy. Ze schijnt in die veertig jaar niet ouder geworden. Dat wil zeggen, haar haren in diezelfde grijze knoet opgebonden, dezelfde blauwgrijze boezelaar uit mijn jeugdherinnering dragen aan deze veronderstelling bij. Ongetwijfeld is ze een dochter die er in m'n jeugd al ongeveer net zo oud moet hebben uitgezien als haar moeder en die op een dag onopgemerkt in haar voetsporen is ge-treden.

Het is nog niet donker als ik arriveer. Maar het is zwaar bewolkt en er valt een lichte regen op deze avond in een voorjaar dat nu al als een van de natste van de aflopende eeuw te boek staat en dat veel boeren steeds meer tot wanhoop drijft. Imke is met de bus, ze wacht binnen op me, begroet me met een glim-lach die wat geforceerd aandoet. Ik ga tegenover haar aan het tafeltje zitten, bestel koffie bij de zojuist beschreven onsterfe-lijke.

M'n stagiaire is wat anders opgemaakt dan vanochtend. En had ze toen, als elke ochtend, haar haren in een paardenstaart, nu draagt ze ze los. Een mij onbekende haardracht (wat kinderen allemaal met lang haar kunnen doen!). Ook is ze anders gekleed. Blouse en broek, een fluweelachtige stof, waarin ik haar nooit eerder zag. Kortom, als in een andere huid gestoken. Om haar blouse, die verrassend gedecolleteerd is heeft ze een gebreid, gelig vestje geslagen. Voor mij opgetut en voor de spiegel gestaan! Dat deze accenten kennelijk speciaal voor deze gelegenheid zijn aangebracht vervult me met warmte, een zielzuiverende warmte. Plotseling besef ik dat ik van dit kind hou (of zal kunnen gaan houden), en wel degelijk op de manier man-vrouw. Een korte trilling in m'n zondige geslacht begeleidt de hunkerende veron-derstelling dat ze opnieuw bezig is zich aan te bieden.

"Ik heb wel eens betere koffie geproefd" splijt ik met ware woorden een korte stilte.

"Je zou míjn koffie eens moeten proeven." Met haar wijs-vinger tekent ze een figuurtje op het formica tafelblad. Haar lippen vormen nog steeds een glimlach die ze langs mij af op de bewe-ging van die vinger richt. "Vertel 's Andreas, waarom heb je me hier uitgenodigd?"

"Ik vind het hier wel gezellig, ik kom hier soms als ik een wandeling heb gemaakt in de bossen verderop."

Onware woorden nu, want ik heb het hier nog nooit gezellig gevonden, zelfs als kind niet. Ook nu is het er allesbehalve ge-zellig. Een te grote ruimte zonder afscheidingen, sfeerloze Tif-fany-armaturen, geen enkele privacy; wat stoort, al zijn er dan nauwelijks bezoekers. Waarom dan toch hier? Dat er een glimp verwachting in het spel is omtrent de afloop van deze avond, de 'woeste' natuur vlakbij, Boschlust als uitvalsbasis? Dat ik de kans erg klein acht hier op dit tijdstip nog bekenden tegen het lijf te lopen?

Zij: "Zo bedoel ik het niet. Ik bedoel, is er een reden om me speciaal hier uit te nodigen, hier in Boschlust. Waarom nodig je me *hier* uit?"

Ze kijkt wat misprijzend om zich heen. Bevallen ook haar de stilte en de holle ruimte niet?

Ik, geamuseerd, zogenaamd dan: "Misschien kunnen we da-delijk een wandeling maken."

Frêle schouders die worden opgetrokken, boezem wiens smalle uitsparing me bijna van m'n verstand berooft, kopje dat ze als een mok met beide handen vasthoudt, haar gezicht naar het raam gewend waardoor het licht Aziatische zich nadrukkelijk profi-leert. "Het regent Andreas, kijk maar, het gaat steeds harder regenen."

Het regent nu stevig. Door het beregende venster zie ik twee mensen uit een auto stappen en meteen paraplu's opsteken. Een van die paraplu's klapt binnenstebuiten als de wind er onder slaat. Ze trekken een spurt naar een andere hoek van de uitspanning waar een cafetaria is.

Het gesprek wil niet vlotten, het zal ook niet vlotten omdat we deze avond met een andersoortig gesprek willen vullen, zij net zo goed als ik. Een woordloos gesprek, en omdat we dat precies van elkaar weten. We kijken elkaar aan, zij glimlacht nu anders, heel anders, terwijl ze zegt:

"Ik denk dat ik wel weet Andreas waarom je me hier hebt uitgenodigd. Ik denk dat ik het weet. Moeten we dadelijk niet nog ergens heen gaan, naar een andere plek?"

"Waarheen? Weet jij in de stad nog iets leuks dat open is?" wens ik de schijn eerst op te houden. Ik hou van het spel, ik hou er van het nog even te spelen.

Met die glimlach van zonet: "Dat bedoel ik niet."

"Je bedoelt…"

"We zouden een stukje kunnen gaan rijden."

Een gierend kloppen in m'n tors en thorax, niettegenstaande alles. "Hoe bedoel je?" Hopeloos gebaar richting ramen dat wil zeggen: meid, het is dadelijk stikdonker en het regent pijpenstelen.

Zij, zacht pratend, haar hand op mijn hand en met de hare mijn ogen fixerend: "Daar begint toch dat grote donkere bos waar niemand ons zien kan en waar jij zo goed de weg weet?"

Einde spel. Onvoorzichtig tienermeisje, gniffelend ondeugend Roodkapje dat haar harteklopppende oude minnaarwolf een in indirect medium maar daardoor des te duidelijker voorstel doet. *Oh sauvage!*

Turend door de regensluiers, 'zwiep-zwap' van de ruitenwissers naar een mij bekende parkeerplaats gereden van waaruit ik menigmaal een ferme wandeling onderneem door struweel, on-der geboomte en over heidevelden die zich tot enkele kilometers in de provincie uitstrekken. Daar aankomend een auto zien staan met aan de binnenkant beslagen ramen, dus me een voorstelling makend (jij ook Imke?) van wat zich binnen de autoruimte aan moois afspeelt. Daarom maar doorrijdend over een sopperig bosweggetje, in de wetenschap dat zo'n drie tot vierhonderd meter verderop een kleine inham is waar een gemiddeld metalen 'liefdesnestje' ondeugend precies in past, en daar slippend en glibberend aankomend.

Ik zit aan mijn kant, achter het stuur, Imke op de passagiersplaats. De radiocassette biedt gevarieerd instrumenteel. Het re-gent dat het giet, de druppels striemen de autoruiten, aangejaagd door een wind die aanzwelt en die de grove dennen (de toppen als de zwarte schaduwen van reusachtige gebalde vuisten) rond-om doet zingen en suizen als een branding. De herinnering aan dertig jaar geleden is sterk alsof het gisteren gebeurde wanneer Anna en ik, zij als veertien-, vijftienjarige scholiere nog thuis-wonend, ik in een studentenkamertje zonder privacy, niet op een andere manier de gelegenheid wisten te scheppen dan in de avondlijke beslotenheid van de autoruimte van mijn Fiat 500. Die was toen ruim vijftien jaar oud en hopeloos aftands, maar bewees als *petite maison de passe* niettemin uitstekende dien-sten. De tijden van toen herleven – met dit kleine grote verschil dat niet blonde stoere, toen al kettingrokende Anna naast me zit, in een moeizame verstrengeling van ledematen, of naakt tot op haar schoenen onder me ligt, in tot aan het canvas dak van het autootje reikende spreidhouding gillend haar eerste orgasmen bereikt, maar kleine onschuldige Imke die in elk geval niets van sigaretten moet hebben en die zich keurig aan haar kant in de auto ophoudt.

Onschuldig? "Wat weet jij de weg hier goed zeg. Kom je hier soms vaker?" Haar zachte, wat hese en die laatste woorden uitdagend beklemtonende stem (in de wereld is niets rein) die bijna een meter van me verwijderd is maar die wel vlak bij mijn oor lijkt te klinken.

"Ik wandel hier vaak. En om niet teveel mensen tegen te komen zet ik de auto soms op deze plek neer. Hier ben je een beet-je van de vaste wandelroutes weg."

"Ben je dan zo'n individualist?" (Zeg gerust Einzelgänger, in wezen ben ik een geweldige Einzelgänger Imke).

"Ik wandel graag in m'n eentje. Ik wil dan ook echt een beetje van de natuur genieten."

Ik hoor haar meer dan ik haar zie. We zijn door een volmaakte duisternis omhuld, de twee spotjes van de autoradio verspreiden net voldoende licht om heel vaag de contouren van haar gezicht te kunnen ontwaren, en dat ook pas nadat mijn ogen aan het duister gewend raken. Mijn gespitste wolfsoren mogen vernemen (ik hoor weer het zachte, mij extatiserende, mijn hartslag ontregelende schuren en ritselen van kleren van vroeger, in het nachtelijke duister van de Fiat) dat ze het vestje uittrekt waarna ze een hand op mijn schouder legt.

"Dat wat je toen zei Andreas, toen bij je thuis, dat je wel een verhouding met me wilt beginnen… meende je dat echt?"

Ik beaam het, hoor haar zuchten. Haar hand glijdt verder over m'n schouder, langs m'n nek, tot aan de andere schouder, en opeens voel ik haar haren tegen mijn hoofd, m'n wang. Ik ruik de lichte muskusgeur (van afstanden, halve wereld afstanden waarover dit meisje naar me toe is gedreven om deze avond, deze gedenkwaardige mei-avond met mij, uitgerekend met mij, oude, calvinistische vrek, en in de beslotenheid van m'n auto door te brengen). Wat moet ik doen, wat zal zij nu doen, zeggen?

Ze wrijft haar hoofd tegen mijn hoofd, ze zegt: "Andreas, wat let je dan, wat let je. Laat me alsjeblieft niet meer los. Ik wil bij je zijn, bij je blijven, straks moeder van jouw kinderen worden."

Mijn god!, zo zegt ze het, ze zegt het zó, en niet anders m'n kleine donkere engel. Ik voel in me een rilling die zich zomaar zou kunnen veruiterlijken en zij, omdat ze me vast omarmt ineens, meteen alles van me zal weten, m'n gemoedsstemming, mijn razende hart, m'n eenzame mannenhunkering, mijn gevoe-lens voor haar op ditzelfde moment, m'n diepste roerselen, en wel tot in hun afzonderlijke trilatomen. (Omarmen, en begint het daar niet allemaal mee?, begon het daar niet steeds mee, dertig jaar geleden in onze *véhicule d'amour*? Omarmen, zoenen, hand tussen dijen, andere hand sluiting rok, getrek aan kleren, al die overbodige kleren, trillende vingers onhandig frunnikend aan sluiting beha, naakt, eindelijk het bevrijdende naakt, de intimi-teit van buik en borsten, de *introïtus vaginae*, de geur, oergeur der willige schede, trouwe boodschapper der vrouwelijke lust, het wordingscentrum, klaar en consummatiebereid. Het spelen, het strelen, het spreiden, het ingaan, het kreunen, het schokken, het lendenvuur, genese en dood (o, grimmige hartverscheurende, misleidende *fausse reconnaissance*, spaar mijn ziel!)).

Ik hoor Imke snuiven; een ogenblik is 't wel alsof ze huilt. Ik kan niets zien en ik wil het ook niet vragen. Tussen ons zijn behalve de tweeëndertig jaren nog de middenconsole met scha-kel-pook en de sluitingen van de veiligheidsgordels. Obstakels die je altijd tot halsbrekende toeren dwingen herinner ik me van het zoete verleden. Ze maken ook dat ik mijn arm ver moet strekken om haar helemaal te omarmen – tot ze me tegemoet komt door nog verder in mijn richting te schuiven, op mijn schoot rugge-lings een horizontale houding aan te nemen, haar blouse te ope-nen om me haar borsten aan te bieden. Hoeveel moeite het me kost *niet* op dat moment naar de brede, obsta-kelvrije achterbank te verhuizen!

We moeten ongeveer een half uur zo hebben doorgebracht, zonder te praten, zonder te ademen bijkans, terwijl ik met mijn lippen, m'n tong haar tepels stimuleer, en nadien met m'n zon-dige vingers haar vagina, en omhuld als we zijn door gedempte muziek, in de auto die onder een krachtige douche lijkt te staan en die af en toe licht wordt bewogen door een wind die steeds aantrekt, met zijn vlagen het bos begint te geselen, de grove en Corsicaanse den sarrend en wanhopig makend. Het is alsof ze uit een diepe slaap ontwaakt als een tak op het dak van de auto valt en ze met slepende stem zegt:

"Andreas, denk nog eens goed na over wat ik je zopas gezegd heb. Ik wil graag dat je me serieus neemt, en op dit punt al hele-maal."

On ne badine pas avec l'amour. Ze is bezig haar blouse en broek weer dicht te knopen, haar haren te fatsoeneren. Bij het licht van het leeslampje bekijkt ze zich in de binnenspiegel. Ze rolt keurend haar lippen over elkaar.

Het is half een als ik voorzichtig mijn weg terug zoek naar de civili-satie, af en toe een konijn door de lichtbundel van de auto zie schie-ten en mag constateren dat het licht in en rond Boschlust nu gedoofd is. Ik vraag of ze over twee weken meegaat met het sectorreisje, hoewel ik al weet dat ze dat doet (ik heb de lijst met deelnemers onder ogen gehad). Ze beaamt en ik voel me ogenblikkelijk een klo-jo, een bangelijke bourgeois als ik deze, mijn eigen woorden hoor:

"Misschien moeten we die dag oppassen niet al te zeer op te vallen, nóg niet al te zeer op te vallen als je begrijpt wat ik bedoel."

Het adverbium 'nog'. Bezit ze de fijnzinnigheid om de 'fijn-zinnigheid' ervan op deze plaats te proeven?

Mijn nachtgezellin snuift. Ze raakt m'n knie aan, knijpt erin. Met een: "Ik zal proberen me netjes te gedragen, lieve paps van me" en een hoogst innige zoen zet ik haar bij haar huis af.

Ik zal haar ruim een week niet zien omdat ze op school is in ver-band met het volgen van theorielessen en een aansluitende toets. Een kwellende eeuwigheid, niet meer en niet minder.

10.

Ik moet nu enkele verontrustende veranderingen bij mezelf aan-stippen. Om te beginnen strijden sinds Boschlust Andreas de Verstandige en Andreas de Gevoelige om het grootste gelijk. Ik moet zeggen dat zij elk voor zich overwegend keurig hun beurt afwachten; verwarrende, elkaar overlappende of botsende rede-neringen vermijden; om me vervolgens met des te meer kracht van argumenten te bewerken. 's Nachts, de sombere tijd van het gebruikelijke wakker liggen, zo tussen twee en vijf, maar in dit geval ook nog 's ochtends voor de scheerspiegel, sleept het verstand zijn triomf weg. Dat hanteert naar zijn aard praktische beweegredenen. Dat er sprake is van de gril van een adolescente die opeens in mij de vaderfiguur meent te hebben gevonden die deze arme ziel, die morgen zomaar een nieuwe vermeende va-derfiguur zou kunnen aanklampen, haar jonge leven lang heeft moeten ontberen.

Bij het ontbijt teistert me het vuige vermoeden dat het kind uit is op mijn geld, mijn status, mijn naam en faam. Tijdens de diepste afdaling in de modder van deze Hadesfantasieën ben ik ervan overtuigd dat het haar er om te doen is spoedig zwanger te worden, om me met deze situatie te chanteren en te ruïneren. Vanzelf kan ze de samenleving waarin ik existeer en eerlijk m'n brood en aanzien probeer te verdienen en die ongezien raad weet met viespeuken van mijn kaliber, met het grootste gemak tegen me opzetten.

Ook in de loop van de ochtend weet ik me nog wel een paar van deze onderwereldmotieven voor de geest te toveren.

In de middag ontstaat meestal enige strijd tussen Andreas de Verstandige en zijn meer sensibele (misschien moet ik zeggen 'romantische') tweelingbroer. En naarmate de dag vordert krijgt deze vriendelijke Frans het voor 't zeggen.

's Avonds, bij een glas wijn waarvan ik er per avond meer tot me neem en een half pakje sigaretten (ik kan me niet herinneren ooit zoveel te hebben gerookt), is deze naverwante op z'n best. Nadat hij me er via de meest ingewikkelde gedachtenassociaties die ik nadien nooit meer weet te herleiden, van overtuigd dat een leeftijdsverschil van tweeëndertig jaar inderdaad een belachelijk accident is, openen zich werkelijk de prachtigste vergezichten met mijn Imkelief. In dit nieuwe paradijs huppelt ze aanvankelijk aan mijn vaderlijke hand, stoute kindmaîtresse die ik overstelp met cadeaus, attenties, bloemen, degelijke vaderlijke zorg en raadgeving.

Om een uur of elf, in staat van lichte dronkenschap, zie ik haar als m'n nieuwe bruid die ik de stadhuistrappen op draag; vervolgens als mijn trouwe, jonge vrouw ergens in de binnenlanden van Afrika, ik als coördinator of nog vagere functie in dienst van het een of andere niet bestaande onderwijsproject, Imke als een van de uitvoersters. Collega's en compagnons. Ik zie haar daar zelfs al als jonge moeder van mijn bescheiden nieuwe kinderschaar; na warme voorstellingen vanzelf omtrent dat wat Moeder Natuur tussen twee seksen zoal laat plaatsvinden om een kinderschaar te verwerven. Dit zijn waarachtig niet de minst bloeiende verge-zichten gedurende mijn planningen en overpeinzingen.

Doch dan komt weer die vermaledijde nacht met zijn fatale vermoedens, z'n tormenten, z'n opgeheven vinger.

Maar sinds Boschlust is ook op een ingrijpender manier iets in me veranderd, waar ik me serieus zorgen om maak. Ik ga me meer en meer gedragen als de adolescent die ik ooit, ruim dertig jaar geleden moet zijn geweest. In weerwil van Imkes beweringen en na aan mijn uiterlijk jarenlang nauwelijks aandacht te hebben besteed, wordt dit opeens weer wezenlijk onderdeel van m'n leefwereld. In de intimiteit van mijn slaapvertrek ontwik-kelt zich een uitgebreide *vanity fair* voor spiegels en voor Anna's voormalige kaptafeltje.

Was dit huiveringwekkende stukje narcisme tot hier beperkt gebleven... Helaas, aan zijn misvormde stam groeit een gevaar-lijke loot. Ik begin extra zorg aan mijn kleding te besteden. De positie van sectorhoofd in mijn organisatie brengt overwegend nog met zich mee dat je gekleed gaat in colbert en met stropdas (warme zomerdagen daargelaten) en dus is overdreven veel vari-atie niet mogelijk – misschien tot m'n geluk. Maar ik kies vanaf zeker moment die colberts, die stropdassen waarvan ik meen dat ze beter aan de heersende mode beantwoorden dan andere. Ik schaf me een paar fantasiedassen en een nieuw, moderne snit jasje aan, koop een paar broeken die me weliswaar iets te krap zitten maar die daarentegen de gespierdheid van mijn bovenbenen goed laten uitkomen. Al met al hangen aan deze uiterlijke pendant van mijn innerlijke onzekerheid na verloop van enkele weken stukje bij beetje de delen van een nieuwe garderobe met verrassend hedendaagse kleuren en motieven.

Ja, in mijn steeds sporadischer nuchtere momenten begin ik me ernstig zorgen maken, serieus aan m'n verstand te twijfelen zelfs. Het is alsof ik mezelf niet meer herken.

Mijn hoop overigens dat Imke die schoolweek nog iets van zich laat horen via een telefoontje, nog even achter de deur van m'n werkkamer kijkt misschien, deze stille hoop wordt niet vervuld. Het wordt een van de langste weken van mijn leven. De week daarop, als ze weer om me heen is, is niets in haar gedrag, houding, stem of blik te bespeuren van 't feit dat we een nachtelijke intimiteit in een kleine autoruimte hebben gedeeld. Boschlust is een droom geweest, vast en zeker, product van een oversekste fantasie. Ze reageert ook niet op mijn nieuwe outfit, m'n toch werkelijk dure, volgens bedrijvige verkopers inderdaad beslist zeer hedendaagse snit colbert, m'n zijden fantasiedassen die misschien wel iets te opvallend zijn en waar ik een honderdje en nog meer voor heb neergeteld. Imke benadert me met het haastig ongedwongene van de zelfbewuste vrouw die het druk heeft, een doel voor ogen, die in de samenleving nog een uitdaging zoekt en die geen boodschap heeft aan, laat staan geïnteresseerd is in wat gevorderde en al afbouwende heren van eind veertig.

Andreas valt uit de wolken, en het zal nog erger worden.

11.

Het is best amusant een groep volwassen medewerkers zich op kosten van de gemeenschap een dag te zien vermaken met balgooien, ringsteken, darts, touwklimmen en pijl-en-boogschieten. Te ervaren hoe mensen die op andere dagen elke onmatige beweging onbetamelijk voorkomt, zich in het zweet werken tijdens een partij klootschieten of rond een met spierkracht in beweging te zetten draaimolentje, zitten te schaterlachen daar waar je normaal gesproken kleine kinderen zich angstig of verrukt ziet vastklampen aan hals en oren van houten of gipsen paardjes, of aan het stuurwiel van een brandweerauto. God die immers de mens schiep omdat Hij zich met de dieren alleen zo stierlijk verveelde!

Een meer subtiel vermaak is het… Maar nee, laat me deze obligate dag niet in hilarisch mineur beginnen. Het weer was goed, en dat is altijd meegenomen in ons kikkerlandje. We kwamen na een koffiestop halverwege tenslotte aan bij het alleraardigste allang-vergane-glorie-stadje Elburg om ons daar de rest van de ochtend op een soort kampeerboerderij onder professionele begeleiding uit te putten in de diverse oer-Hollandse gezelligheidsspelen die ik zonet opsomde.

Ik had Imke die ochtend op de verzamelplaats nauwelijks gezien, omringd als ik voortdurend was (en die ochtend zou blijven) door lieden die menen dat tijdens zo'n uitstapje de chef wel welwillend kennis wil nemen van de tijd die intussen is verstreken sinds hun laatste periodiek of promotie. Tijdens de koffie-stop groette ik haar – uit de verte. Ik kon haar naar mijn gevoel onmogelijk benaderen zonder een *force* in mijn gedrag, en ei! ei!, verschillende dames in het gezelschap ontgaat niets, werkelijk niets. Pas in Elburg, nadat we ons vol enthousiasme op de spelletjes hebben gestort, weet ik haar te bereiken.

"Hoi," zegt m'n aanbedene, me niet eens aankijkend als we elkaar toevallig (toevallig?) kruisen van 't ene interessante gebeuren naar het andere en ze vluchtig haar vingers langs m'n arm laat glijden. "Hallo," zeg ik opgekropt, me voelend als iemand die wel in één adem alles eruit wil gooien wat op de wereld en daarbuiten te zeggen valt, maar juist op dat suprème moment even nergens het passende woord bij vindt. Ik kan wel alvast verklappen dat deze korte begroeting deze bijzondere dag de enige conversatie tussen ons bleef.

Imke ziet er werkelijk adembenemend uit in een set geavanceerde vrijetijdsplunje. Niet alleen in míjn beleving, maar helaas ook in die van alle kerels om me heen. Dat ontgaat me heus niet. Onder een mauve tricotstof toont ze soepele, nog bijna smalle billen als van een jonge knaap. Op dat punt doet ze me sterk denken aan Marjon Lorentz wanneer die haar strakke jeans draagt. Wel lijkt ze tussen al die grote Noord-Nederlandse meiden en mannen nog kleiner dan ze al is. Ze is gewoon een prachtig uitziend, goedlachs opdondertje, een donker veertje dat je elk moment vreest de lucht in te zullen zien zweven, en schaterlachend om al mijn vergeefse moreel verdorven hunkeringen in het zenit boven het voormalige Zuiderzeestadje te zullen zien verdwijnen. Terwijl ik, geloof me, tegen het hele vermogen dat ik op het ondermaanse vertegenwoordig, haar volgaarne pardoes zou hebben opgepakt, mijn kleine Indische vriendinnetje. Eén arm onder haar knieën, de andere om haar schouders, om met haar naar die hemelse plek op te stijgen waar we elkaar de rest van onze onvergankelijke jeugd ongestoord kunnen beminnen.

Boven mijn geliefde landje ontvouwt zich zowaar een prachtige half-mei-ochtend. Met het stijgen van de temperatuur hoort op zo'n uitgelezen dag ook het humeur te stijgen, en gewoonlijk is dat, na koffie, een paar sigaretten en al een verstolen glaasje op deze prille ochtend, ook bij mij zeker het geval. Maar vandaag wil het maar niet vlotten. Integendeel, als naar mijn stellige indruk Imke me blijft mijden (naar ik vrees met m'n belachelijk-voorbarige suggestie waarmee we destijds afscheid van elkaar namen nog vers in haar geheugen) en zij zich door steeds meer jonge collega's laat omringen, daalt mijn stemming met dezelfde snelheid als waarmee het kwik deze ochtend moet zijn gestegen. Onder een indrukwekkende voorjaarszon voel ik in m'n hart opeens de knagende pijn der onbevredigdheid en het begin van verbittering der door de jeugd afgewezen oude man. Het zal een rotdag worden, en ik voel hem al helemaal aankomen.

Mijn lief, onwetend van mijn kleine grote crisis, ze vermaakt zich bovenmate. Naarmate de ochtend vordert wordt ze meer en meer op handen gedragen – ook letterlijk. Ik hoor haar jonge keel gilletjes slaken als de een of andere verschrikkelijke vent capriolen met of om haar uithaalt, haar zogenaamd per ongeluk op een verkeerde plaats beetpakt. Al die kraaiende, jonge en oudere hanen van de verschillende afdelingen lopen zich buitengemeen om haar uit te sloven. De andere dames uit het gezelschap worden er min of meer door tekort gedaan.

Dát, plus het feit dat het vrijgezelle sectorhoofd zich op zo'n dag bij de categorie dames-herintreedsters van veertig en ouder in een speciale aandacht mag verheugen, maakt, en eer ik het besef en te laat om het gevaar nog te keren, dat een paar van deze iets oudere gratiën me invangen voor een partijtje minigolf. Maar waar zij, hun aanzienlijke derrières in iets te wijde of – erger – te krappe vrijetijdsbroeken en hun schommelende voorpartijen achter ruime lingerie verstopt, zich hevig inspannen om meneer het sectorhoofd af te troeven en daar die avond tijdens het diner, de komende week op kantoor en tenslotte in het personeelsblad uitgebreid gewag van te maken, daar blijft die meneer zich on-onderbroken de lenige billetjes, de slanke leest, de prille maar afgeronde borstjes van zijn stagiaire voor de geest halen. Hij verliest het partijtje met afstand.

Tijdens een zeiltochtje 's middags op een stukje Veluwemeer vind ik in het vooronder van de oude tjalk waarop we varen een borrel (werkelijk geen toer op een door voormalige Zuiderzeevissers zeewaardig gehouden vaartuig, probeer het eens!). Ik neem er drie, ik ben knalhard aan een humeurversterker toe.

's Avonds bij het diner als van mij wordt verwacht een paar woorden te spreken, zit Imke aan een tafel schuin achter me. Ze is omringd door drie jonge cavaliers die al de hele dag niet van haar zijde waren weg te slaan. Ware het niet dat mijn aandacht voortdurend wordt afgeleid door tafelgenoten met hun berekende geteut in mijn richting; ik zou de gesprekken aan de tafel achter m'n rug hebben kunnen volgen. Nu vang ik alleen fragmenten op. Voldoende om de conclusie te kunnen trekken dat de discussie daar drijft op banale algemeenheden, nu en dan afgewisseld met inhoudsloos adolescentenenthousiasme, waarin Imke overigens volop haar deel heeft. Ik hoor om de haverklap haar lach. Maar ik merk dat ze gaandeweg ook proberen haar uit te horen over haar privésituatie. Ik constateer tot mijn genoegen dat, terwijl ze op dit punt naar mij toe steeds meer open kaart speelde, ze nu nogal gesloten blijft. Verder wordt ze door deze erbarmelijke charmeurs steeds op de verkeerde momenten van complimenten voorzien. Mannelijk onbenul dat niet met vrouwen weet om te gaan. Ik hoop dat mijn verstandige medewerkster dit ook zo ervaart. Haar minachting voor dit exhibitionistische geklungel kan wat mij betreft niet groot genoeg zijn.

Pas achter een wrak spreekgestoelte dat wat opzij in het restaurant is opgesteld kan ik de hele meute overzien. Ik ben geen begenadigd spreker, en naar mijn gevoel bak ik er deze keer nog minder van dan bij andere gelegenheden. Verwacht wordt op zo'n moment een lichte, 'grappige' speech. Wat als grappig bedoeld is, klinkt tragisch; ik heb steeds sterker het gevoel de verpersoonlijking te zijn van een dominee die aan een open graf spreekt. En zelfs de meest routineuze zinnen blijven in mijn mond steken, ze hebben de grootste moeite aan m'n vergramde lippen te ontsnappen. Bovendien word ik afgeleid door Imkes ogen die gedurende het hele toespraakje strak, maar dan ook werkelijk strak en onafgebroken op me gericht blijven. Is het verbazing, is het gêne of minachting om mijn gestuntel, medelijden misschien? Of hoort ze mijn woorden niet eens, heeft een listig compliment van een van die minkukels aan haar tafel haar wellicht aan het staren gebracht?

Het gaat me allemaal nóg moeilijker af.

Als ik ben uitgeneuzeld en onder applaus en gefluit naar m'n inmiddels gesmolten ijssorbet terugwankel, voel ik me verslagen want zelfvernederd.

Na het driegangendiner van zeer middelmatige kwaliteit, namelijk als elk jaar het hachelijke compromis tussen veel en niet te duur (op het gevaar af dat de deelnemers anders een bescheiden financiële bijdrage moeten leveren) is er de gelegenheid om te dansen. Met andere woorden: voor het gros van mijn geachte medewerkers het sein zich aan de bar op kosten van alweer de gemeenschap vol te laten lopen. 't Gebeurt met consumptiebonnen die op ondoorgrondelijke wijze onuitputtelijk blijken en waarin tijdens het verloop van zo'n avond ook nog een bloeiende handel ontstaat.

Aan mijn kant van de bar – we hangen daar met een man of zes, het *savoir-vivre* benadrukkend als een proleet zijn Rolex – aan mijn kant dus is ook de stagiair van bureau Controle verzeild geraakt. Deze zeer jonge man doet me denken aan een uit z'n nest gevallen aasgier. Blond, kaalgeschoren kop, piercings door neusvleugels, wenkbrauwen, oorlelletjes, navel en voorhuid (naar hij beweert). Hij heeft dikke ronde lippen, een platte neus met daarboven fletse, lichtblauwe ogen die enigszins uit hun kassen puilen, waarschijnlijk als gevolg van een vroege aandoening aan zijn schildklier. Een albine Hottentot, niettemin in mijn organisatie *un enfant chéri des dames*, die duidelijk al meer vuurwater heeft genuttigd dan goed voor hem is. Hij mengt pils met whisky – of andersom. Deze mixture heeft hem uitermate vertrouwelijk gemaakt. Aangemoedigd door enkele van mijn medewerkers die ook niet helemaal koosjer zijn en van een en ander altijd wel pap lusten, weidt hij tot in de goorste bijzonderheden uit over zijn veroveringen van vrouwen in alle soorten, maten en leeftijden. Zijn favoriete doelgroep overigens, zoveel is duidelijk, zijn meisjes van twaalf tot zeventien. Op zich niets bijzonders; de doelgroep van de veertiger Humbert H., terwijl dit joch net zeventien is. Het is de volwassen woordkeus waarmee hij van zijn successen opgeeft, de geblaseerde manier van praten die maakt dat je tot de huiveringwekkende conclusie komt dat hier uit de volheid der ervaring wordt geciteerd en dat jonge meisjes zich vandaag de dag kennelijk boven alle kritische smaak en verdorvenheid verheven wanen. Naarmate hij meer consumptiebonnen in bier en whisky omzet, en steeds aangemoedigd door collega's die, thuis voorgoed onder de plak, graag ook nog weer eens willen horen hoe het er in het grote leven aan toegaat, lijken de ogen van deze jongeman verder uit hun kassen te puilen en maken de geilheid van zijn woorden als 't ware tastbaar. Met stijgende verbazing en gêne (hoe en wanneer grijp je in?) heb ook ik de details uit de mond van deze niet te stuiten rat aangehoord.

Het is deze doodschrik der fatsoenlijke ouders met dochters van dertien tot twintig die ik op een gegeven moment in de richting van het damestoilet zie zwabberen waarin zopas (o, ik hou al haar bewegingen nauwlettend in het oog) Imke is verdwenen. Mijn gierende jaloezie, fraai verpakt in het argument er verantwoordelijk voor te zijn dat een dergelijke avond niet in een soort Sodom en Gomorra ten onder gaat, maakt dat ik iets niet geheel ongevaarlijks onderneem. Me verontschuldigend begeef ik me zo omzichtig als mogelijk met al die drank in m'n lijf ook richting toiletten. De (flarden van de) nu volgend discussie stellen me overigens meteen hogelijk gerust, maken zelfs dat deze onvergetelijke dag ook voor mij nog met een bescheiden zesje eindigt.

Hij (hij staat met de deurklink van de toiletruimte in zijn hand): "Imke, ik heb nog niet eens met je gedanst vanavond."

Zij (een stem die moeilijker te verstaan is omdat ze wat bij het fonteintje morrelt): "Adelijk ag je et me ansen."

Met bonzend hart stel ik me wat verdekt op bij de deur van het herentoilet.

Hij: "Mag ik even bij je komen. Ik moet je iets laten zien." Hij voegt meteen de daad bij het woord, maar laat, de domme aap, de deur aanstaan.

Zij: "ij moet ier eggaan. Dit ijn de amestoiletten. Je ebt ier niks te oeken."

Hij: iets onverstaanbaars. Daarna gestommel. Mijn bloeddruk is intussen tot volstrekt dodelijke hoogte gestegen en ik sta op het punt van ingrijpen of een beroerte als mijn verdorven brein nog net bijtijds het besef loslaat dan een hoogst ongemakkelijke verklaring schuldig te zijn over míjn aanwezigheid op deze der vrouwen heilige plek.

Zij: "ijf van me af… iet doen… ga weg iezerd… zak!"

Foei Imke, jij en zulke woorden!

Weer gestommel, en daarna een kreun. Dan iets van een doffe klap, en wat meteen daarop uit de toiletruimte tolt, maar mij in alle consternatie niet opmerkt, is de kleine meisjesveroveraar, met een spierwit gezicht en iets van bloed bij z'n lip.

Imke, ik zou je hebben willen koesteren, je willen omarmen, je met goud omhangen! – als ik niet zelf had moeten maken dat ik wegkwam.

De prutserige Casanova is de rest van de avond mokkend aan de bar blijven hangen. Hij werd stomdronken.

Ik zie mezelf die avond menige keer op de dansvloer terug. Ik ben de keuze van menige, in dit opzicht welwillende dame. Want het gros der heren-ambtenaren verkiest het zich aan de bar te vermaken met een bij het etablissement behorende blonde stoot, goed van de tongriem gesneden, soms op het randje, die er dus een subtiel handje van heeft de polsgewrichten van haar gasten soepel te houden. Opgelucht en verdrietig, dat laatste meer naarmate ik als gevolg van de drank ruimer van opvatting word, moet ik ervaren dat ik mijn stagiaire zozeer heb geïnstrueerd dat ze me die avond niet één keer ten dans vraagt (en ik durf haar niet te vragen), waar het bij nader inzien toch werkelijk geen ophef zou hebben veroorzaakt wanneer ze een keer met de sector-directeur had rondgeschuifeld. Ze neemt mijn domme verzoek van destijds beslist te letterlijk. Wel dartelt ze nu en dan met andere medewerkers om me heen, en ik geloof niet dat ik het me verbeeld dat ze tenminste twee keer haar achterste opzettelijk tegen het mijne drukt.

Ook op de dansvloer weet ik niet te excelleren; het geklungel dat ik daar tentoonspreid maakt dat ik me een honderd jaar oude sukkel voel.

Klokslag elf beëindig ik als afgesproken deze rampzalige dag en we komen omstreeks middernacht aan waar we 's ochtends om acht uur vol goede moed zijn vertrokken. Ik kijk in een troosteloos weekend waarin ik een aantal conclusies trek die er toch alle op neerkomen dat ik me met betrekking tot Imke geen illusies mag maken. De toename der glazen stimulantia heeft nu eens geen positief effect; integendeel, ze laat Andreas de Verstandige steeds duidelijker inzien dat hij onmogelijk veel jaren te oud voor haar is; dat Andreas de Gevoelige voortdurend bezig is zichzelf met onmogelijke, om niet te zeggen pedofiele hunkeringen te besmeuren, en dat hij niet het minste recht heeft een claim op haar te leggen. Hij besluit haar uit zijn hoofd te zetten want voorziet een lange, pijnlijke periode van frustratie, van woede, haat en nijd die hij z'n oude, al zo afgebeulde hart wil besparen. Want hart en gemoed bloeden.

Zelfs Petra weet hem niet op te beuren. Hij snauwt haar af als ze luidkeels haar zorgen verwoordt omtrent pa's drinkgedrag dat ze volstrekt niet van hem gewend is, en hij haalt geïrriteerd z'n schouders op als ze huilend de deur van de woonkamer dichtslaat.

12.

Die maandagochtend om even over negen gaat de deur van m'n werkkamer open. Imke komt binnen, met een korte groet, loopt naar haar bureau en begint met de rug naar me toe haar tas uit te pakken. Ze blijft van me afgewend staan als ik haar zacht hoor vragen:

"Andreas, heb ik me vrijdag goed genoeg gedragen?"

Mocht ze zich nu omdraaien, dan verwacht ik een lachend, misschien zelfs spottend, of wie weet, minachtend gezicht. Maar áls ze zich omdraait – haast met een ruk – is haar blik recht op me gericht, haar gezicht is open en staat volstrekt ernstig, haar ogen stellen diezelfde vraag.

Prima, prima, wil ik zeggen, je hebt je voorbeeldig gedragen. Maar gedraag je vanaf nu zoals je je tegenover mij wílt gedragen. Doe wat je wilt, zeg wat je wilt, maak van je hart geen moordkuil.

Dit alles, en nog veel meer wil ik haar toeroepen, toezingen, toefluisteren, inprenten, in haar ziel kalligraferen. Maar ik volsta met zwijgen, en haar een glimlach tonen. Ze beantwoordt mijn glimlach, maar blijft me intussen aandachtig aankijken, vraagt:

"Zeg me, lief, heb jij dit weekend net zo geleden als ik?"

Zegt: ja, dat het toch wel degelijk was vanwege mijn verzoek om de buitenwacht 'nog' niets van onze verhouding te laten merken, dat ze het daarom geen leuke dag heeft gevonden, dat ze graag nu en dan haar arm door de mijne had gehaakt, naast me was gaan zitten, met mij wat rondgewandeld, een spelletje met me gedaan, graag een keer met me gedanst ook, mooie vrijetijdsblouse had ik gedragen trouwens, het dansen, nou ja, wat minder, maar ja, daar was de muziek ook niet naar. Zij heeft ook niet fijn kunnen dansen.

Als ik van m'n werk thuiskom, haal ik de achterbank uit mijn auto, leg tussen de wielkasten een oude luchtmatras met daar overheen een deken. Die avond rijd ik mijn vriendinnetje naar die plek in het bos waar we twee weken geleden waren. Ze weet woordloos wat de bedoeling is omdat die ook de hare is, kleedt zich al onderweg uit. We vrijen zwijgend. Uit iets wat wel een soort verdoving moet zijn geweest, vind ik me terug, óp haar liggend, m'n grote handen op haar kleine borsten, mijn gezicht in haar hals. Het is donker en doodstil om ons heen, onze ademhaling heeft een gelijk en gelijkmatig ritme. We hebben die avond geen tien woorden gewisseld, het waren onze lichamen die spraken.

13.

Donna è mobile. Een nieuw pilloos tijdperk is ingegaan. Ze wou, zei ze, haar lijf niet voortdurend volstoppen met die rommel, je hoort daar zoveel negatieve dingen over, ze wil liever geen risico's lopen. Maar vandaag mag ik mijn gang gaan; wat betekent dat ze minder dan vijf dagen (haar veiligheidsmarge) van haar laatste maandelijkse ongemak verlost is. Voor mij, gelegenheidsdief, de periodieke buitenkansjes omdat ik diep in m'n hart condooms verfoei. Het gedoe met de tissues om te voorkomen dat mijn liefdessappen vlekken in haar laken maken, neem ik graag op de koop toe. Gebruikelijk is het om na het 'gebeuren' nog een tijdje in elkaars armen te liggen; voor haar, zegt ze, 'het werkelijke hoogtepunt van ons samenzijn'. Dan nestelt ze haar rug tegen me aan, haar nek en hoofd op m'n schouders, om in deze lepelhouding nog wat over koetjes en kalfjes te praten. Ik streel haar buik en borsten, laat mijn vingers haar striaelijnen volgen of ze langs haar cunnus dwalen.

"Misschien zouden we toch moeten trouwen." Mijn oudste Aphrodite zegt het kreunend, omdat ik haar liefdesknopje beroer, en naar aanleiding van eerdere woorden die me (Imke, Imke, in m'n hoofd is alles Imke wat de klok slaat) ontgaan zijn.

"Misschien." Vanzelf heb ik mijn hoofd nu volstrekt niet naar deze delicate discussie staan. Telkens als ze daarover begint – onrustbarend vaak sinds enige tijd, soms in samenhang met de vraag of ik wel een kind bij haar zou willen, en dit alles al evenzeer niet sporend met mijn huidige, enerverende tijdsgewricht – heb ik het gezicht van mijn goede vriend Willem Jacob Lorentz voor ogen. Ik weet – wat Lena niet weet en wat mij betreft ook niet weten moet – dat Wim in Riad een vriendin heeft, een Anglo-Amerikaanse, gescheiden, ook technicus bij Shell. En waarachtig suste deze wetenschap die me ooit terloops is meegedeeld mijn aanvankelijk steeds opspelende schuldgevoelens over het feit dat ik m'n makker horentjes zet. Hem echter met een scheiding confronteren waarbij ik als het ware als *corpus delicti* fungeer; die gedachte staat me onveranderlijk tegen. En is er met die andere, half Indische Phyllis op m'n zonbeschenen pad nu immers niet nóg een reden om in dit opzicht wat voorzichtig te manoeuvreren? *Entre ces deux mon coeur balance* mijmert mijn huichelachtige hoofd terwijl m'n rottende hart de keuze allang gemaakt heeft.

Ze wrijft haar rug tegen me aan en onder m'n stimulerende vingers voel ik haar tepels weer tot harde knopjes worden. Als ze haar gezicht naar me toedraait en zegt dat ik haar nog 'n keer hard moet neuken, druk ik, vieze, berekende, onberekenbare man, een kus op haar mond.

"Hou van me, André, alsjeblieft, hou van me."

"Ik hou van je, Lena, dat weet je en dat zal nooit anders zijn."

Nooit, nooit! Welk sterfelijk of onsterfelijk wezen durft die garantie te geven? Alleen het stomste, of het smerigste. Ze draait zich om, legt haar armen om mijn rug, trekt me op zich en vervolgens, haar benen spreidend, tegen zich aan. In die houding blijven we liggen, tien minuten, een kwartier. Door het weefsel van haar borsten heen voel ik haar hart tegen mijn borstkas kloppen – een niet alziend hart dat klopt voor een smerig karakter, geen uitzondering op de regel.

In dit minnenaspel worden we gestoord door het tikken op en meteen daarna op een kier opengaan van de slaapkamerdeur, het asblonde hoofd, het flauw glimlachende gezicht en de stem van Marjon:

"Schieten jullie al wat op met je gevrij, ik krijg honger."

Het is inderdaad al zeven uur. De afspraak is dat we – Lena, Marjon en ik – in restaurant La Bella Italia een pizza gaan eten en deze, als vele voorgaande avonden, besproeien met een lekkere Barolo.

Ik was nog dubbel en dwars met Anna getrouwd toen ik bij Lena m'n opwachting maakte, nu zo'n twaalf jaar geleden. Ook toen Wim nog niet door de Koninklijke werd uitgezonden, troffen we elkaar al af en toe onder vier ogen, en een bepaald verlangen nam steeds ondraaglijker vorm aan, telkens als we elkaar ontmoetten of telefoneerden. Op het laatst was er geen houden meer aan. We rolden met elkaar in bed een etmaal nadat Wim voor z'n allereerste detachement drie maanden naar Saoedi-Arabië vertrok.

Zij, Marjon, de opgroeiende dochter, vormde aanvankelijk een probleem. Moest ze worden ingewijd of buiten onze affaire worden gehouden, dat was de vraag die zich pas oploste toen ze Lena en mij 'n jaar of wat geleden buiten alle zorgvuldige planning om op een precair moment, zijnde nagenoeg het gezamenlijke hoogtepunt van de intiemste verrichting, op Lena's slaapkamer aantrof. Ze verklapte, de lieveling, zich met vuurrood hoofd excuserend voor de storing, het volgende: Dat ze al jaren een verhouding tussen haar moeder en mij vermoedde, dat ze daarmee bedoelde te zeggen dat er wel meer aan de hand zou zijn dan koffie drinken en het kusje bij de deur. De toen twaalfjarige schat (hoe ruim van inlevingsvermogen al) kon, zei ze, met een vader die maar om de zoveel tijd thuis was moeders behoefte aan een vaste vriend heel goed begrijpen. Sindsdien zit Marjon in ons complotje; deelt ons kleine, grote geheim.

Die avond, de pizzasmaak nog in m'n mond, neem ik op haar verzoek het stageverslag door van Imke de Vries, leerlinge van de gemeentelijke scholengemeenschap voor voortgezet onderwijs. Het is niet meer en niet minder dan een formele beschrijving van hetgeen ze gedurende zes maanden op de verschillende afdelingen van mijn sector heeft gezien, gehoord en gelezen, met hier en daar een nuchtere conclusie naar aanleiding van een paar stellingen die ik haar destijds aan de hand deed. Meer kan van een zeventienjarige niet worden verwacht. Wat me opvalt is haar perfecte beheersing van de Nederlandse taal. Nagenoeg foutloos. Ik pleeg een inversie, verbeter een zinsopbouw, met de vergevingsgezindheid van een oude leraar zijn favoriete leerlinge.

14.

Ze neemt afscheid met een bosje bloemen aangeleverd door de firma waarmee de organisatie sinds mensenheugenis een leveringscontract heeft. Een bosje dat daarom sinds mensenheugenis een volmaakt gebrek aan creativiteit ten toon spreidt. Het zijn uitentreuren dezelfde bloemen, een droevige melange van chrysanten, enkele gerbera's en wat rozen gestoken in groen, overbodig veel groen. Er is koffie met een plakje cake, ten overstaan van de afdelingshoofden, een personeelsconsulent en de sectorsecretaresse richt ik een afscheidswoordje tot haar. Daarmee is de ceremonie beklonken. Een half uur al met al. Ik moet me, de omstandigheden in acht nemend, beperken tot een handdruk, een koud zoentje op beide wangen en 'een hart onder de riem' in de vorm van de mededeling dat ze het gezien de door haar de afgelopen maanden getoonde inzet best zal rooien in een toekomstige werkkring. Haar reactie op deze 'opsteker' bestaat uit een paar goed gekozen woorden, een glimlach, nagels die haast pijnlijk in mijn handpalm drukken als ik haar de hand schud,

en een korte blik, recht in m'n ogen, waarvan ik niet weet of
het een blik van verstandhouding betreft of misschien een lichte
verachting om mijn formele gedoe.

15.

Tot mijn verbazing verneem ik nadien van Imke taal noch teken.
'Leuk, maar blijven we elkaar intussen wel ontmoeten?': hoezeer echoën deze woorden ook nu nog in m'n oren. De schoolvakanties staan op het punt van beginnen. Ze was nogal vaag
geweest over haar vakantieplannen. Ze zou er misschien met
een vriendin op uittrekken. Maar op welke manier en waarheen
wist ze nog niet. Wie die vriendin is, is me ook niet bekend, en
bij de herinnering aan Petra's veronderstelling dat ze misschien
helemaal geen vriendinnen heeft, begin ik me het een en ander
steeds meer af te vragen.

Aanvankelijk denk ik dat hele vakantieplannenverhaal wellicht
verzonnen is en ze mij haar gemis aan relaties niet durft bekennen. Wie weet, lijdt ze aan een contactstoornis, en het hebben
van een kleine vriendenschaar op haar leeftijd is toch wel het
uiterste minimum om in onze zo op sociale contacten toegeleg-
de samenleving voor 'normaal' te kunnen doorgaan. Schaamt ze
zich misschien voor haar uitzondering?

Nadien (maar dan leven we al in de maand augustus) vraag
ik me af of niet dat waarop mijn bescheiden verwachtingen omtrent haar zijn gebouwd op een misverstand berust en zachtjes
zal imploderen tot een ashoopje illusies. Is van mijn kant niet
alles alsnog één groot luchtkasteel? Steekt in haar misschien een
jonge nymfomane met vadercomplex die intussen alweer tegen
een andere goedgelovige vijftiger is opgebotst?

Maar het is pas eind juni en ik voorzie nog een hele hel
van landerigheid, illusies en desillusies te moeten doorstaan. De

eerste medewerkers hebben al hun biezen gepakt – de bofkonten die niet aan schoolvakanties gebonden zijn en op elk terrasje in Europa hun drankjes nog kunnen betrekken voor een prijs die niet de uitkomst is van een volstrekt overspannen toestand aan de vraagzijde. Het betekent dat me al over een week of drie de eerste ingeblikte verhalen over vakantieavonturen zullen worden opgelepeld. Want wat kan ons nog overkomen sinds de ANWB en zijn broertjes en zusjes als de grootste belangenbehartigingsorganisaties in elk Europees land te boek staan?

Mijn situatie wordt nog penibeler als vanaf half juli het voortgezet onderwijs de deuren sluit en Petra mij ten minste vier weken verlaat. Zij heeft, als elk jaar, wel uitgesproken vakantieplannen. Dit jaar worden het drie weken Mexico, met aansluitend nog een periode Italië. Vakantiegenoegens die ze zich overigens alleen kan permitteren omdat palief in de buidel tast. Maar wat kan een redelijk bemiddelde vader zijn jonge, thuiswonende dochter weigeren? dacht ik nog toen ik haar en haar momentane 'hartsvriendin' op een zeer vroege en enigszins nevelige ochtend haastig want verlaat naar Schiphol reed. Ik nam er afscheid van mijn oogappel met een dikke zoen op beide wangen en vermaan haar 'heel, heel goed' op mezelf te passen. Het verzoette de pijn van m'n bekeuring wegens te hard rijden die ik al om zeven uur die ochtend opliep van een korzelige verkeersagent die zoetsappig vroeg of ie m'n vliegbrevet wel even mocht inzien.

Geen Petra, geen Imke. Ik heb zowel thuis als op kantoor het rijk alleen – een onzuiver eufemisme voor een periode van verveling en desoriëntatie. Zelfs mijn regelmatige bezoekjes aan Lena kunnen de pijn van m'n lusteloosheid niet helemaal verdoven. Ik prijs me deze dagen overigens hoogst gelukkig dat zij in mijn leven is. Zonder haar zou ik me bij wijze van spreken door de eerste de beste Jehovagetuige aan de deur laten ompraten – zó weinig geestvast dreig ik te worden. Er zijn mannen van mijn leeftijd die zich in perioden van veel vrije tijd begenotteren aan sier- of moestuin, zich in een barmhartig hoekje met een boek op schoot terugtrekken, hun fysieke conditie en verwaarloosde sociale contacten weer op peil brengen op golf- of tennisbaan, of tenminste het besluit nemen aanstaande herfst met de een of andere cursus aan te vangen. Bij mij niets van dit alles. Zelfs op de *course* vertoon ik me deze zomer niet. Op zeker moment wordt me de wekelijkse verrichting met de elektrische gazonmaaier zelfs te veel, zodat ik gedwongen ben een hovenier met motormaaier in te huren om het gras er nog weer fatsoenlijk af te krijgen. Wat moet een Imke met zo'n ongeïnteresseerde, ééndimensionale sukkel? Misschien heeft zij zich inmiddels ook deze verstandige vraag gesteld en daaruit een nog veel verstandiger conclusie getrokken. (Leuk Andreas, maar blijven we elkaar intussen wel ontmoeten?)

Mijn god!

Hoe dan ook, ik ben mijn lieve Lena hoogst dankbaar dat zij met haar aanwezigheid, haar zorg en liefde, haar gunsten voor wat afleiding zorgt.

"Midden september komt Wim thuis," deelt ze me min of meer en passant mee als we op een zinderend hete namiddag ergens een koel glas witte wijn drinken. Subtiel sein dat ik zo'n vijf weken in zeker opzicht *persona non grata* ben – ook al geen positieve bijdrage aan de oplossing van m'n identiteitscrisis. Maar haar woorden klinken gelaten; voor het eerst klinkt in deze viermaandelijkse briefing berusting door. Sterker nog, er ligt een uitdrukking van licht misprijzen op haar gezicht. En op datzelfde moment smaakt de gedachte dat ik al meer dan een decennium bezig ben mijn goede vriend met horentjes op te tuigen, me bitter als gal.

Maar Lena (ook vier weken door haar dochter verlaten – zijn er 's zomers eigenlijk nog wel lieve, jonge meisjes in de stad?) is wel mijn reddingsboei die voorkomt dat ik verzuip in m'n zelfmedelijden versterkende eenzaamheid.

Daar, op dat terrasje langs een winkelstraat van hun gezellige stadje, pakt ze liefkozend de hand van de man in wie het libido onaangetast ligt. Want ze hebben besloten vanwege de gloeiende hitte de gebruikelijke geslachtsgemeenschap tot de koele (?) avond uit te stellen. Naarmate men ouder wordt gaat men ook op dit punt verstandiger met de heersende omstandigheden om, en hij zal haar de hele nacht aan zijn zij hebben.

16.

De laatste warme dagen van juli is mijn paranoia zó krachtig, dat ik me de eenzaamste man van de wereld weet. Ik schrijf 'paranoia' omdat ik er inderdaad aan lijd, een soort achtervolgingswaan. De achtervolging door mijn eigen eenzaamheid, m'n zelfbeklag en beschuldiging, en een steeds pijnlijker wroetend vermoeden dat ik voor Imke, mijn Imkemijn, een doodgewone ééndagsvlieg ben geweest. Uit het oog, uit het hart. Begin augustus is het als ik me er voor het eerst op betrap het keurige huis met tuin van de familie de Vries te bespioneren. Ik fiets er vanaf kantoor naar huis langs, toch een onpraktische omweg van zo'n vijf minuten. Soms rijd ik met de Volvo langs het pand, parkeer hem verderop in de straat, om het vanuit mijn autospiegels in ogenschouw te nemen. Ik had beter moeten weten; er beweegt niets in en om het huis behalve een enkele keer een buurvrouw of misschien een familielid, wellicht gestrikt om de planten te begieten en in elk geval de zonneschermen neer te laten en 's avonds weer op te trekken. Want zoals we weten, brengt niets inbrekers zozeer in extase als jaloezieën die 's nachts of bij regen en ontij neergelaten blijven. Ik sta op het punt, nadat ik constateer dat de De Vriezen uit de Algarve zijn teruggekeerd, de ramp te veroorzaken bij hen aan te bellen om te vragen waar hun stiefdochter uithangt; erger nog, of zij weten of ze misschien een vriend heeft en zo ja, waar die woont. Opdat ik mijn beide handen plechtig om de nek van deze jongeman kan leggen om hem zachtkens te smoren en vervolgens Imke hartstochtelijk op haar vergissing te wijzen. Dit alles in het vooruitzicht dat ze trouw elke dag een bezoek aan de gevangenis brengt. Om met haar herrezen grote liefde, de heer Damstra, haar ridder, redder en schaker (o plechtige romantiek!) de toekomst door te nemen die nu weldra (hoe lang staat in ons rechtsbestel op een *crime passionel*?) in al haar pracht en praal gaat gloren.

Ook een kleurrijke ansicht uit Mexico kan me niet uit m'n treurige gemoedsgesteldheid bevrijden. Petra doet verslag in 't welbekende, binnen een beperkte ruimte gedwongen korte, haast cryptische proza (er is zelfs in het wit van een wolk in de Yuca-tánlucht boven in de ansicht iets onleesbaars neergekrabbeld). Niettemin weet mijn uitbundige, van huis uit soms nogal breedsprakige jongste toch allemaal nog mee te delen dat Mexico een schitterend, werkelijk schitterend land is waar ze al heel veel van is gaan houden, dat ze desondanks nog steeds het allermeest van mij houdt en best heel vaak aan me moet denken, dat ze daar allemaal mannen met vervaarlijke snorren ziet die veel op me lijken (ook ik ga met wat struikgewas onder m'n neus door het leven), dat ik dan wel eerst zo'n Mexicaanse hoed moet opzetten die ze inmiddels voor me heeft gekocht, en dat ze nog niet weet of ze rechtstreeks naar Zuid-Italië zal vliegen of dat ze eerst naar Nederland komt om weer een paar dagen gezellig bij me te zijn. Nader bericht hierover volgt.

De als zo nuchter aangeschreven verlorene en dolende bestaat het vervolgens medio augustus, als zijn nood hem alsmaar retrospectiever maakt, de conclusie te trekken *primo* dat hij niets van zijn leven heeft gemaakt, *secundo* dat hij een pathologische hang heeft naar jonge meisjes. Hij vergeet gemakshalve dat hij toch een gerespecteerde positie heeft opgebouwd, een dochter heeft die hem buiten zijn schuld aanbidt, een tweede die voornamelijk met zijn zorg, advies en financiële ondersteuning bezig is de basis te leggen voor een gedegen carrière, dat hij naar zijn dochteren toe nooit door enig ziekelijk gevoelen is verrast, en dat het kleine, donkere wezentje dat voortdurend in zijn gedachten rondtrippelt zich toch ook enigszins aan hem heeft opgedrongen. Hij begint, verblind door van alles en nog wat, zich steeds meer in zelfbeschuldigingen uit te leven. Hij had Imke al bij de eerste tekenen van haar toenadering als een oude, wijze man moeten reprimeren. Hij heeft op volstrekt ontoelaatbare manier misbruik gemaakt van haar situatie – het feit van het stiefkind zijn en vanuit die status het volstrekt begrijpelijke Freudiaanse terugvallen op volwassen mannen die voor haar als vaderfiguur kunnen dienen. (Petra die indertijd zo treffend gelijk had; intuïtief, zonder het in deze uitmuntende bewoording te kunnen uitdrukken natuurlijk).

Hij had haar plannen met betrekking tot hem, een gezamenlijke toekomst, van meet af moeten wegwuiven, moeten voorkomen dat bij haar in dit opzicht ook maar de geringste verwachting kon ontstaan. Hij had, kortom, moeten handelen als een goede schoolmeester. In plaats daarvan heeft hij gehandeld als de verdorven seksuele maniak die hij in wezen ook is. Hij oordeelt zichzelf als een laatbloeier-pedofiel.

Deze harde conclusie vergalt alle plezier in zijn leven, en in z'n werk en als de namiddag is aangebroken waarop hij z'n werkkamer gedurende twee weken dichttrekt, heeft hij het plan om het boeltje te verkopen, te zorgen dat Petra goed terecht komt, en met het vermogentje dat hij heeft opgebouwd een enkele reis te beginnen; Nederland alleen nog aan te doen via brief, telefoon of ansicht al voelbare proporties aangenomen. Met andere woorden, de gedachte aan moeder en dochter M'Kromo uit Burkina Faso, aan de mogelijkheid in een nieuw volk op te gaan, daar desnoods een polygyn gezinsleven op te bouwen, wordt tastbaar als betreft het al de werkelijkheid van alledag. Wat maakt het uit, peinst hij, moeder én dochter, ik die kennelijk toch niet met één vrouw alleen kan leven. Het zijn nog mooie vrouwen ook... En heeft de gemiddelde man per slot van rekening niet voortdurend twee vrouwen nodig? Een oudere die hem wat levensinzicht verschaft, en een jong ding aan wie hij dit inzicht kan doorgeven?

Een toppunt van indolentie wordt bereikt met Petra's telefoontje waarin de mededeling te hebben besloten toch rechtstreeks vanaf Mexico-Stad naar Rome te vliegen – 'Sorry paps, maar ik ben nu toch onderweg' – en de vraag of hij liever nog vandaag dan morgen op haar rekening een paar honderd wil bijstorten omdat ze anders het ticket naar Amsterdam niet betalen kan.

17.

Eind augustus. Mijn rampzalige vakantieperiode zit erop, de organisatie gonst van de meest ingewikkelde vakantiebelevenissen, het basisonderwijs maakt zich alweer op voor een nieuw schooljaar. Met in mijn hoofd Petra's telefoontje dat ze er in Italië nog een weekje extra aan vastknoopt probeer ik in een bistro wat eten door mijn keel te krijgen. Terwijl ik de naargeestige afweging maak wat erger is, altijd alleen voor jezelf te koken of alsmaar ergens in je eentje zitten te eten, legt iemand plotseling twee smalle handen op mijn ogen. Ik denk in eerste instantie aan Petra omdat op haar niet altijd staat te maken valt. Dan denk ik aan Lena; maar die is de leeftijd voorbij je in een openbare gelegenheid op zo'n frivole manier aan het schrikken te maken. Pas na een seconde of vijf dringt de geur van haar haren tot me door.

"Imke?"

"Nou zeg, dat duurt ook een eeuwigheid voor jij iets in de gaten hebt."

"Hoe wist je dat ik hier was?" lukt het me uit te brengen. Worstelend als ik ben met een uiterst onhandzame mix van ontroering en wrevel verlaat elke woord als een stuk schuurpapier mijn mond. Ze staat nog steeds achter me.

"Je was niet thuis, je hebt me ooit gezegd dat je na kantoor soms in deze bistro gaat eten. Ik dacht, ik probeer het eens."

Haar stem lijkt tegen mijn achterhoofd te spreken, ik voel haar adem tegen mijn fontanel. Dan loopt ze om het tafeltje, geeft me een zoen en gaat tegenover me zitten. De stille wrok om haar langdurige radiostilte en de met geen pen te beschrijven blijdschap om haar plotselinge verschijnen vechten nog steeds om de voorrang en zullen mijn gelaat wel die gekwelde uitdrukking hebben gegeven.

"Andreas, wat is er? Je ziet eruit alsof je je laatste oortje hebt versnoept. Zeg me wat er is."

Ze ziet er anders uit. Doorwaaid, blij, opgewonden, het bruin van haar gelaat, haar armen donkerder. Ze kijkt me onderzoekend aan.

"Heb je een fijne vakantie gehad?"

Ze knikt, zegt: "Je eten wordt koud." Ze pikt een *pomme parisiènne* van m'n bord, en nog een en nog een. Dan klaart haar gezicht op, haar ogen beginnen te schitteren, ze schudt aan mijn arm, zeg kauwend:

"Je zult nooit raden, lief, waar ik geweest ben. Het moest een verrassing voor je blijven."

Ik haal m'n schouders op.

"Raad eens."

"Hoe moet ik dat nou weten?" Ik zit nog steeds met mijn wrevel.

"Sumatera... op Sumatra. Ben twee maand op Sumatra geweest. Ik heb mijn geboortedorp teruggezien, mijn moeder ontmoet... Stel je voor, Andreas, ik heb met mijn natuurlijke moeder gesproken, uitgebreid met haar gesproken, bij haar gelogeerd, dingen met haar gedaan. Ze leeft, ze is gezond en in goeden doen ook... (Giechel) Ik heb er wel twee broertjes bijgekregen, twee halfbroertjes. Denk je 's in, Andreas, die zijn al acht en tien."

Dan vertelt ze uitgebreid en met steeds stijgende geestdrift over de manier waarop ze haar vakantie heeft ingevuld, en hoezeer met voorbedachten rade. Ze blijkt de maanden mei en juni elke vrije middag en op de zaterdagen als verkoopster in een kledingzaak te hebben gestaan om zo snel mogelijk geld bij elkaar te sprokkelen voor de reis. Ze kreeg van het echtpaar De Vries informatie los over haar herkomst, de waarschijnlijke naam van haar moeder, naam en adres van het opvangtehuis waar ze als kind was geweest. Ze vertelt van de reis daarheen, het gesprek met de leiding, hoe ze na het nodige speurwerk in de dessa uiteindelijk achter het adres van haar moeder is gekomen, die met haar huidige man naar Palembang was verhuisd, de ontmoeting, beter te spreken van een identificatie, de emoties en de vreugde van de herkenning, de reis die ze over heel Sumatra heeft gemaakt, het korte uitstapje in Djakarta, de terugreis naar Nederland waar ze eergister weer is aangekomen, het verslag aan haar pleegouders die tegen de reis waren, maar die haar wel hadden geholpen met het verkrijgen van een visum.

"Dus zie ik je waarschijnlijk binnenkort voorgoed naar Indonesië verhuizen." Ik probeer een neutrale toon, maar voel mijn mondhoeken samentrekken.

"Alleen als jij meegaat, lief. We zouden immers samen… Ik zou nu maar als de wiedeweerga een cursus Bahasa Indonesia gaan doen." Ze klapt in haar handen van pret.

Dan wordt duidelijk dat haar reis nog een ander doel diende. Ze heeft zich tot in detail laten informeren over aard, stand en plaats van een aantal ontwikkelingsprojecten, toont me een lijst met namen en contactadressen van deze projecten, viste uit dat op Midden-Sumatra een langjarig, aanvankelijk met Nederlands ontwikkelingsgeld gefinancierd onderwijs- en landbouwproject loopt.

"Ondeugd, dat had je me wel eens mogen vertellen."

Ik zeg naar waarheid en geschokt door haar serieuze aanpak der dingen, dat ik daar niet aan gedacht heb omdat ik zelf overwegend te maken heb met projecten in Centraal-West-Afrika.

"Andreas, laten we samen Maleis gaan leren. Ik kon het nog een heel klein beetje. Jammer genoeg onvoldoende om rechtstreeks met moeder te praten, want vaak moest ik in het Engels. Mijn stiefvader spreekt namelijk ook Engels en vertaalde het dan. Laten we samen Maleis gaan doen, dan gaan we volgend jaar als ik definitief van school ben voorgoed naar Sumatra. Wat let je, wat let ons, ik weet zeker dat we ons allebei heel nuttig kunnen maken. Ik heb bij dat project geïnformeerd, ik ben er geweest, heb er met wat lui gesproken. Ze waren heel enthousiast, kunnen daar altijd mensen gebruiken. Ze gaven me zelfs foldermateriaal mee. Ik zal het je laten lezen en ik heb beloofd binnenkort terug te bellen. In de dessa kost het leven nauwelijks iets. Je hebt immers geld zat, Andreas, dat heb je gezegd, met je pensioen straks en als je je huis hier verkoopt of je aandelen. Je kunt net zo vaak naar Nederland als je wilt, om Petra te zien, en Monique, of je kennissen. Of je laat ze overkomen. Wat stelt vliegen tegenwoordig nog voor. Ik kan dan m'n moeder blijven zien, het contact met haar helemaal herstellen, en haar verzorgen als ze oud wordt. Want de bejaardenvoorzieningen in Indonesië zijn slecht. We

72

kunnen ons daar allebei nog heel veel jaren nuttig maken; we kunnen daar samen kinderen hebben en gelukkig zijn, Andreas, jij zult daar heel gelukkig zijn."

Elle flotte, elle hésite, en un mot... Ze kijkt me aan, soms struikelend over haar woorden, licht hijgend na deze aanhoudende geestdrift, haar ogen doorboren de mijne. Ze praatte gejaagd en met hese stem van vervoering op het laatst, aangeraakt als ze is door perspectieven die zich steeds breder, steeds gedetailleerder aan haar geestesoog ontvouwen. Ze schudt aan mijn arm, maar dat heeft ze al ontelbare malen gedaan tijdens haar relaas.

Voor het eerst loop ik gearmd met haar over straat, nog wat verward en onthutst door haar vergezichten waarvan ik zo gauw niet weet wat ik ermee aan moet. Naast me voel ik mijn jonge vrouw wat aan me duwen en trekken als ze neuriënd en wel als een klein meisje danspasjes maakt en zodoende uit mijn maat gaat lopen.

18.

Al diezelfde avond, als een kater na het feest om Imkes reïncarnatie, komen aarzeling en twijfel rond haar voornemens steeds meer opzetten. Deze worden gevoed door elkaar bijtende illusies. De eerste is ontstaan als gevolg van het feit dat *good old* Wim Lorentz die kan bogen op veel tropenjaren, al over een jaar of vier pensioengerechtigd is. Waar ik op gok, is Lena de eerstkomende jaren aan het lijntje te kunnen houden en in de verwachting dat, als ik op dit punt niet thuis geef, haar verlangen om om mij te gaan scheiden en te hertrouwen binnen handzame perken blijft. Terwijl ze haar schatten evengoed wel voor mij bewaart natuurlijk. Het liefst ook nog na Wims definitieve terugkeer naar Nederland trouwens. M'n verbeelding heeft al mijn huis als gezamenlijk liefdesnestje ingericht, onder de aanname dat ik dan het ruim alleen heb omdat Petra tegen die tijd het voorbeeld van haar oudere zus is gevolgd en ook op zichzelf is gaan wonen. Deze erotische fantasietjes brengen al enige tijd licht, volte en stille vreugde in mijn verdorven staat waarvan ik eerder een toekomstige verschraling vreesde. Een nieuw lichtstraaltje hierin is de voorstelling, sinds kort, om Imke de komende jaren als maintenee aan te houden, aangenomen dat zij met deze status zal instemmen, wat ik in mijn minder verduisterde ogenblikken overigens ernstig betwijfel (ik ben natuurlijk niet helemaal gek).

De andere luchtbel wordt juist geblazen door de huidige stelligheid van Petra dat ze bij me wil blijven en het feit dat ik veel te makkelijk mijn ogen sluit voor het gegeven dat ze volkomen vrij is om evengoed al morgen of overmorgen uit te trekken, om op zichzelf te gaan of wie weet met een vriendje te gaan samenwonen. Mijn kennis omtrent m'n dochter is van te weinig diepgang om haar boude bewering, ongevraagd en zich steeds herhalend, dat ze bij me in wil blijven wonen, en wel tot mijn laatste snik, serieus te durven nemen. En ik zal het mezelf nooit vergeven er de oorzaak van te zijn dat ze niet uitvliegt, terwijl ze dat na verloop van tijd misschien toch graag zou doen. Zomin ik het me overigens ooit zal vergeven nu weliswaar met mijn nieuwe vriendinnetje de uitdaging van onze gezamenlijke toekomst aan te gaan, om er na verloop van tijd wie weet achter te komen dat Indië toch niet is wat ik me ervan heb voorgesteld en haar, op dat tijdstip wellicht moeder van mijn kinderen, in die positie min of meer chanteer de spijtoptant weer naar het kille Nederland te vergezellen.

Ik merk dat deze zo tegenstrijdige wensdromen me vermoeien, en dat ik weerzin voel dit gevecht verder te voeren. Daarom vrees ik over pakweg een half jaar geen stap verder te zijn gekomen, niet in de zin van een definitieve beslissing, laat staan in die van voorbereidingen op een nieuw leven, een nieuwe toekomst. Dit alles, ongelukkigerwijze ook nog aangevuld met de Corneilliaanse nota 'à l' amour satisfait'... et cetera, kan maken dat, zoals zo vaak in mijn verleden, anderen (ik hoef slechts aan mijn dierbare Anna te denken) beslissingen voor me nemen die ik volop aan mezelf verplicht ben. Een eerste test kan zijn de in het kader van de nieuwe plannen allesbehalve overbodige cursus Maleis.

Ik hunker naar een sterke stimulans.

Ik merk dat deze tegenstellingen me niet alleen vermoeien maar me ook steeds afweziger maken en dat dit gaat opvallen. 'Paps, waar bén je met je gedachten?' is de vaak gestelde vraag van mijn jongste, een vraag die ook steeds vaker langs me heen gaat. Zij moet al een tijdje een vermoeden hebben omtrent de puinhoop in mijn innerlijk, maar is kennelijk (nog) te kies om eens flink door te pakken (ik, die haar vrees in dit opzicht).

Ik hunker werkelijk naar een sterke, liefst met kracht toegediende stimulus, besluit me dan maar zelf te bedienen. De andere ochtend om negen uur informeer ik telefonisch naar de mogelijkheid van een in de herfstvakantie vallend langweekendarrangement in een bungalowcomplex nabij het mij volstrekt onbekende gehucht Stadtkyll ergens in de Duitse Eifel.

19.

Het 'Paps, waar bén je met je gedachten?' of naar anderen toe 'Waar vader toch tegenwoordig met z'n hoofd is!' zal ook op het uur van mijn vijftigste verjaardag nog klinken. Ik heb broers noch zussen om uit te nodigen; mijn vader belde me aan het eind van de ochtend vanuit zijn aanleunwoning enige provincies verderop, wenste me met krakende stem geluk en voorspoed. Niettemin biedt m'n huis in de loop van deze zondagmiddag onderdak aan in totaal zeven personen. Mijn ex en Monique, samen uit de Randstad hiernaartoe gekomen. Lena is er, met haar dochter, en echtgenoot respectievelijk vader, mijn goede vriend Wim Lorentz, net twee dagen eerder vanuit Saoedi-Arabië uit de lucht komen vallen. Krullenblonde, bebrilde, breedgeschouderde, boomlange en bruine, bijna donkerbruine en zeer gezond uitziende Wim maakt dat ik niet het enige masculinum in dit gezelschap ben. Bijna vergeet ik Petra, mijn liefste oogappel, die er naarstig voor zorgt dat mijn gasten het aan niets ontbreekt.

Het is Anna die in dit gezelschap (en ik denk in alle soorten gezelschap) het hoogste woord voert. Zo is haar karakter: de wil om gehoord te worden. Ze is mijn voormalige overbuurmeisje, we trouwden toen zij negentien was en ik vierentwintig. Na de geboorte van Monique begon ze op freelancebasis iets op het gebied van congresorganisaties, voornamelijk in opdracht van de locale Alma Mater. Toen zes jaar later Petra geboren werd, was ze hoofd van een stedelijk congresbureau waarmee ze in haar vorige baan nogal te maken kreeg.

Ze weet van mijn omgang met Lena die naast haar zit en met wie ze in druk gesprek gewikkeld is. Ze vindt – ze heeft me dat al eens uitdrukkelijk en uitgebreid telefonisch laten weten – dat ik Lena niet langer in het ongewisse mag laten, dat ik een besluit moet nemen en dat ik anders 'een lapzwans' ben, een (ik citeer) 'man zonder karakter en ruggengraat'... Goed, ik weet wie dit zegt, en godzijdank weet ik ook het een en ander van Anna's huidige privé – voldoende om er de scherpste kantjes van haar verwijten mee af te halen. Omdat ik tegenover deze twee dames heb plaatsgenomen ben ik in de gelegenheid ze goed te observeren en 'ns een mooi vergelijk op te stellen. Ze hebben ongeveer eenzelfde lichaamsbouw, Lena is iets groter, en aangezien Anna in de loop der jaren nauwelijks ouder lijkt geworden, is het voor een buitenstaander moeilijk tussen die twee een leeftijdsverschil van bijna tien jaar aan te nemen. Mijn ex is donkerblond, Lena donkerbruin. Anna is waarschijnlijk intelligenter dan Lena, maar deze veronderstelling behoeft enige relativering. Als het op sociale intelligentie aankomt, zal Lena haar met verve verslaan, en de vraag blijft waar het uiteindelijk op aankomt in het leven. Lena mist trouwens ook het dominante van haar seksegenote, iets waar ik mezelf uitbundig mee feliciteer.

Tot hier is het zoeken naar overeenkomsten en verschillen, dunkt me, een tamelijk onschuldig vermaak, een brave geestelijke *Spielerei,* een leuke vingeroefening. Anders wordt het wanneer het driftdiertje in me, met z'n glimmende apenoogjes, al spoedig mijn vergelijkende studie overneemt en er een genoeglijk *jeu interdit* van maakt. Het bedenkt dat het beide lichamen kent, haalt zich voor de geest hoe de dames reageren op de toppen der cohabitus. Het besef ze allebei te hebben bezeten, beider orgasmesiddering op het puntje van m'n hunkerende lid te hebben geproefd, dat besef, hoe gemelijk op zich, verschaft mij, kersverse Abraham zelfs vandaag een intense tevredenheid. Hoewel ze zich vanaf een bepaalde lichaamstemperatuur allebei niet onbetuigd laten, geniet Lena mijn voorkeur. Niet vanwege zoiets onbeduidends als het leeftijdsverschil. Elke meer ervaren man weet dat in het domein der middelbare leeftijd een *écart* van tien jaar makkelijk te overbruggen valt. Het feit is dat Lena zich in de minnestrijd volledig geeft; een commitment waarin Anna slechts tot op zekere hoogte wenste mee te gaan. Met haar gedachten meest bij iets anders, wezenlijk belangrijker zaken dan de liefdesdaad en als het ware steeds aan de echtelijke sponde wachtend en meekijkend, liet ze die daad het liefst zo snel mogelijk achter zich. Niet dat ze frigide is, god nee, maar het minnevuur tussen ons beiden bereikte bij haar beslist nooit die hoge vlam. Dit in tegenstelling tot Lena die, ze geeft het grif toe, er wel pap van lust en het allemaal 't liefst ook nog zo lang mogelijk rekt. '*Cassata, sed non satiata*': hoor ik deze *grande amoureuse* nóg giechelen, ooit, tijdens een korte evaluatie.

Anna en ik dachten aanvankelijk, als vele verblinden die ons op de stadhuizen zijn voorgegaan en na ons nog kwamen en nog zullen komen, voor elkaar bestemd te zijn. Dat we dit niet waren, daar kwamen we na verloop van jaren dubbel en dwars achter. Na zo'n twaalf jaar oorlog en vrede, dreigementen en verontschuldigingen, toen het haar lukte in Den Haag een congresbureau over te nemen, besloten we op discrete manier uit elkaar te gaan. We troffen een regeling aangaande de verplichtingen en de omgang met onze beide dochters die op het moment van de formele huwelijksontbinding nog volstrekt hulpeloos, want veertien en acht jaar oud, waren. Ze zijn bij mij gebleven omdat mijn ex (druk, druk) meende onvoldoende tijd aan ze te kunnen besteden.

Beste Wim zit er wat wezenloos bij. We discussiëren weliswaar met elkaar, zelfs met enige stemverheffing om boven het gekakel van de dames uit te komen, maar het wil allemaal nog niet erg vlotten. Het is overwegend smalltalk. Hij heeft, weer thuis na z'n lange periodes in het Midden-Oosten, eerst altijd 'aanpassingsproblemen'. Hij moet wennen aan het klimaat hier, de kleinschaligheid, aan de drukte, de koorts van een overvol land dat bezig is geld te verdienen of zijn teveel aan vrije tijd stuk te slaan. Hij kijkt me glimlachend aan, waarschijnlijk met zijn gedachten nog bij de vliegreis of ergens in Riad, en wie weet bij z'n vriendin daar. Ik knipoog naar hem over de rand van het wijnglas dat we wat werktuigelijk naar elkaar hebben opgeheven. Wim blijft, als gezegd, ruim vijf weken in Nederland en we zullen elkaar nog treffen, onder meer in een traditionele kroegentocht.

Ik hou van m'n oude vriend; hij hoort bij mijn jeugd, m'n adolescententijd als de Puchs, de puistjes, de kalverliefdes, de zelfbevlekkingen en het chronische geldgebrek. Niettemin, de gedachte aan de mogelijkheid dat, na zo lange afwezigheid, hij en Lena de afgelopen nachten, en misschien zelfs vanochtend nog als leeuwen hebben gecopuleerd, die gedachte stemt me, of ik wil of niet, bitterder naarmate mijn morbide fantasie daarover beter op gang komt.

Dan zijn er mijn twee dochters die ik eigenlijk allebei niet missen kan en die elkaar niet kunnen treffen zonder voortdurend met elkaar te bekvechten. Waarbij Monique, pedant als ze kan zijn, gewoonlijk aanstichtster is en Petra zich vervolgens niet onbetuigd laat en niet meer op kan houden voordat ze haar zin heeft of Eris haar excuses heeft aangeboden. Het is overigens Marjon, Lena's oogappel, die verstandig en wel de twisten tussen mijn twee kinderen poogt te sussen en in elk geval weet te relativeren. Zij heeft soms het laconieke van haar vader en is ook om die reden wel een jongedame naar mijn hart.

Kortom een gezelschapje mensen, ik zou alle ramen en deuren van mijn huis willen dichtmetselen om te voorkomen dat ze ooit weer van mijn zijde wijken; om, faustiaanse alchemist, voor hen en mijzelf een elixer te brouwen dat maakt dat we geen dag ouder meer worden.

Het is tijdens deze gezellig voortkabbelende meningsverschillen en twisten dat ik me erop betrap links en rechts te worden ingehaald zonder dat ik, al was het met het pistool op de borst, ook maar één woord van het gesprokene zou kunnen reproduceren. Mijn gedachten zijn alweer volledig door Imke ingepalmd – en wellicht is dat niet eens een juiste weergave. Misschien moet ik zeggen: zelfs mijn lieve gasten, hun interessante kout, zijn geen moment in staat mijn gedachten van mijn Sumatraanse bruid af te brengen. Ik beken mezelf bij m'n vijfde glas of daaromtrent dat ik allang niet meer zonder dat donkere wezentje kan, haar stem, haar mooie ogen, haar aanstekelijke glimlach, haar frêle figuur; zij die volop door mijn aderen stroomt, m'n bloed pulseert, mijn nu vijftig jaar en zoveel maanden oude hart dagelijks jonger masseert.

Het is al vele jaren de goede gewoonte dat mijn lieve verjaardagsgasten blijven eten – 'n eenvoudige doch voedzame broodmaaltijd voorafgegaan door een 'ontnuchterend soepje' (flauwe woordspeling waar ik Petra graag mee plaag) en gegarneerd met koude salades die mijn dochter geheel zelfstandig op pa's kosten verzorgt. Ook nu begeven we ons om een uur of zes koutend en wel naar het in de keuken opgestelde buffet en complimenteren mijn jongste uitbundig met de voorbereidingen en de zorg om ons inwendige welzijn. Maar ik moet bekennen dat ook de gezamenlijke maaltijd die weer met prachtige, hoogstaande discussies wordt omlijst, dit jaar volstrekt aan me voorbij gaat, in strijd als ik steeds ben met de pro-en-contra's rond Imke en haar vérstrekkende plannen. Ik kom er niet uit.

Als in de loop van de avond, na nog een paar koppen sterke koffie iedereen afscheid neemt, is het Anna die me bezorgd opneemt en na haar uitdrukkelijke zoen op mijn beide wangen opmerkt: "André, misschien moet je overwegen een dag minder te gaan werken. Met je vijftig jaar ben jij uiteindelijk ook de jongste niet meer."

Monique die door haar moeder in Amsterdam zal worden afgezet, ziet het nog somberder in.

"Pa, je voelt je toch wel goed, hè? Je moet 's wat langer vakantie nemen, een echte, actieve vakantie bedoel ik, liefst nog buiten het seizoen. Zij (naar Petra knikkend) moet zich langzamerhand zelf maar eens weten te redden."

Hetgeen een duw- en trekpartij tussen die twee tot gevolg heeft en de opmerking van Petra aan het adres van haar zus dat die zich niet met de huiselijke situatie heeft te bemoeien, dat ze palief heus wel aan háár zorgen kan overlaten en dat hij niets tekortkomt.

Na Wim te hebben beloofd dat ik in de loop van de week contact met hem opneem, met Lena en Marjon een paar stevige, werkelijk stevige pakkerds te hebben uitgewisseld, keert de rust in mijn oude woning terug. Ik prijs me gelukkig nu Petra aan mijn zij te hebben en niet in haar plaats Monique, ondanks het feit dat ik mijn oudste er niet goed vond uitzien en ik me al een tijdje zorgen om haar maak. Want die zou nu uitgebreid een vriendin zijn gaan bellen, of ergens naar toe zijn gegaan om verschoond te blijven van het opruimen van de resten van mijn verjaardagsfeest. Terwijl Petra mij aanspoort nu samen even de mouwen op te stropen en alle vaat aan kant te maken 'opdat we daar niet morgenavond tegenaan staan hikken'. Op zulke dochters dient elke vader bijzonder zuinig te zijn.

"Ik weet niet wat er met je is, paps, maar bepaald gezellig vond ik je niet. Je zat erbij als een zombie. Niet om het een of ander, maar jij bent misschien wel de enige die iets verstandigs had weten in te brengen vanmiddag. Daarom mag je je mond best wel 's wat vaker opendoen als je visite hebt. Die mensen komen immers voor jou."

We zijn ongeveer halverwege met de afwas. Graag laat ik Petra omtrent dit laatste een wat afwijkende mening horen, maar ik zie ervan af.

20.

De volgende ochtend – ik sta op het punt naar kantoor te gaan en mijn dochter naar school – komt ze aan met een bos al enigszins verlepte rozen, in een vaas bij de voordeur gevonden, waarschijnlijk omgewaaid en door het ontstane watergebrek al onherstelbaar beschadigd. Er is geen kaartje bij, geen groet of gelukwens, geen enkele aanwijzing.

"Van wie zouden *die* nou zijn?… Zeg 's, paps, hoeveel stille aanbidsters héb jij eigenlijk?"

Ik zeg niets; ik zou alleen maar hebben kunnen stamelen of in tranen zijn uitgebarsten. Ik kijk mijn haastig wegfietsende huisgenote na en bijt van spijt tot bloedens toe op mijn lip bij het schrijnende besef wat ik dit weekend verzuimd heb te doen. Tegen beter weten in zet ik de rozen weer in de vaas en vul die met water.

Un seul être vous manque et tout est dépeuplé, volgens een Franse stylist. Deze dag, en bedolven onder de gelukwensen van collega's, medewerkers en relaties, wordt mijn zwaarste tot dan toe.

21.

Nu haar stageperiode voorbij is, is het ook afgelopen met de min of meer en passant gemaakte afspraakjes. Ze zijn nu de uitkomst van een 'toevallige' ontmoeting op straat, een telefoontje naar kantoor of huis. Zelf heb ik op dit laatste punt liever nog geen initiatieven ontplooid. Daarvoor is nog geen logisch afdoende verklaring in me opgekomen en zij beschikt, wat me steeds weer verwondert, nog steeds niet over een handy. Ze zegt dat het niet uitmaakt of ik haar thuis bel of er aanklop, dat ze haar wel zullen roepen of zullen doorschakelen naar haar kamer, maar ik vrees op dit punt een zekere jongemeisjesnonchalance.

Kijk, ik ben natuurlijk ook kind van onze voortreffelijke moraal. Wat mijn onzuivere geweten vreest, is het dan aan die gedegen familie De Vries op een bordje gepresenteerde moment voor een persoonlijk onderhoud over hun op die leeftijd nu eenmaal wat recalcitrante dochter. Ik was immers in zekere zin haar mentor, en het echtpaar weet van deze rol.

Wat de moraal betreft; waar de schoen werkelijk wringt, is natuurlijk bij het gegeven dat ik er volstrekt niet gerust op ben dat het echtpaar van niks weet, niets vermoedt omtrent het meer specifieke van mijn relatie met hun aanbiddelijke stiefkind. De gedachte aan het feit dat, als de dingen blijven lopen zoals ze nu doen, de aap toch een keer uit de mouw zal vallen, die gedachte stop ik, als menige weifelaar in heikele aangelegenheden, graag onder de noemer van het verraderlijke 'komt tijd komt raad'.

De gedenkwaardige ontmoeting in de bistro, twee weken geleden, heeft helaas nog geen vervolg mogen hebben. En ik voel met de dag, met het uur, sterkere behoefte Imke te bedanken voor de dure bloemen die zo dramatisch vroeg in de groencontainer zijn verdwenen. Dat is één argument toch eindelijk 's zelf stappen te ondernemen. Het tweede is dat we langzamerhand iets concreets moeten afspreken over de aanstaande wandelvakantie. Ook op dit punt vraag ik me af wat het echtpaar De Vries wel en wat het (nog) niet weet. Ik besluit een briefje te sturen.

22.

Adieu paniers; vendages sont faites in de woorden van ene broeder Jan, waarmee hij fiks onheil aankondigde. Diezelfde middag (een zonnige) na mijn voornemen tot een korte correspondentie zie ik haar in de razend drukke hoofdstraat lopen. Wie is nooit opgevallen dat op zonbeschenen middagen, vooral als ze alweer wat lager staat, een winkelpromenade met haar talloze spiegelvlakken en uitbouwen een bron van zinsbegoocheling is? Al die verschillende hoeken en nissen, en het verspringende perspectief, het alsmaar door de tientallen etalageruiten weerkaatste en weerspiegelde licht kunnen me onmogelijk doen volhouden dat ze daar in haar eentje kuiert. In de etalage van een drogist ter linkerzijde nog wel, zij het met moeite. Maar het uitbundige glasoppervlak van een manufacturenzaak rechts velt een hard en ijzig oordeel. Het voelt als een verlammende schok als ik haar spiegelbeeld opeens zie slenteren, dwars door de wezenloze etalagepoppen en hand en hand met een jongeman. Halflang, zeer lichtblond haar (Imke, jij die beweerde voorkeur te hebben voor donkere mannen, mij ook dáárom verkoos!) Belachelijke houthakkersblouse draagt hij, een verschoten spijkerbroek opgehouden door een belachelijk brede leren riem met belachelijke fantasiepatroonhouders en in schoenen met spitse, belachelijk oplopende neuzen en belachelijk hoge hakken, een soort bewerkte cowboylaarzen. Van boven tot onder totaal belachelijk dus, kortom een nietswaardig, te vernietigen individu. Rijsporen ontbreken.

Ik ben zó perplex en aan de grond genageld dat ik het tweetal uit het oog verlies. Om, terwijl ik mijn bonkende hart steeds hoger in mijn keel te keer voel gaan vervolgens met een voor mijn leeftijd en status volstrekt onverantwoorde snelheid door de drukte te slalommen en tegen verbaasde, verschrikte, verwensingen en nog andere dingen uitende mensen op te botsen. Ik krijg ze weer in het vizier als ze bij de Hema naar binnen gaan. Achter het zonlicht terugketsende glas van de draaideur zie ik het donkere en het witte haar ongeveer tête-à-tête al in de consumptiedoolhof verdwijnen.

Terwijl ik het stel volg tussen de schappen en stellingen maak ik me al meer en meer vertrouwd met het besef dat haar Sumatraverhaal van a tot z verzonnen is, haar gevoelens voor mij van begin tot einde gespeeld, misschien vanwege het een of andere voordeel waar ze intussen van heeft afgezien of omdat het, god mag weten waarom, onhaalbaar bleek. En misschien heeft ze er ook helemaal niet van afgezien, maar heeft ze er domweg niet bij stilgestaan dat ik haar wel 's in zo'n om uitleg schreeuwende toestand in de stad zou kunnen tegenkomen. Ik die (dat weet ze) op dit tijdstip gewoonlijk al in de eerste middagvergadering zit. Maar ik wil open kaart; ze mag weten wat ik weet, sterker, ze moet het weten opdat ze geen moment langer de gedachte zal koesteren me horentjes te kunnen plaatsen. En ik ben allemachtig nieuwsgierig naar haar uitvlucht. Ik haast me langs de andere kant van de stellingen, zet andermaal een korte spurt in om het tweetal vóór te komen. Om dan om een stelling heen te lopen, die twee frontaal te naderen en uit te roepen: 'Hé Imke, jij hier? Wat een verrassing!' M'n vergramde inborst maakt dat ik me bij voorbaat verkneuter om haar reactie, de manier waarop ze met deze plotselinge nieuwe situatie zal moeten omgaan.

"Hé!" roep ik al met – ware me dat gelukt – triomfantelijke blik dra ik de betreffende stelling, volgepropt met kleurrijke en billijk geprijsde cosmetica, rond. Ik staar in het aanvankelijk lege, dan dom-verwonderde gezicht van de witte cowboy. Het gelaat van Imke is eerst maar half zichtbaar omdat ze iets van een lagere schap pakt en daarbij voorovergebogen staat. Dan kijkt ook zij naar me op, lichtelijk verbaasd, en blijken haar gezicht, haar haren, heel haar kleine gestalte op slag te veranderen in die van een verre halfzus uit Insulinde, een Moluks meisje dat ik ken omdat ik haar tussen de middag wel 's met andere meisjes in de hoofdstraat zie slenteren. Ze is dochter van het uitgebreide contingent Molukse medeburgers dat deze stad binnen haar poorten heeft, haar gang, gestalte en haardracht vertonen treffende overeenkomst met die van mijn schat.

Ik heb opnieuw de gewaarwording door de grond te gaan; sterker nog, ik zou daar de voorkeur aan geven. Om ergens in de ordeloze zand-, steen- en cementresten tussen de funderingen van deze oerhollandse discount voldoende privacy te vinden om van m'n tweede emotionele schok binnen tien minuten weer enigszins te herstellen. Ik stamel "sorry", ik weet niet precies waarom. Waarschijnlijk omdat die maanbleke koeienjongen en vermeend rivaal me steeds verbaasder is gaan aankijken, er al iets van een rimpel door dat verder zo denkmaagdelijke voorhoofd trekt en er ook reeds een wenkbrauw omhoog komt – teken van hersenarbeid en dat ik niet ver meer van een gedwongen verklaring af ben. Dit gevaar onderkennend, fluister ik nog een keer "sorry" en verlaat in waardige haast het gezellige, Nederlandse warenhuis voor de wat smallere beurs.

Mijn stemming valt niet te beschrijven; bij het verlaten van het pand kostte het me grote moeite niet in een holle lach uit te barsten. Geplaagd door misselijkheid die me midden op straat deed overgeven, overwoog ik vrijaf te nemen, maar realiseerde me dat ik die middag nog ergens een werkafspraak had staan die ik eigenlijk niet verzetten kon. Ik zou hebben willen weten hoezeer deze mede door de rondom zonlicht verspreidende etalageruiten veroorzaakte anamorfose me nader tot Imke bracht.

Op het trottoir zittend, nog bezig mijn smerige mond af te vegen en terwijl ik geruststellende antwoorden gaf op bezorgde vragen rondom, besefte ik nooit te hebben vermoed dat de kracht van de jaloezie zó reusachtig, maar ook zo reusachtig bevrijdend kan zijn.

Ik ben opgekrabbeld; als in een vacuüm. Onbewust van tijd en ruimte zweefde ik terug naar kantoor.

23.

In antwoord op mijn korte correspondentie ('Imke, we zullen wat dingen moeten regelen in verband met onze aanstaande vakantie, groetjes') krijg ik tot m'n verrassing al de volgende ochtend een telefoontje. De besteller kan het briefje nog maar nauwelijks door de bus hebben geschoven.

"Dag Andreas. Bedankt voor je berichtje. We zullen nu inderdaad wat voorbereidingen moeten treffen. Over vier weken is het al zover, niet?"

"Over drie weken," mompel ik, nog beduusd van haar prompte reactie.

"Waar zien we elkaar?"

Ik stel mijn kantoor voor.

"Jakkes nee, dat is zo steriel. En die mevrouw van Dalen die elk moment bij je binnenloopt. Waarom niet een keer bij mij. Zie je meteen hoe ik mijn kamer heb ingericht."

"Bij jou? Wat zullen je ouders"...

"Hoor 's, Andreas, een keer moeten ze het toch weten. Ze eten je heus niet op, als je dat bedoelt."

"Wat weten ze intussen allemaal al?"

"Nog niets. Jij en ik gaan eerst met vakantie. Daarna zien we verder. Kom alsjeblieft een keer bij mij. Ik heb een lekker wijntje op mijn kamer. Of... als je iets anders wilt."

"Nee, is prima. Maar zullen je ouders niet denken..."

"Ze denken niks, Andreas. Ik zeg dat je komt, ze weten wie je bent. Ik vertel ze dat je iets met me moet doornemen in verband met mijn stage. Ze geloven dat ik daar nog altijd mee bezig ben. Makkelijk zat, aangenomen dat je zelf ook vindt dat we naar hen toe niet tot sint-juttemis verstoppertje kunnen blijven spelen... Wanneer spreken we af?"

"Zeg maar."

"Nou, vanavond dan, lief. Maar kom niet te laat, ik wil je lang zien, lang van je genieten."

"Zullen we half acht afspreken?"

"Half acht is prima. Ik zorg voor koffie... op mijn kamer."

Vijf over half acht doet een dame in donkerbruine blouse en dito rok de voordeur open. Mevrouw De Vries, *d'un certain âge* (ik schat haar eind veertig, begin vijftig) is ongeveer een half hoofd groter dan ik ben. Ze is uitgerust met een volle bos krullend (maar ik ruik permanent) parelgrijs haar. Ik stel me nogal vormelijk voor, buig licht als ik haar een hand geef. Ze lijkt me, Imkes beschrijving indachtig, inderdaad iemand die, waren we tot een gesprek over haar gekomen, zou zijn geëindigd met de verzuchting: 'Meneer, misschien kunt u onze dochter eens wijzen op de plichten die zij toch ook heeft en haar het advies geven braaf en oppassend te zijn, een nette burgeres van deze samenleving'.

In de hal wissel ik een paar woorden met Imkes stiefmoeder, zie vanuit mijn ooghoek haar stiefvader die zich in een kamer ophoudt waarvan de deur half open staat. Ik ken hem van gezicht. Hij maakt nog wel aanstalten uit zijn stoel op te staan, maar ik heb mijn blik al vragend op mevrouw gericht. Ze reageert met de mededeling dat Imke haar kamers boven heeft, roept haar.

"Meneer Damstra, komt u maar boven, de koffie is klaar."

En daar verschijnt mijn engel al boven aan de trap. In sarong is ze, de schoonheid. Na nog een keer tegen mevrouw De Vries te hebben geknikt, en tegen haar echtgenoot die al tot bij de deuropening is gevorderd, beklimt een van onzuivere gevoelens loodzware man de trap naar een hemel die, naarmate hij hoger stijgt, met een etherische olie blijkt dooraderd. Op de overloop begroet de heer Damstra hartelijk zijn voormalige stagiaire die hem uitnodigt haar vertrekken te betreden.

Nauwelijks heeft ze de deur gesloten of ze springt als een jonge hond tegen me op zodat ik min of meer gedwongen ben haar in mijn armen te dragen. Ze slaat de hare om me heen, kust me hartstochtelijk en overal waar ze me raken kan.

"Andreas, lief!… Dat is (zoen) maanden geleden (zoen) dat ik met je alleen (zoen) was… Echt alleen bedoel ik… We beginnen (zoen) samen al (zoen)… samen al een beetje geschiedenis te hebben… vind jij niet?" (Zoen).

Ze hijgt enigszins, kijkt me met twinkelende ogen aan. Maar ik weet van deze diviene prelude niet echt te genieten want beknijs of de deur wel van zodanige kwaliteit is dat geen geluiden naar buiten kunnen dringen en of de muren van dit mij vreemde huis geen oren hebben. Ook merk ik als gevolg van Imkes katachtige onstuimigheid al meteen dat onze hemel een houten vloer kent. Wat het risico inhoudt dat van bewegingen en verplaatsingen van wat heftiger aard enige resonans wel eens kan doordringen tot de stervelingen beneden die ik, zonder genoegen en in een belachelijke want natuurkundig onmogelijke positie voortdurend met gespitste oren tegen zoldering geplakt zie.

Kan een 'keurige' man met niet geheel zuiver geweten wel genieten? Waarschijnlijk is hij extra op z'n hoede, en tenminste ik ben scherp als een gnoe op een savanne vol hongerige leeuwen.

Na deze ontmoeting en na een blik te hebben geworpen op de straat waarop de ramen van haar kamer uitzicht bieden, neem je de tijd rond te kijken in haar privévertrekken. Het zijn kamers en suite. Het woongedeelte bestaat uit een kleine keukenset, een eet-zithoek met donkere, nogal plompe tafel en stoelen, een door elkaar aan kastjes en kasten van onbestemde datum of binnenhuisontwerp. Op een groot dressoir doen een paar brandende geurkaarsen hun best het geheel enige intimiteit te verlenen. Je ruikt de afkomst uit een drang tot interieurvernieuwing bij haar stiefouders die vervolgens met het bestaande in hun maag zaten. In een andere hoek, de meer hedendaagse, is een boekenrek, hangen posters met Warholachtige readymades en andere trendgevoelige dingetjes.

Tijdens de koffie worden nadere afspraken gemaakt over de aankomende vakantie, tijdstip van vertrek, bagage en een globaal programma. Ze wil een deel van de kosten betalen, stelt je met dit aanbod op discrete wijze in staat het onmiddellijk en verontwaardigd van de hand te wijzen. Ze zegt: "Dan zal ik je wel op 'n andere manier betalen" en als je om toelichting vraagt kijkt ze je vreemd glimlachend aan, vervolgt met: "Wacht maar af," waarop de prefiguratie van een adembenemend Eifelweekend voor je geestesoog langs naar en door je hunkerende geslacht trekt.

Na de koffie en 't vakantieprogramma, terwijl ze een glas wijn inschenkt, en ontegenzeglijk om een bepaalde sfeer te creëren, vertel je haar uitgebreid over wat je gister in de Hema is overkomen.

"O Andreas, moet ik je werkelijk geloven?"

Je knikt, als een dom schaap zo goedmoedig.

Ze kijkt je hoofdschuddend aan. "Ik wist niet dat je het zó van mij te pakken hebt. Dat *jij* nog jaloers kunt zijn, dat had ik nooit gedacht. En dat ook nog om mij! God, Andreas, zo bijzonder ben ik niet hoor. Ik ben klein, niet knap, onaanzienlijk. Wat jij in me ziet…"

Duizend ranzige woorden juichen in je rottende borst om dit open doel dat je treft met de mededeling dat dat beslist niet zo is; dat ze wel knap is, en dat juist dat tengere lijf waaraan toch alles al zo geproportioneerd is, je in lichterlaaie zet. Dat zeg je haar natuurlijk niet, dat laatste, maar je probeert (wat voor smoel moet je daar eigenlijk bij trekken?) verliefd naar haar te glimlachen.

"Lief, vind je me echt mooi?" Ze kijkt je ongelovig aan.

Je knikt andermaal en wilt weer iets zeggen, maar ze legt haar vinger op je lippen. Haar gezicht verstrakt.

"Andreas, ik heb één keer een vriend gehad. We hebben een half jaar gescharreld. Ik was toen net vijftien. Hij was vijfenveertig, weduwnaar en vader van drie kinderen. Hij heeft het weer uitgemaakt omdat hij me te klein vond, en niet sexy genoeg. Dat zei hij, en dat zegt toch wel iets over mijn uiterlijk."

"Het uiterlijk is voor mij niet eens het belangrijkste. Belangrijk is wat er binnenin je zit; je karakter, je ziel" doceert de overjarige charmeur van de kouwe grond z'n cliché's. Zijn verwarring om deze abrupte mededeling weet hij zo meesterlijk te verbergen.

Ze kijkt je opnieuw aan, pakt je hand vast. "Weet je, Andreas, toen hij het uitmaakte wist ik al… Nou ja, een ongelukje; ik was wat onvoorzichtig geweest."

Nu voelt Andreas opeens het zweet aan zijn haarwortels, aan zijn okselharen en in z'n schaamstreek en weet hij een ogenblik niet hoe het hem te moede is, hoe te reageren, wat te zeggen. Ze zal hem toch geen kind…

"Hoe bedoel je, onvoorzichtig geweest?" Hij kan zogauw niets anders bedenken. Maar ze heeft zich al tegen hem aangenesteld, zegt, fluisterend haast omdat dit werkelijk alleen voor hem, haar vriend en toeverlaat, haar aanstaande echtgenoot, en voor nie-mand anders bestemd is:

"Mijn huisarts heeft me geholpen met alle rompslomp. Zij (ze wijst met haar hoofd naar de vloer) weten van niets, denken dat ik een keurig maagdelijk meisje ben. (Giechel) Weet je wat de huisarts tegen me zei?"

Andreas weet het niet, heeft niet het flauwste vermoeden.

"Hij zei, jij bent bij uitstek zo'n type dat al zwanger wordt als het alleen maar over sperma hoort praten." Ze kijkt hem aan, met borende ogen. "Zeg me eerlijk, Andreas, vind je het erg dat ik je dit allemaal vertel?"

Andreas vindt het absoluut niet erg, hij is al bezig zichzelf terug te vinden en opnieuw positie in te nemen. Dat zij *virgo intacta* zou zijn daar heeft hij al vanaf het begin nauwelijks op durven hopen, nee... De huidige jeugd vrijt immers tegen de klippen op. Maar zwanger? Nu is ze in zijn ogen al veel meer vrouw, volwassen vrouw, en z'n in de krochten van zijn ziel toch voortdurend nog wroetende geweten ineens een stuk minder hinderlijk.

"Vind je het erg dat ik twee maand zwanger ben geweest en dat ik het heb laten weghalen?" Nog steeds die borende blik.

Nee, dat laatste vindt Andreas nog veel minder erg. Teder omarmt hij zijn opeens zo volwassen geworden nimf, zoent haar, op haar voorhoofd, op de wangen en dan midden op de mond.

Zij (opstaand): "Ik ben zo terug."

Als ze uit haar slaapkamer terugkeert, heeft ze een gebatikte peignoir losjes om haar schouders geslagen, en daaronder heeft ze niets, waarlijk niets behalve heel haar pure meisjesnaaktheid. Ze loopt even de overloop op, komt terug, draait de deur op slot, tuurt met de rug naar hem toe een ogenblik uit een van de ramen waarachter het volstrekt donker is geworden, trekt het gordijn dicht. Dan komt ze weer op hem toe, laat, op de nonchalante manier van een geblaseerde mannequin en als is dit de afspraak tussen hen, onderwijl de peignoir van haar schouders afglijden. *Deshabillé* en met een lichte huivering (kou of hartstocht, schat?) gaat ze weer naast hem zitten, slaat haar arm om hem heen.

"Neem me, lief, neem me nu. Het is alweer zó lang geleden dat we zijn geweest, ik weet al haast niet meer hoe het was toen in je auto."

Het komt er niet van. Want wat de heer Damstra, ondanks zijn aanvechting zich ook uit te kleden (waar zij overigens al mee bezig is), huiverig maakt haar aansporing te volgen, is de strenge burgermansfatsoenlijke blik van mevrouw De Vries die hij in gedachten in zijn rug voelt boren. Dat is het. Het verrukkelijk ruikende naaktemeisjeslichaam, de brons- en matbruine huid die blanke Nederlandse meisjes missen en daardoor feitelijk minder aantrekkelijk maakt, zijn voor hem de schat die hij alleen maar hoeft te pakken en toch niet pakt, tegen zich aan mag drukken en dat toch niet doet, onder zich mag vlijen en dat nog nalaat. Terwijl hij weet dat hij van deze door louter voorstellingen veroorzaakte ascese al vanavond thuis de grootst mogelijke spijt zal hebben. Maar helaas priemen nu ook de verontwaardigde, om niet te zeggen verbijsterde brillenglazen van meneer De Vries, leraar natuurkunde, in zijn rug, en wijst een nog borender vinger in de richting van de zedenrechter. 'Edelachtbare, in *mijn* huis, met *mijn* kind…!

Dergelijke imaginaties hebben op het libido van meneer A. Damstra een fnuikende uitwerking.

"Ik kan het niet, Imke, hier niet," moet hij dan ook fluisterend bekennen. "Over drie weken vast. Ik zie ernaar uit. Dan hebben we alle tijd voor onszelf, zijn we er helemaal voor elkaar. Maar niet hier, je moet dat begrijpen."

In zijn stem ligt zoveel wanhoop dat Imke weer bij verstand komt. Ze drinken nog een glas, praten nog wat. Het is bij half twaalf als ze hem uitlaat. Is, gelet op de stilte en de donkerte alom, de conclusie gewettigd dat de heer en mevrouw De Vries ergens (boven? beneden?) op één oor liggen?

★ ★ ★

24.

Wim Lorentz is werkzaam in de gas- en oliewinning, later bij Shell en in Riad. Wim is een jeugdvriend, een paar jaar ouder dan ik ben. We volgden samen het voortgezet onderwijs, studeerden allebei aan de plaatselijke universiteit, zij het totaal

verschillende richtingen, maar verloren elkaar ook daar niet uit
het oog. Aanvankelijk woonde een andere vrouw bij hem in; hij
trouwde zijn zeer jeugdige Lena toen die zwanger van hem bleek.

Wat onze vier- of vijfmaandelijkse kroegentocht betreft, deze
kent allang een min of meer vast patroon. We leggen vanaf een
uur of negen in een klein, maar exquise restaurant een stevige
basis. Daarna laten we ons door een paar schone jongedames een
uurtje verwennen. Vervolgens pikken we een nachtvoorstelling
uit het alternatieve circuit of wonen, zoals afgelopen keer nog,
een jamsession bij. We eindigen in een bruin café waar we 's ochtends om een uur of vijf met zachte hand uit worden gekegeld.
Waarna de andere dag, nadat mijn alcohol- en nicotinekater is
overwonnen, een andere kater onveranderlijk zijn plaats inneemt.
De gêne namelijk die over me komt dra ik op deze nachtelijke
uitspatting terugblik, deze erbarmelijke manier om jeugdillusies
levend en levendig te houden. Illusies die een adolescententijd
volledig schijnen te kunnen vullen, en het nastreven ervan nadien
wat mij betreft munitie geeft aan de veronderstelling dat mannen
inderdaad nooit helemaal volwassen worden. Gêne ook omdat
een volwassene weet, of tenminste kan weten, dat wie beweert
dat de jeugd progressief en de volwassene conservatief is onzin
verkondigt. Geen leeftijd klinkt behoudender dan die van de
jeugd, niet eens zozeer omdat ze volledig gestandaardiseerd is,
maar omdat ze zich door het minste of geringste laat beïnvloeden
en zich qua trends, hypes en opinies alle mogelijke en onmogelijke laat aansmeren. Voor mij alleen al voldoende redenen nooit
naar de tijd van mijn jongensjaren terug te verlangen. Dat ik aan
het instandhouden van onze 'traditie' toch mijn medewerking
verleen, is omdat ik weet dat ik Wim er een groot plezier mee
doe; waarbij ik overigens niet kan ontkennen dat ik hem, clevere
vent, diep in m'n hart toch ook een beetje veracht om zijn vast-
houden aan deze totem, en deze hardnekkigheid eigenlijk ook
nooit goed bij hem kan plaatsen.

Dat deze avond overigens ook nog een aantal tussenstations
zou worden overgeslagen, om na het eten rechtstreeks in de een
of andere drankkelder te belanden, strookte dus niet met deze

traditie, zou je zeggen. Ik had trouwens al wel vanaf het moment dat ik mijn maat op een afgesproken punt trof het gevoel dat het gebruikelijke verloop zou worden doorbroken. Hij miste het air van de man van de wereld die een avond in een in zijn beleving allang achterlijk provinciestadje eens flink de bloemen gaat buitenzetten. Om eerlijk te zijn, tijdens het eten zat mijn goede vriend er een beetje uitgezakt bij. Hij had volstrekt geen oog voor het mooie, op een fikse fooi azende dienstertje dat met enig schalks vertoon bezig was het ons aan niets te laten ontbreken, en de man die toch al niet een man van veel woorden is, sprak nog minder dan gebruikelijk. Ik zou de welvoeglijkheid steeds meer geweld zijn gaan aandoen als ik de vraag of er misschien iets aan schortte was blijven uitstellen.

"Lena en ik gaan uit elkaar," zegt hij pal voor het nagerecht en haast langs z'n neus weg. "Dit is voorlopig misschien wel de laatste keer dat ik in Nederland ben."

Zo'n onverwachte mededeling, gedaan door je beste vriend, brengt natuurlijk altijd iets teweeg, het heeft even tijd nodig haar te verwerken. Maar omdat hij de naam 'Lena' laat vallen, die Lena wier lichaam ik intussen tot in zijn afzonderlijke atomen meen te kennen, voel ik het bloed naar mijn wangen stromen en vrees ik enige verkleuring aan mijn hoofd.

"Ja, dat is even schrikken, hè," zegt de doodgoeie cocu die voor zover ik weet geen enkel vermoeden kan hebben. Ik bied 'm een sigaret aan die hij hevig inhalerend in een ommezien tot as verwerkt. Door mijn sigarettenrook heen kijk ik hem peinzend aan, althans veronderstel mijn gezicht in een het peinzen gelijkend postuur te zetten. Maar dat is slechts de façade om m'n eigen verwarring achter te verbergen. Ik vraag of ik zijn woorden goed heb verstaan.

Wim (langs me heen kijkend) had altijd gedacht dat een huwelijk fris bleef door elkaar gemiddeld niet vaker dan twee, drie keer per jaar te zien. Dan had je mekaar veel te vertellen, je bleef aantrekkelijk voor elkaar. Maar hij had zich vergist. "Want het uiteindelijke resultaat, André, is dat we totaal van elkaar vervreemd zijn."

93

Ik, mijn eigen emoties alweer aardig de baas: "Maar jullie hebben wel elke keer ruim een maand om met elkaar om te gaan." Over vervreemding heb ik bij Lena nooit iets gehoord.

Ik probeer me voor te stellen hoe het tussen Lena en mij zou lopen als we om de zoveel tijd meer dan een maand op elkaars lip zaten. Want dáár ligt volgens mij het probleem, niet bij zijn aliënatie. Ze klaagde daar bij mij wel eens over. Good old Wim was niet het huis uit te branden omdat hij geen hobby's, bijna geen kennissen heeft (en hier niet hebben kan, denk ik meelevend).

Mijn vriend toont me een gezicht waar nauwelijks een gedachte of emotie van af te lezen valt. Maar vooruit: zijn brillenglazen fixeren me met een kracht alsof hij m'n gelaat in zijn visuele geheugen wil branden, om in een nieuw leven, ver weg, van mijn beeld verzekerd te zijn. Ja, op zo'n manier ongeveer. Dan krult een dun glimlachje zijn lippen en acht hij het moment daar een totaal andere aap uit de mouw te toveren. Terwijl hij een nieuwe sigaret tot as inhaleert, deelt hij me mee dat…

"Je weet dat ik in Riad een vriendin heb. (Het lijkt me vrij logisch, ik heb die wetenschap gelaten voor wat ze is omdat ik me daar nooit iets blijvends bij voorstelde). Je weet niet dat ik een kind bij haar heb, dat nu al drie jaar is? (Ja, dat is inderdaad totaal nieuw voor me). We gaan binnenkort trouwen. We zijn van plan over een jaar of zes, zeven voorgoed naar de States te verhuizen."

Hij kijkt me niet geheel ontriomfantelijk aan, op z'n gezicht het *que voulez-vous*? Nu het hoge woord eruit is, en ik, onverbeterlijke polygamist, werktuigelijk wat jaloezie wegslikkend; ik heb de gelegenheid me bliksemsnel te realiseren dat hij de waarheid, en niets dan de waarheid spreekt en dat het allemaal zal lopen zoals hij het nu uittekent.

"Je vriendin staat achter deze plannen? Ik bedoel (hij kijkt me begriploos aan), ik bedoel, jullie hebben dit goed met elkaar doorgesproken? Wat je zegt staat vast?" – want het zou altijd nog kunnen, nietwaar, dat ik hem niet helemaal goed heb begrepen en dat dan het fundament kan worden weggeslagen onder mijn vergezichten die zich vanaf nu razendsnel voor me afrollen.

"Zo vast als een huis!" Wim kijkt nu alsof hij gelijktijdig aan mijn verstand en aan m'n integriteit twijfelt.

Ik stelde me mijn jeugdvriend altijd voor in een ruim, wit huis ergens in een betere buurt van Riad, een stad waar ik me geen enkele voorstelling van kan maken. Ik zag hem dan onveranderlijk in een besloten groene tuin, worstelend met een hydrant en met slangen van een sproei-installatie en met een grasmaaier. Naast hem (sinds enige jaren) een Amerikaanse mevrouw van het type als door Nabokov soms zo genadeloos beschreven, zeg maar een mens als Charlotte Humbert-Becker of, eerder nog, dier aardse alter-ego Shelley Winters. Eén bovendien die voor mij om de een of andere domme reden de status van hoogopgeleide cocotte nooit is ontstegen. Nu zie ik opeens zonnige omstandigheden bezig van een intiem gezinnetje een uitbundige kleurenfoto te maken ergens midden in het helverlichte Saoedi-Arabië, een land waar ik eveneens geen enkele voorstelling van heb. Op datzelfde moment is het alsof Wim, *good old* Wim, een totaal andere persoon voor me wordt. Een ogenblik geef ik er zelfs de voorkeur aan hem nooit te hebben gekend. Dat ik hem horentjes zet, elke vrije week opnieuw, daar ben ik zo aan gewend geraakt, dat ik daar niet eens meer bij stilsta. Dat hij (met enige vrijheid van interpretatie) naar mij toe hetzelfde doet, dat heb ik nooit achter deze gesloten, wat slome, zij het uiterst intelligente man gezocht. Hij is voor mij het type... of laat ik het anders stellen. Dat hij, onhandige, slungelige, eeuwige brillenman, aangenomen, zelf het initiatief heeft genomen het ergens in den vreemde, in dat mij mystieke Riad met een vrouw aan te leggen, zich aan haar voor te stellen, ongetwijfeld z'n charmes benadrukkend, zijn beste beentje voorzettend, het langzaam bij die vrouw te maken, haar in bed te krijgen, een kind te verwekken, dat alles komt me in eerste instantie zó ongeloofwaardig, om niet te zeggen ongerijmd voor, dat het me een ogenblik duizelt.

Pas later, in ons 'bruine' café beroert me het besef dat met hetgeen me een uur geleden is toevertrouwd en dat ik al bezig ben te verteren en in mijn eigen existentie in te passen, de kous natuurlijk niet af is. Bij zijn derde of vierde whisky stel ik eindelijk de vraag waarmee ik tot dan toe steeds in gebreke bleef:

"Lena… hoe reageert Lena?"

Wim kijkt me aan; als vanuit een onpeilbare verte (vaag meen ik de States te onderscheiden) lijkt hij me aan te kijken, me op te nemen. Hij trekt z'n wenkbrauwen samen en opeens, en tot in m'n ziel verkillend, vermoed ik bij hem, en tot in detail, alle mogelijke kennis omtrent mijn omgang met zijn wettige echtgenote. Ik beluister al de verschrikkelijkste scènes met bijbehorende dramatiek de afgelopen dagen in huize Lorentz, verwacht elk moment een geweldige uitbarsting, een stroom verwijten aan mijn adres, deze historische avond, *zijn* uitgelezen avond me een en ander 's goed en voorgoed in te peperen. Daarom is zijn antwoord voor mij een grote opluchting.

"Ze zegt, je moet maar doen wat je zelf het beste vindt, Wim" zegt Wim een beetje ontgoocheld. "Het enige waar ze wat verbaasd over deed, was dat ik daar een kind heb. Niks jaloezie of verontwaardiging, geen scheldpartij, geen huilbui. Daar snap ik niks van."

Omdat ze nooit van je gehouden heeft, ezel, arme drommel, denk ik medelijdend. Het blijkt dat het echtpaar Lorentz-Veenman in de veertien daagjes die hij nu over is de zaken al nagenoeg tot in de puntjes heeft geregeld en verdeeld. Hij zal voorgoed richting Riad vertrekken, overmorgen al, en als het ware met de weekendtas waarmee hij gekomen is. Hij gaat ermee akkoord dat Lena het huis houdt en dat het op haar naam wordt gezet. Zij zal in haar eentje voor de betaling van rente en aflossing komen te staan. Maar omdat hij haar een woning laat met verhoudingsgewijs lage lasten (de hypotheek is twintig jaar oud en de waarde van het huis verdriedubbeld) zal Lena van een alimentatie voor Marjon afzien, iets waar ze wel recht op heeft omdat Wim stukken meer verdient. Ze zijn intussen bij een notaris en een advocaat geweest, en omdat echtscheidingszaken in Holland nogal traag verlopen zal hij, wanneer de scheiding definitief wordt, nog een keer terugkomen om de gebruikelijke paperassen te tekenen.

"Misschien de allerlaatste keer dat we met elkaar stappen, André. Ik zal het missen." Hij heft zijn glas, maar het huilen lijkt hem opeens nader te staan dan het lachen.

In mij begint een vaag, niet helemaal aangenaam vermoeden zich te ontplooien. Had mijn lieve Lena zich immers de laatste tijd niet meer dan eens laten ontvallen dat ze eventueel geen bezwaar meer heeft tegen een huwelijk, er onlangs zelfs op aandrong? Terwijl ze daarvóór altijd zo prompt aangaf haar echtgenoot formeel niet te willen afvallen. Heeft ze niet…

"Hoe lang weet Lena hier al van, of had ze soms al een idee?"

Wim, één van z'n onafscheidelijke strootjes in de brand stekend: "Ze weet het officieel de dag na jouw verjaardag. Of ze al een vermoeden had…? Ik weet het niet, ik dacht van niet." En dan: "Zeg André, ze doet nou wel zo koel hè, zo moedig. Maar ik denk dat dat ook een beetje een pose is. Het is haar trots. De terugslag zal bij haar zeker een keer komen. Mag ik erop vertrouwen dat jij, mijn beste vriend, haar en ook Marjon wat opvangt als je merkt dat het niet de goede kant op gaat daar? Ik weet hoe goed je het me ze kunt vinden en ik denk dat ze wat op jou willen steunen. Marjon zei…"

"Wat zei Marjon?" Ik moet hem een beetje stimuleren want hij blijft in z'n woorden steken. Het aanvankelijk vage vermoeden begint opeens donkerbruin te kleuren verdomme, en tamelijk onaangenaam te ruiken ook.

'Mijn beste vriend' kijkt me wat onzeker aan, zegt dan, een beetje schaapachtig grinnikend: "Ze meent dat jij dan maar met Lena moet trouwen, jullie treffen elkaar immers toch wekelijks."

Hij neemt een slok whisky, rechtstreeks uit de fles deze keer, en ik denk koortsachtig na. Zou Lena, voorbarig en wel, André misschien in een door mij zopas nog zo gevreesde scène al uit de hoge hoed hebben getoverd, om vervolgens haar aanstaande ex al meteen met gelijke munt terug te betalen? Ik begin me opnieuw af te vragen wat Wim weet en niet weet, en of zijn besluit om er in dat verre Riad een vriendinnetje op na te gaan houden, bij haar een kind te maken en nu vervolgens Lena vaarwel te zeggen, dat die dingen niet toch een oorzaak hebben die ik diep in mijn hart vrees. *My dear old chap, who are you, who are you really, what the hell you know about us?*

De rest van deze 'kroegentocht' brengen we allebei door in diep gepeins van, naar ik aanneem volstrekt uiteenlopende aard, maar door een duistere macht ook onverbrekelijk verbonden. Na de volle fles whisky staan we niet om half vijf in de ochtend maar al om kwart voor twaalf 's avonds, en ogenschijnlijk nuchter als een pot, op een kille straat waar een nevelig motregentje doorheen wordt geblazen. Ik sla m'n goede vriend op de schouder, vraag me af of, waar en onder welke omstandigheden ik hem ooit nog een keer terug zal zien en ook – andermaal – in hoeverre ik direct of indirect misschien toch medeschuldig ben aan de scheiding die staat aan te komen.

25.

Vrijdagochtend, half oktober, de ochtend van ons uitstapje naar Duitsland. Ik heb Petra en Lena wijsgemaakt er een weekend alleen op uit te willen; dat ik aan een korte, actieve vakantie toe ben, gezonde wandelingen in de Eifel en zo. Wat ze zich 'levendig' kunnen voorstellen. Alleen, een weekend was wel erg kort. Ik had toch minstens een week moeten nemen. Om een treffen met de familie De Vries te vermijden stelde ik Imke voor ergens op een neutrale plek bij me in te stappen. Maar dat wees ze verontwaardigd van de hand. Ze vond het vanzelfsprekend dat ik haar thuis afhaalde; ze verzekerde me dat haar vader op school en haar moeder die ochtend niet thuis was omdat ze elke vrijdagochtend de inkopen voor het weekend doet. Als ik haar moeder dan 'in hemelsnaam' niet tegen het lijf wilde lopen, moest ik zorgen niet voor tienen langs te komen.

Als Andreas de Angstvallige veiligheidshalve iets voor half elf arriveert blijken haar stiefouders toch thuis te zijn. Het is weliswaar mijn snoezepoes zelf die de deur opent, in een fleurig jurkje, haar kastanjebruine haren heel mooi opgestoken en geheel reisvaardig, maar de twee andere leden van het keurige gezin De Vries schemeren wel degelijk op de achtergrond. Pa De Vries is al bezig zijn eerste herfstvakantiedag te genieten, omdat de klassen waaraan hij nog les moest geven die dag een uitje hebben – iets wat Imke natuurlijk niet kon voorzien. Het is overigens mevrouw die me met een rood, wat gezwollen gezicht opneemt en het wordt me beklemmend duidelijk dat nog pal voordat ik de deurbel beroerde er een ruzieachtige sfeer in dit huis moet hebben geheerst (Imke is ook stil trouwens, het zijdeachtige Indië-bruin van haar gezicht oogt wat flets). Ik wacht gespannen op het moment dat me op hoge toon rekenschap wordt gevraagd van mijn schandalige voornemens, van wat ik eigenlijk wel van plan ben, wat ik me als volwassene voorstel van zo'n uitstapje met uitgerekend hun minderjarige dochter. O, hoeveel giftige pijlen kunnen op mijn troebele borst worden afgeschoten? Ik heb geen enkel feitelijk verweer. Gaat mevrouw als scherpschutter optreden? Zij met name heeft duidelijk iets voor op haar tong. Maar zij, en ook haar man, ze vragen niets, kaarten niets aan, blijven ijselijk zwijgen – in zulke situaties nog pijnlijker dan spreken zoals we weten. De diepste stilte duizendmaal erger dan het grootste lawaai: onderdeel van hun strategie me nog een weekend te laten bungelen? Geen vraag, geen opmerking, geen wanklank verstoort de atmosfeer. Het komt me zelfs voor dat ze me wat minzaam onderzoekend opnemen. Eindelijk zo'n psychopathisch monster waar in de kranten zo vaak over wordt geschreven. En dat pal voor hun neus. Wat een vangst!

Noch hun dochter noch mij worden prettige dagen gewenst. Het zweet loopt langs m'n rug als we, zij met enigszins gekweld gelaat en zo'n blik van 'in godsnaam Andreas, redt me uit dit huis' haar koffertje op de achterbank stouwend, al na vijf loden minuten in waardige haast de straat uitrijden. Had ik in de hoofden van mijn 'schoonouders in spe' kunnen kijken, ik vrees dat mijn vakantieplezier (waar overigens toch nog geen sprake van is) van de eerste tot en met de laatste seconde grondig zou zijn bedorven. Met name Douwe: zo heet hij; Douwe de Vries – ook een man tenslotte, een door en door fatsoenlijke en gerespecteerde *éducateur* – van hem kreeg ik de indruk dat hij diep in mijn verdorven ziel heeft kunnen schouwen.

"Wat heb je eigenlijk tegen ze gezegd?" Deze vraag brandt op mijn lippen en ik stel haar al eer we de grenzen van de stad achter ons laten.

"Dat jij en ik gaan trouwen, begin volgend jaar wanneer ik meerderjarig ben, om dan misschien voorgoed naar Sumatra te verkassen," zegt mijn jonge bruid zó onomwonden, dat ik besef dat ze de waarheid spreekt en alsof dit de gewoonste zaak van de wereld is en tussen ons allang definitief beklonken.

Ik sta voor een stoplicht dat ons vrij baan moet geven naar de vierbaansweg richting zuiden, laat bij het optrekken mijn auto afslaan (wat me anders nooit overkomt).

Mijn keel schrapend en in lichte paniek: "Hebben jullie daarom onenigheid gehad vanochtend?"

"Onenigheid...? Vader dreigde met de politie, moeder zal onze gangen laten nagaan en wil intussen met iemand van de jeugdzorg gaan praten."

Ik, al iets panischer: "Heb je gezegd waar we heengaan?" Het zweet loopt nu in straaltjes van me af.

"Nee. Ze zijn in staat om met de receptie van dat vakantiepark te bellen."

"Heb je erge ruzie gemaakt?"

"Nogal... zeg maar gerust een scène. Ik heb geprobeerd ze duidelijk te maken hoeveel ik van je hou. En ook dat er dingen zijn waar ze zich niet mee moeten bemoeien. Ik ben zeventien, en niet gek. Jouw leeftijd, dat is voor hen het punt. Maar wat maakt 't dan uit of jij het bent, op jouw leeftijd, of bijvoorbeeld dat vriendje van vijfenveertig dat zij wél zagen zitten omdat hij van hun kerk is. Voor mijn ouders maakt dat alles uit, die kortzichtige mensen."

Ze slaat haar arm om mijn schouder, zegt: "Laten we het er niet meer over hebben, Andreas, anders bederven we elkaars humeur. Ik wil het de komende dagen fijn met je hebben. Kijk 's, de zon komt er al doorheen."

Het is mistig geweest deze ochtend, de ochtendmist na de langer wordende nachten, hij ligt links en rechts nog op de Drentse velden. Maar ook ketst nu en dan al het licht van het oktoberzonnetje langs de voorruit. Het belooft 'n prachtige dag te worden, de weersvooruitzichten voor 't weekend zijn veelbelovend.

Echter, ik verbeeld me in m'n geliefde stad opeens een bijzondere hectiek. Achter mijn rug zie ik appelwangige mevrouw De Vries al contact opnemen met een consulent van het stedelijk bureau jeugdzorg waarvan ik nota bene bestuurslid ben. Ik hoor haar op de toon van ons kent ons de vraag stellen hoe het moreel en juridisch zit als een man die al grootvader zou kunnen zijn met een kind van zeventien op vakantie gaat, kennelijk met de bedoeling elkaar beter te leren kennen (ahum) in verband met een voorgenomen huwelijk (stel je voor), en de vreugde om de aanstaande prettige dagen wil bij deze en dito voorstellingen maar niet op gang komen.

Met het zweet over mijn hele lichaam tuffen we met gevaarlijk lage snelheid over de A28 waar ik meen al een keer of wat door een auto te zijn ingehaald met, nu eens naast de bestuurder dan weer op de achterbank, een spiedende mevrouw De Vries. Eenmaal zie ik haar zelf achter het stuur – dat van een grijsgroene Saab. Er heeft een angstwekkende vermenigvuldiging van deze specie plaatsgevonden.

Maar ik verman me, wil koste wat kost mijn erbarmelijke humeur voor m'n vriendinnetje verborgen houden, zoek een vrolijk muziekje op de autoradio en beantwoordt haar omarming door mijn rechterarm om haar schouder te leggen, waarna ze dicht tegen me aan kruipt.

"Denk je echt dat mijn moeder de politie of de kinderbescherming achter ons aanstuurt?" vraagt ze op het moment dat mijn gemoed er hard aan trekt om een bij de weersgesteldheid van het moment passende stemming te bereiken. Zekere, onzekere Imke. Ze is kennelijk toch minder zelfverzekerd dan ze steeds doet voorkomen en ik, armzalig burgermannetje, acht de tijd rijp de grotemannenbroek, de broek van de kosmopoliet, de man van de wereld aan te trekken.

"Ze mag het hele politiekorps en alle jeugdzorgmedewerkers van de stad achter ons aansturen. Als die 's nachts maar niet onder ons bed kruipen."

Imke giechelt, houdt haar hand voor de mond om niet te proesten van het lachen. Ze geeft me een zoen, ergens tussen Hoogeveen en Meppel, meent: "Andreas, ik hou van je, ik ga steeds meer van je houden als je zulke dingen zegt."

Nu laat haar schaterlach zich niet meer achter haar hand verbergen. Ze giert het uit en ik, een royale geste aan al menige gefrustreerde vrachtautochauffeur, ik spoor de oude Volvo aan tot een gemiddelde van negentig kilometer per uur. Voorbij Zwolle stuur ik hem de A50 op.

Hoewel een omslachtige omweg besluit ik door de Peel te rijden en vervolgens door Zuid-Limburg. Ik ben zelden in de gelegenheid door deze parel van ons aardige landje te trekken. We hobbelen de grote rivieren over, verlaten pal na de brug bij Ravenstein de vierbaansweg. In het landelijke Elsendorp stop ik bij een wegrestaurant met een grote parkeerplaats vol vrachtauto's en een verleidelijk ogend bordes met stoeltjes en kleurrijke parasols. In een steeds warmer wordende atmosfeer nemen we onder zo'n zonnescherm plaats.

Men heeft uitgerekend dat de Peelstreek vijftien keer zoveel varkens telt als mensen die daar ook al zo overvloedig zijn. Deze berekening wordt aannemelijk gemaakt met een niet aflatende lichte stank van nitraat om ons heen. Een stank die in je neus dringt zodra je de Maas bent overgestoken en die, zegt men, pas weer verdwijnt wanneer je de grens met Limburg passeert. In deze door de kongsi van CDA, Rabobank, farmacie, voederfabrieken en exportslachterijen verpeste buitenlucht lukt het ons niettemin een lichte maaltijd, voor mijn lief een kaastosti en voor mij een uitsmijter met ham en kaas, naar binnen te werken. Nippend aan mijn maltbiertje kijk ik tevreden naar de ingang van het chauffeurscafé. Het zijn deze oergezonde cowboys van de weg (een Freudiaanse associatie wellicht) die de klapdeur in beweging houden, zware dieselmotoren starten of afzetten, die mijn humeur weer in een prima conditie brengen. Ze zijn van het blonde beesttype kerels die het leeftijdsverschil tussen Imke en mij worst zou zijn geweest, of die hooguit zouden hebben geprobeerd haar mij dan maar op slinkse dan wel hardhandige manier te ontfutselen en te verkrachten, waren ze op de hoogte geweest van de wankele relatie tussen ons beiden.

En er is méér. Het is me natuurlijk al wel eerder opgevallen, zelfs op pijnlijke wijze zoals bekend, dat mannen aan Imke niet makkelijk voorbijzien. Niet vanwege haar gestalte, want ze is inderdaad tenger, qua postuur niet bijzonder. Het is haar ándere uiterlijk. Ze is weliswaar klein, haast etherisch, maar ook bijzonder aantrekkelijk om te zien met haar lange, donkerbruine en licht kroezende haren, de fijne beenderstructuur van haar gezicht, haar Aziatische jukbeenderen, iets schuinstaande donkere ogenpartij, haar mond met die volle lippen, haar mooie ronde kin. Ik, o ik zou nog wel een kwartier zo door kunnen gaan, in steeds fijnere details! Ik zou... De in- en uitgaande, vlak voor ons langslopende vrachtwagenbestuurders onderschrijven mijn mening door al dan niet verstolen blikken langer dan normaal op de kleine prinses te laten rusten. Een vader met een knappe dochter, kennelijk nog niet aan het koppelcircuit prijsgegeven: zoiets zie ik omgaan in die overigens niet al te intelligent ogende hoofden. Wat daarbij gevoeld wordt, laat zich misschien nog makkelijker raden. Ook deze verstolen dan wel onverhulde aandacht (ook op dit punt is geen man hetzelfde) brengt me in een stemming die zelfs uitsteekt tot hoog in het door het nitraat van die miljoenen boven hun drek zuchtende mestvarkens en −kalveren versluierde zonlicht. Ik voel me rijk, haast een uitverkorene.

Ik weet niet of al die aandacht Imke iets doet. Ze zit naast me, houdt, nadat ze haar kleine maaltijd heeft beëindigd en haar stoel tegen de mijne geschoven, mijn pols vast, kijkt me vanachter haar smalle zonnebril glimlachend aan. Al die komende en gaande spier- en vetbundels schijnen haar geweldig weinig te interesseren. Wie weet is er daarom onder deze mannen een die door de sluier vader-dochter heen kijkt, iets anders vermoedt. Ik probeer me in zijn situatie te verplaatsen, me mijn eigen jaloezie voor te stellen bij het beeld van twee mensen van zo verschillende leeftijd die zó innig met elkaar omgaan. Het hart springt in mijn borst bij het uit andermans ogen gestolen beeld van haar hand op mijn pols, mijn hand op haar bruine bovenbeen, haar lichaam zij aan zij met het mijne; m'n gemoed trilt bij het aan een anders gemoed ontfutselde gevoelen van afgunst. Ik kan wel juichen, wil wel aan elke vezel van Imkes fysiek een afzonderlijke eredienst wijden.

Ik reken af, geef een onverantwoord hoge fooi.

En naarmate we van de onheilsplek huize De Vries kilometer na kilometer verder verwijderd raken, er een dijk van geruststellende afstand ontstaat, en ik een mededogend ogenblik vergeet dat we over drie dagen diezelfde plek kilometer na kilometer weer zullen naderen, beroert nu een lichte lyriek mijn gemoed. Ik probeer Gilbert O'Sullivan te ondersteunen die mij op zijn beurt een hart onder de riem steekt met z'n *Nothing Rhymed*. We rijden al diep in Limburg, verwennen onze blik aan het golvende lösslandschap als de transistor deze *ballad* in de autoruimte ten gehore brengt.

We ronden Aken, duiken bij Monschau nog even weer de diepte in, en werken ons dan steeds verder de Eifelhoogtes op. Eén keer verrijd ik me en één keer beschrijf ik een nagenoeg perfecte cirkel met een diameter van zo'n tien kilometer. Tot onze verbazing komen we bij precies hetzelfde witte kerkje uit waar mijn reisgenote zo pertinent wist dat we de afslag links moesten nemen, en ze geeft nadien ruiterlijk toe een minder goede kaartlezeres te zijn dan ze eerder beweerde. We komen in een file, worden voorzichtig langs een plek gedirigeerd waar uniformen en mensen in witte kleren met iets ernstigs bezig zijn. Er is een bleke bewegingsloze hand onder een half openstaand autoportier vandaan, een forse boomstam heeft zich brutaal daar genesteld waar eerst een motorcompartiment was. "Aanvankelijk is de boom zó klein dat hij sterft en de automobilist overleeft, maar al spoedig wordt hij zó groot dat hij overleeft en de automobilist sterft" geef ik een aperçutje ten beste; al is het om een kort gevoel van onbehagen de baas te worden. Maar m'n reismaatje reageert niet, grauw weggetrokken als ze is opeens.

Niettegenstaande deze extra kilometers en vertraging komen we nog vóór vier uur aan in het door mij uitverkoren Stadtkyll. Na ook hier nog een keer verkeerd te zijn gereden, arriveren we eindelijk bij ons vakantieadres. Voor ons is een stek vrijgehouden in een bungalowpark met, naast Duitse, gevaarlijk veel auto's voorzien van Nederlandse nummerplaten.

Bij de receptie moeten enkele formaliteiten worden vervuld. Een mevrouw *entre deux âges* kijkt vanachter een balie wat argwanend – maar dat kan best de overspannen indruk zijn geweest van de man met het niet geheel zuivere geweten; zo'n geweten maakt scherp en onscherp tegelijk – ze kijkt dus wat argwanend naar mij en van mij naar mijn dochter die ik in die hoedanigheid op het nachtregister heb vermeld. Van m'n dochter kijkt ze weer naar mij. Met een ijselijk koele stem – maar het kan nog steeds de verbeelding zijn – en in door het vele contact met mijn landgenoten (en wie weet andere vastgelopen midlifers met grootse dromen) goed verstaanbaar Nederduits informeert ze: "Sei ies indertat oew dochter?" Ze vraagt het op een manier alsof ze niet kan geloven dat sinds ons smadelijke vertrek uit de Oost er ook nog maar een Nederlander is die bij een Aziatische een kind wil verwekken. Waarna ze Indische Imke, meen ik, wat ongelovig en die, op haar beurt, mij wat hulpeloos aankijkt. Liever had ik gezien dat ze in de auto was blijven wachten. Ik beaam, misschien iets te nadrukkelijk, en laat (o, onnavolgbare gedachtepaden!) door me heen gaan hoezeer Imke en mijn wettige, Petra, in dit opzicht van elkaar verschillen. Want die zou om deze op z'n minst enigszins insinuerende vraag zó kwaad zijn geworden dat ze zonder pardon de volgende gênante woorden of iets van die strekking zou hebben uitgekraamd: 'Nee, ik ben niet zijn dochter! Ik ben zijn dertienjarige drugsverslaafde maîtresse! We zijn van plan hier in één smal bed te slapen en het minstens vijf keer op een dag met elkaar te doen!'

Maar ja, zij is dan ook van Anna's hoogsteigen bloed.

Ons in de folder aangeprezen 'functionele, van alle gemakken voorziene vierpersoonsbungalow waar het ook voor twee personen uitstekend toeven is' (o, gij grote schalk!) staat bovenaan een fikse helling. Het wacht tussen zo'n tweehonderd eendere droomhuisjes voor de praktische vakantiemens – keuken en potten en pannen voor die liefhebbers die bij voorkeur ook nog hun aardappels en groenten van huis meeslepen. Ik stuw mijn trouwe Volvo Van die, voor zover ik me kan herinneren, nog nooit zo'n gemene helling heeft hoeven nemen, de hoogte op. In het misschien wat overijlde besef dat ik deze mevrouw De Vries de Tweede van de receptie de komende dagen in de gaten moet blijven houden, overweeg ik twee slaapkamers in te richten, zie daar nadien onder hevige protesten van Imke overigens weer vanaf. Maar ik blijf me ongemakkelijk voelen want dicht deze mevrouw een hoog (misschien te hoog) psychologisch kennisgehalte toe. Ik heb haar naar mijn smaak volstrekt niet weten te overtuigen dat de inderdaad exotisch ogende jongedame naast me toch werkelijk mijn eigen, bloedeigen dochter is.

Na ons wat te hebben ingericht drinken we een glas wijn, eten wat chipsachtige dingetjes die ik van huis heb meegenomen, nemen de mij in een map ter hand gestelde huisregels en verdere strenge instructies door, bewonderen de aan de muren gehangen posters van door Pieter Brueghel op doek vereeuwigde Vlaamse kermis- en bruiloftstaferelen. We douchen ons, netjes om beurten, kleden ons om en besluiten tot een korte verkenning van de omgeving.

"Denk je echt dat ze dat niet geloven, dat ik je dochter ben?" giechelt mijn verdorven vriendinnetje als we ons weer hellingafwaarts laten glijden en de receptie opnieuw passeren. Na het douchen wierp ze zich in mijn armen, in een verleidelijk negligé, en we zoenden en knuffelden elkaar met een passie die het kledingstuk licht deed inscheuren en op de grond vallen. Omdat ze alleen maar het negligé droeg, wist ik alleen met de grootste moeite de aanvechting de baas te worden dit warme, verleidelijke, naar lavendel en viooltjes ruikende, spiernaakte kind dat me in alle opzicht zo vreselijk graag honderd procent wil toebehoren, om haar op ons uitnodigende bed uit te spreiden en daar toch al aan Venus te offeren. Ik streelde haar borstjes, proefde haar honingtepeltjes, voelde me een ridder (want als glorieus winnaar uit de strijd met de gevaarlijke neigingen gekomen).

We ronden te voet een klein stuwmeer bij een nederzetting met de solide naam Kronenburg, beroemd om haar burchtresten, rijden terug, doen in de plaatselijke supermarkt inkopen: brood, broodbeleg, melk, koffie, thee, wijn en bijbehorende hapjes (we hebben afgesproken deze paar dagen in elk geval niet zelf te gaan kokkerellen). We eten in een klein restaurant, nemen het aanstaande weekend voorgenomen programma nog eens door. We zullen twee volle dagen in de Eifel vertoeven, zaterdag en zondag. Maandag zullen we de onverbiddelijke terugreis aanvaarden. Morgen (zaterdag) is een bezoek aan Trier gepland, zondag kunnen we wat mij betreft na een wandeling door de omgeving 's middags wat door de Eifel toeren. Maandag zullen we wel nog Keulen aandoen, voornemens als ik ben door het Roergebied terug te rijden – een voorstel dat ik al aan Imke kenbaar maakte en waar ze heel enthousiast op reageerde. Het kind houdt van steden en stadjes. Omdat ik bij de receptie las dat vanuit het mij eveneens onbekende maar vlakbij gelegen plaatsje Jünkerath de mogelijkheid bestaat per trein in Trier te komen, en zelfs zonder te hoeven overstappen, besluit ik geheel tegen mijn principes bij wijze van toeristische attractie een keer van het openbaar vervoer gebruik te maken.

Als we om circa half acht weer bij ons van alle gemakken voorziene stulpje komen, is het nagenoeg donker. We zijn allebei moe, om niet te zeggen doodop. We keuvelen nog wat, kijken een uurtje tv, Imke op mijn schoot, haar arm om me heen. We poetsen onze tanden, rommelen nog wat op de douche. Voor mensen die niet gewend zijn met elkaar één dak te delen ontstaat dan het ongemakkelijke verkeer tussen douche en toilet. Om een uur of tien liggen we op bed. Innig omstrengeld, alsof we bang zijn elkaar vannacht anders voorgoed te verliezen, vallen we min of meer als een blok in slaap.

26.

Na in ons functionele droomhuisje thee te hebben gedronken en een pistolet met jam en kaas te hebben genuttigd, staan we om half tien op het station van Jünkerath. Ik koop kaartjes en we wachten op het Eifelboemeltje dat de verbinding tussen Keulen en Trier onderhoudt en dat stipt op tijd aankomt. In geen van de drie door een dieselloc getrokken treinstellen valt aanwezigheid van mensen te bespeuren zodat het aangename gevoel me bekruipt als is dit materiaal van de Duitse spoorwegen speciaal ten behoeve van ons beiden in Keulen uit de remise gereden. Het spoortraject blijkt parallel te lopen aan een watertje dat de Kyll is vernoemd, dat we ontelbare malen oversteken, dat naarmate we vorderen breder wordt en ook wat woester en steeds meer op een meanderend bergriviertje begint te lijken. Het Kyllwater moet betrekkelijk schoon zijn geweest, af en toe zien we mannen in lieslaarzen, en gewapend met hengel en vangnet naar forel staan uitkijken. We doen het plaatsje Gerolstein aan, we komen vlak langs Bittburg en onderweg schampen we gehuchtjes waarvan ik de namen net zo snel weer vergeet als dat ze op stationsborden voor onze coupé opduiken en voorbijglijden. We steken voor de zoveelste keer de Kyll over, schieten donkere tunnels in en ik zie Imke die tegenover me zit, van deze reis genieten. Terwijl ze honderduit praat, me op van alles en nog wat wijst en de schoonheid van het bij vlagen golvende landschap in zich opneemt geloof ik volkomen gelukkig te zijn.

Iets over elf schuiven we eindstation Trier binnen; alle drie treinstellen bij elkaar lozen ongeveer tien mensen.

In de toiletruimte van een knusse *Konditorei* dicht bij het station is een begripvolle elektronische makker bereid tegen betaling van drie doodvermoeide vijf D-markstukken drie condooms in m'n vochtige handpalm te laten vallen. Vervolgens drinken we midden tussen de taartjes, gebakjes en andere levensbedreigende zoetigheden onze koffie en eten een *Himbeerkuchen*. De weinig neurotisch-anorexiale Imke met de wespentaille eet hem met smaak. Of dit verantwoord is, hangt ook af van het figuur dat haar natuurlijke moeder thans heeft. Is zij een dikzak of een dikzak geworden, dan zal Imke misschien ook moeten oppassen. Ik vraag het haar.

"Maak je geen zorgen, paps. Ondanks haar drie kinderen ziet mama er nog prima uit. Ze heeft nog haast hetzelfde figuur als ik nu heb. Wij hebben geloof ik niet zo de aanleg om dik te worden."

"Heb je je vermaakt onderweg?"

Ze legt haar arm om mijn nek, zoent me. "Ik vond het prachtig, Andreas. Wat mij betreft had de trein nog wel een uurtje door mogen rijden. Maar het mooist vond ik nog dat ik jou 's goed heb kunnen opnemen."

"En?"

Zij, glimlachend, met pretoogjes: "Daar kom ik nog op terug… morgen."

We schenken ons *Kännchen* uit en lopen naar het centrum van Augusta Treverorum, Duitslands oudste stadje. Het is er druk en warm, minstens vijfentwintig graden. We bewonderen de Porto Negro, bezoeken de Dom en de Basiliek, lopen door het *Landesmuseum*, vervolgens door de thermen, zitten op een bankje in de tuin van 't *kurfürstliche* slot uit te rusten. Daarna snuffel ik vergeefs rond in de Academische Boekhandel, maar red in een zijstraatje een onvertaalde Rabelais uit de ramsj, een uitgave uit de tijd van het interbellum. We lopen weer naar het centrum, van het centrum omlaag richting Moezel, voorbij het wat afgelegen Karl-Marxhuis dat helaas niet geopend is. We kuieren langs de Moezelkade, en dan weer omhoog richting binnenstad. In een smal straatje met uitzicht op een zijkant van de Porto pikken we een terrasje en bestellen iets te eten en te drinken. Vanaf de *Himbeerkuchen* zijn we ruim drie uur onderweg intussen.

Het is in dat straatje in Treverorum, en genietend van een eenvoudige, late lunch, dat ik op m'n schouder wordt getikt. Niet door een Romein, een norse soldaat van Nero die m'n jonge geliefde wil roven. Nee, erger… want geloof me, ik zou om haar gevochten hebben, en wij Noordeuropeanen zijn immers veel groter en sterker dan de Romeinen van weleer; en misschien ook wel veel gemener. Sommige dingen zijn niet te bevechten, met alle kracht die in je is niet. Onder druk van een in sterkte toenemend onaangenaam gevoel, met name gevoed door het ongeloof dat ik ineens op Imkes gelaat lees (zij ziet de persoon in kwestie volop in het gezicht), draai ik me om.

"Dat is óók toevallig!" kraait een stem. En inderdaad, zó toevallig is het natuurlijk helemaal niet. Trier is niet ver, en dan ook nog die vermaledijde schoolvakanties die het Nederlandse onderwijs naar alle windrichtingen doet uitzwermen... Eerder aan zijn stem dan aan z'n gezicht dat ik moeilijk kan onderscheiden omdat hij me dwingt tegen de zon in te kijken, herken ik Jan Marsdijk, rector van een van de scholengemeenschappen die ons noordelijke stadje rijk is. In mijn functie heb ik regelmatig met deze Jan te maken. Het zou allemaal ongetwijfeld niets om het lijf hebben gehad als Imke niet een van die veelbelovende en daardoor opvallende leerlingen uit een examenklas van zijn school was geweest.

"En jij..." – hij loopt op haar toe, geeft haar een hand. "Je naam schiet me helaas even niet binnen, maar je..."

"Imke... Imke de Vries," helpt mijn kind gedwee en naar waarheid. Ze wisselt een snelle blik met me, en ik zoek koortsachtig naar een verklaring. Gelukkig is Jan Marsdijk vergezeld van een stevige dame van zijn leeftijd (een jaar of vijfenveertig) in wie ik... helaas, niet een maîtresse, een cocotte, de secretaresse van zijn school of weet ik veel met wie ik hem zou hebben kunnen chanteren, maar wel degelijk zijn solide echtgenote herken. Gelukkig... want deze dame kijkt wat stuurs naar haar wakkere eega, ze blijft wat op afstand, heeft duidelijk geen behoefte aan zakelijke gesprekken of wat ook hier, op dit tijdstip, op deze plaats (gelijk heeft ze, zou ik ook niet hebben). Maar Jan zou anders werkelijk niet hebben geaarzeld er gezellig bij te komen zitten, de overgebleven stukjes stokbrood van m'n bord te peuzelen en ons entr'acte eens flink uit te horen over het hoe en wat.

"Zijn... jullie zijn, èh..."

"Mijn vriendinnetje," ondervang ik breed glimlachend en tegelijk zó provocerend, dat het wel een grap moet lijken. Ik verblik of verbloos niet (tenminste die indruk heb ik van mezelf) en probeer op deze manier ook nog zoveel tijd te winnen dat Jans stoere vrouw haar geduld verliest.

Jan Marsdijk knikt, je zou haast kunnen zeggen wat afwezig, niet eens met een blik van 'ja, maak dat de kat wijs', en verder verraadt zijn blik ook niets. Hij strooit een paar opmerkingen over het mooie weer, de bezienswaardigheden in Trier, vertelt dat ze een lang weekend in een hotel in Echternach verblijven en wordt al door zijn eegade geroepen die een meter of vijftien is doorgelopen intussen. Op de valreep herinnert deze *every inch a functionary* me zowaar aan een afspraak die we over anderhalve week hebben. Hij daalt verder af richting Moezel en na ongeveer dertig passen draait hij zich nog een keer om, roept: "Om tien uur, als ik het goed heb." Dan wordt het echtpaar opgenomen in het meanderende straatgewoel.

Denk niet dat ik een zucht van verlichting slaak. Integendeel, deze vlucht naar voren heeft een mystieke uitwerking. Ik lijk sinds Jans kraaiende opmerking van ziel gewisseld, verpopt van slijmerige rups tot koninklijke vlinder. Een vreemd, obstinaat gevoel overvalt me, betovert me – reactie wellicht op de ochtend van gister waarop ik me een geslagen hond voelde. Ik heb werkelijk geen andere verklaring: het is bij mijn tweede wijntje – een witte Moezel, dus niet echt krachtig, daar kan het niet aan liggen. Jan Marsdijk als katalysator, als lont in het warrige kruitvat van pro en contra's, mitsen en maren dat diep in me steekt? Het aanstaande geratel van de geruchtenmachine, het voor de hand liggende geritsel van de suggesties en de praatjes die ik me al levendig voorstel interesseren me opeens niet meer. Het is waar, ik heb destijds een verblijf in de Eifel verkozen boven bijvoorbeeld de Veluwe, de kust of voor mijn part Brabant of Limburg, om de kans op een ontmoeting met bekenden zo klein mogelijk te houden. Nu het onder de gegeven omstandigheden ooit onvermijdelijke toch al is gebeurd, heradem ik en raken in mij opeens alle remmen los lijkt het. Als een puisterige adolescent het zijne, omarm ik m'n vriendinnetje, zoen haar, lebber haar af, en zij mij; tijdens het wandelen over de trottoirs van Trier, in de parken, bij de stoplichten en gedurende het toeteren door jolige, jaloerse of verbaasde automobilisten, op de perrons, in het in tegenstelling tot vanochtend nu goed bezette boemeltje, en omgeven door onverstaanbaar Eifelkoeterwaals. De verwonderde, deels afkeurende, geschrokken, deels zelfs ongelovige Duitse blikken om me heen (Aha! Vandáár dus die succesvolle integratie in de Lage Landen!) kunnen me alleen maar stimuleren haar nog steviger tegen me aan te drukken, haar eens echt te knuffelen, hardhandig te betasten op het laatst, aan haar zachte delen te frunniken. Oud, kalend heerschap dat in het openbaar een allochtoon kind verkracht en dat zo te zien met haar meer dan volledige instemming! De plafonnières van onze coupé zijn uit, of stuk. In het daarom plotselinge stikdonker na het binnenrijden van een lange tunnel trek ik Imkes shirt uit haar broek, leg mijn hand om haar borst en dan zucht m'n jongverdorven, laat-puberale, vroegvolwassen dochter in mijn oor:

"André... vanavond wil ik met je vrijen."

We zijn van god los.

Vanochtend, speurend naar de parkeerplaats bij het station van Jünkerath, ving een hoek van mijn rechter arendsoog de neonversiering op van een Italiaans restaurant. Het is open als het echtpaar Damstra – de Vries om zes uur uit de trein stapt, het is zelfs zó dichtbij dat ik mijn auto op de parkeerplaats laat staan. Met mijn ontuchtige bruid neuriënd aan mijn arm huppelen we het Siciliaanse etablissement binnen.

Een moeilijkheid waar je in situaties als de mijne mee te maken kunt krijgen is in hoeverre je je geliefde nog als kind moet zien en dus moet proberen haar van bepaalde dingen af te houden die jij met je volwassen mannenervaring onherroepelijk ziet aankomen, of als (jong)volwassen vrouw met een eigen verantwoordelijkheid. Ik moet zeggen, de stemming tussen ons beiden blijft ook in het vrij drukke restaurant van zodanig van-god-losgehalte dat ik na twee ferme aperitieven een fles Chianti bestel. Mijn concubine valt zó gretig deze lichte, maar smakelijke wijn aan, dat ik na verloop van tijd genoodzaakt ben nóg een fles te laten aanrukken.

Had ik hier niet moeten ingrijpen, iets moeten zeggen van: 'beste meid, luister 's, neem nou niet nog meer, daar krijg je straks last van?' Integendeel het wordt een klein bacchanaal.

Als, na een werkelijk uitstekend klaargemaakte scarloppa voor hem en een rijk belegde pizza voor haar, en een vreselijk gezellige kout die van haar kant overigens steeds meer overgaat in onsamenhangend gepraat, om acht uur dertig de heer Damstra en zijn volslagen dronken dochter en aanstaande bruid, nagestaard door twee meevoelende obers, het restaurant verlaten moet hij haar ondersteunen en mompelt ze dat ze zo moe is.

Tijdens de rit van Jünkerath terug naar hun droomhuisje (al met al zo'n zes kilometer) slaapt ze tegen z'n schouder en moet hij er bedacht op zijn dat ze niet langs hem afglijdt om met haar hoofd onzacht op het stuurwiel terecht te komen, met mogelijkerwijs ook nog allerhande noodlottig gevolg. Eenmaal bij hun bungalow aangekomen loopt ze linea recta naar het toilet en hoort hij haar benauwd maar grondig het Italiaanse voedsel uitbraken. Hij heeft vreselijk met haar te doen en neemt het zichzelf hoogst kwalijk die avond zo slecht op haar te hebben gepast.

Zodra het weer wat beter met haar gaat, kleedt hij haar uit, veegt haar mond af, wast haar een beetje, helpt haar met tandenpoetsen, hijst haar in haar nachtgoed, en zegt dat hij van haar houdt. Met zijn licht zwetende, nog een flauwe braaksel- en pizzakruidenlucht uitademende kind in zijn armen slaapt hij moeizaam in.

Als ik een paar uur later wakker wordt sijpelt door een kier van het gordijn wat licht van een straatlantaarn. Daarin zie ik het gezicht van mijn slapende engel. Ze ligt met enigszins verkreukeld gelaat nog steeds stijf tegen m'n borst, door haar licht geopende mond trekt een regelmatige ademhaling, onderbroken nu en dan door een zachte snurk. Hoézeer ik dit zoekende, naar warmte, waardering en gezelligheid hunkerende kind ben toegedaan en ervoor zal zorgen dat ze die dingen krijgt! Mensen, ik vind geen woorden, mijn gemoed stroomt over. Met een me tot voor kort onbekend, me door een goede fee in de schoot geworpen wezentje in een mij onbekende omgeving... Mij wil niets te binnen schieten waaraan ik dit verdiend kan hebben. Ik besef, haast angstig, dat ik me nu echt...

Enfin, ik moet er nu niet aan denken iets alleen maar onder woorden te kunnen brengen wanneer het naar ontnuchterende kitsch riekt.

27.

= *Ergens op de wereld is de man die in alle opzicht het beste bij jou past – en bij wie jij het beste past. Je bent voor elkaar geboren. Maar als je hem al tegen zou komen – hoe onwaarschijnlijk tussen twee miljard mannen – hoe zou je hem herkennen? Is hij de man die op straat naar je toe komt lopen om je de weg te wijzen, je om een vuurtje vraagt? Is hij het die je voorbijloopt met de zweem van een glimlach op zijn gezicht? Is hij het die je een seconde recht in de ogen ziet? Zou je hem nu nog durven aanspreken, ben je nog zuiver, niet al door het leven bedorven? En waarom spreekt hij jou niet aan?* =

Om half negen word ik gewekt met thee, een eitje en ontbijtje op bed. Ze kijkt me wat schaapachtig aan, Imke, de schat verontschuldigt zich voor haar dronkenschap, weet ook niet hoe het komt dat ze zoveel heeft genomen.

"Ik ben nooit eerder dronken geweest. Maar ik vond het gister ook zó gezellig."

Ze zit op de rand van het bed, strijkt door m'n haar en kust me. Ze is al gedoucht en aangekleed, draagt haar wandeltenue, een donkerblauwe, nog weinig gewassen spijkerbroek, een lichte katoenen blouse en stevige hoge schoenen. Van het braakselluchtje valt niets meer te bespeuren.

Om tien uur zijn we onderweg; vanuit ons onderkomen verder de helling op, tot een bos ons opslokt. Het is bij uitstek weer om buiten te toeven. Alles blauw en wit. Hier en daar schrijft hogere sluierbewolking haar geheime tekens. In het zenit, tussen tot vegen uiteengevallen vliegtuiggassen, hangt in het westen nog Lowrys ontheemde maan. Boven ons hoofd zweeft een wouw. In een dal drijven tussen de bomen nog flarden mist van de afgelopen nacht; maar de zon begint haar gratis warmte al in verspillende hoeveelheid rond te strooien.

Na een half uur klimmen en dalen, maar meest klimmen, komen we op bijna zeshonderd meter – volgens onze wandelkaart het hoogste punt in een verre omgeving. Het pad slingert over een op wat struikgewas na kale heuvelrug met weiden en koeien, naar een plek die zicht biedt naar alle kanten, diep het Eifelland in, naar het oosten tot aan de wazigblauwe Hohe Acht bij Adenau. Rechts en links maken de liefelijk-witte kerkdorpjes Schüller en Schönfeld hun opwachting in deze blinkende zondagochtend; wat verderop, in het noorden, Dahlem (niet zichtbaar) en Dahlemerbinz waar een vliegveldje is en waar mijn haviksogen sportvliegtuigjes zien dalen en stijgen. Stadtkyll en Jünkerath worden door een andere heuvelrug aan ons oog onttrokken. Een vogel, onzichtbaar in de lage stuiken, begint een lange solo, koeien heffen hun goeiige koppen en staren ons dom aan, een late atalanta ritselt van veldbloem naar veldbloem.

We kiezen een bank, bij een stenen windrichtingenwijzer die tevens weet dat Moskou 2.100 kilometer ver is, Londen, Parijs, Berlijn, Den Haag et cetera zoveel en zoveel kilometer. Imke gaat op haar rug op de bank liggen, haar nek en hoofd in mijn schoot. Ik leg mijn hand om haar schouder, zij sluit haar ogen. We voelen het gigantische – gigantisch qua afstand en stilte – planetarium om ons heen wentelen en draaien, draaien en wentelen. Wat is een mens nog in een dergelijke, sferische omgeving.

Pas langzaam komt 't aardse gesprek op gang dat tussen lichtzinnige jongedame en zwaarmoedige, zich van zijn verantwoordelijkheden bewuste oude heer toch wel een keer op gang moet komen. Een gesprek dat, zoals vaak wanneer er de hoogste

verwachtingen omheen zijn gesponnen, veel korter is dan ver-
hoopt, gedacht, verwacht, en aanvankelijk zó zonder effect, dat
het tegen het decor van dit blauwe zenit al gauw benepen aandoet en zelfs het meest verstolen homerische lachje uit de hemel
overdreven zou hebben geklonken. Beginnend met een kleine
roddel van de kant van mijn vakantiegenote die haar lichte afkeer
van haar stiefouders onder woorden brengt.

O, had ik hier maar meteen ingegrepen, mijn ontzagwekkende,
onweerlegbare bedenkingen op dit suprême moment ingebracht,
Imke overtuigd van m'n onoverzienbare ervarenmannengelijk.
Niets daarvan. Mijn bekrompen nieuwsgierigheid speelt me
genadeloos parten, ontsiert deze unieke ochtend zonder dat ik
er wat tegen vermag te doen. Wat mijn zo op nieuwtjes beluste
apenoor te horen krijgt, is een opsomming van zaken die mijn
kleine schat aan haar stiefouders tegenstaan. Onder meer dat ze
voorgeven voorbeeldige christelijke mensen te zijn, menen deze
voorbeeldigheid andere christelijke en vooral onchristelijke mensen onder ogen te moeten brengen door elke zondag naar de kerk
te gaan (een regime waaraan mijn vriendin zich sinds ongeveer
een jaar onttrekt, wat de verhouding met haar huisgenoten er
niet beter op maakte), maar, zegt ze, toch echt volstrekt niet als
christenen handelen.

Haar stiefvader, dat gaat nog wel, meent ze, die bemoeit zich
niet al te veel met de binnen- en buitenhuiselijke zaken, en eigenlijk mag ze hem wel. Maar haar stiefmama heeft het bij haar
volkomen verbruid. Imke noemt haar achterbaks, rancuneus en
inconsequent.

Na deze en nog andere bezwaren te hebben aangehoord,
breng ik het gesprek op ons leeftijdsverschil. In de verte telt een
timide torenklok tot elf als ik haar eens en andermaal vraag of
ze daarover wel voldoende heeft nagedacht en over de gevolgen
ervan, nu en na verloop van tijd.

Maar ze wil er niet over praten, beweegt haar hoofd in mijn
schoot in een krachtig 'nee'. "Ik ben er steeds meer van overtuigd,
Andreas, dat wij bij elkaar horen. Sterker, ik denk dat we voor
elkaar geschapen zijn. Geloof jij aan het toeval?"

Ik, oude kille scepticus, haal mijn schouders op. Aan een bepaald soort toeval geloof ik, zeker. Dat van die Jan Marsdijk bijvoorbeeld die gister, 'toevallig' als het spastische toeval in het werk van derderangs schrijvers, ten tonele verscheen. Uit ervaring breng ik toeval met iets negatiefs in verband.

"Geloof jij dat er over de wereld verspreid mensen rondlopen die echt alleen voor elkaar geboren zijn, dat dat de reden van hun bestaan is? En dat dit zou blijken als het toeval ze bij elkaar bracht? Geloof jij in zo'n soort voorbeschikking, lief?"

Ik, nog sceptischer: "Misschien wel. Maar als er al mensen geboren worden alleen maar om met één bepaalde andere het leven te delen… want dat bedoel je toch (ze knikt heftig). Nou, dan moet het niet 't toeval zijn dat ze bij elkaar brengt. Dat heeft geen zin, dat gebeurt nooit volgens mij." Ik vermoed (nog) niets.

Mijn frêle maintenee richt zich op uit m'n schoot. Ze frommelt in de achterzak van haar jeans, trekt er een plastic hoesje uit ter grootte van dat voor een kentekenbewijs, met daarin een papiertje gestoken.

"Hier, lees dit eens," zegt ze. Ze kijkt me met vochtige ogen aan.

Het betreft een één keer gevouwen half A-viertje en ik lees en herlees die woorden waarmee ik dit hoofdstuk opende. Ze zijn getypt op een typemachine. Ik geef haar het papiertje terug. Ze blijft me aankijken, met steeds nog vochtige ogen. Eens te meer besef ik dat dit kind me volkomen toegedaan is, dat ik haar tot mijn levenspartner kan maken, dat ze volstrekt de mijne is als ik dat wil, en dat ze alleen maar wacht op het moment waarop ik deze wetenschap in daden omzet.

Dan denk ik na, laat eerst een paar wandelaars in Wanderhose en goed humeur voorbijstappen, wil vervolgens op de inhoud van het briefje afdingen, doe het dan toch niet, vraag:

"Heb je dit zelf bedacht?"

"De tekst is van mijn moeder, mijn echte moeder. Ik heb hem alleen maar vertaald en uitgetypt. Dat heb ik nog in Indonesië gedaan."

"Heb je met je moeder over mij gepraat?"

"Uitgebreid, Andreas, uitgebreid."

"Weet ze dat ik negenenveertig, vijftig ben intussen?"

Misschien heb ik toch nog even op het punt gestaan het gesprek dan eindelijk dáárheen te voeren waar ik het al vele dagen hebben wil. Maar ik besef – misschien een van de weinige voordelen van het ouder worden en zijn ervaring – ik weet dat ik de rest van m'n leven een kwellend schuldgevoel overhoud en vooral ook gevoelens van spijt achter me aan ga slepen als ik dit tere moment naar de verdommenis help door er het stempel van de praktische, o zo onromantische grote mensenmoraal op te drukken. Dat wil ik niet, ik besluit dingen op hun beloop te laten.

Zij: "Maar Andreas, had ik er om moeten liegen? Mama weet haast alles van jou, tenminste haast alles wat ik van je weet. Ze weet ook hoe je eruitziet, ze heeft een foto van je."

Aangezien ik niet begrijp hoe Imke over een foto van me kan beschikken (ik heb haar er nooit een gegeven) geeft ze toe stiekem een paar foto's van me te hebben genomen tijdens het sectoruitstapje, alweer ruim vier maanden geleden intussen.

"Mama moet toch weten hoe haar aanstaande schoonzoon eruitziet?"

Ik gok, ik heb een sterk vermoeden opeens: "Een schoonzoon die twintig jaar ouder is dan zijn schoonmoeder."

"Bijna, lief, bijna. Maar dat is nou juist het grappige. Wat mama daarmee wil aangeven (ze tikt op het hoesje) is dat leeftijd en ook andere dingen er volstrekt niet toe doen als je diegene vindt voor wie je geboren bent."

"Hoe heet je moeder?" Ik wil het gesprek afleiden; ik, zoon van het rationalisme, ik kan zo weinig met dit soort predestinaties die voor mij naar bijgeloof rieken en me daarom al spoedig irriteren.

"Irena."

"Is zij moslima?"

"Nee... christen. Maar ze is niet religieus."

"Waarom heeft ze destijds afstand van je gedaan?"

Haar blik verduistert, ze slaat haar ogen neer.

"Zeg niets, meisje, zeg alsjeblieft niets, ik heb al spijt van deze vraag, veel spijt."

Ik heb ook spijt, intense spijt verdomme, in diezelfde gloeiende seconde want ik besef nu de ware bedoeling met het briefje. Als in één oogopslag overzie ik Imkes werkelijke geschiedenis, haar 'predestinatie'. Ik druk haar tegen me aan, voel een intense opluchting opeens omdat ik niet (hoe vernietigend zou dat zijn geweest!) ben gaan doorvragen. Nu ik begrijp hoe ze verder in mijn armen is gemanoeuvreerd, hoe en waarom mij de verantwoordelijkheid om dit wezentje is toebedeeld, is het goed. Meer is niet nodig.

"Moest je me dit laten lezen?" Ik wijs naar het plastic met daarin weer opgevouwen het bedekte maar hartstochtelijke verzoek van iemand op tienduizend kilometer afstand, die er alles aan gelegen is dat haar dochter het in de haar al zo gemankeerde wereld verder goed zal hebben en die over haar hoofd heen met mij correspondeert.

Ze knikt, glimlacht tegen me.

We staan op, ik pak mijn kleine bruid op, begin met haar in mijn armen een rondedans op het kilometers in de omtrek hoogste aardpunt midden in dit Duitse laaggebergte. Een groepje wandelaars dat ons passeert kijkt ons bevreemd aan, ik hoor iemand zeggen: "Nah die… ihnen hat es ganz schön erwischt," en ík zeg: "Laten we dan maar voorgoed bij elkaar blijven."

We dansen nog een rondje, een kleine voorstelling voor een stuk of twintig Eifelvaarzen die in een groepje bij ons staan, aan de andere kant van de draad, en die ons al die tijd dat we hier waren hebben aangestaard, hebben gesnoven, geneuld, met hun staarten vliegen verjaagd en die misschien met ons in discussie zouden zijn gegaan waren we elkaars taal machtig geweest. We roepen een paar onnozele woorden tegen ze, begeven ons weer op weg, in de richting waar ook de andere wandelaars zijn gegaan, en die we in de verte in een bosgebied zien verdwijnen.

(Is *zij* het, op een dag, een hete nacht ergens in Holland, of misschien toch in dat verre Insulinde verwekt, en die nu naast je neuriet en die het geluk van het gezicht valt af te lezen?)

We beschrijven een boog, eerst egaal, en dan begint een lange, bochtige links-rechtsafdaling die ons na ongeveer een uur weer bij de ingang van het bungalowpark brengt, ons langs de in de deur van haar kantoortje staande mevrouw Wantrouwen voert die trouwens haar hand tegen ons opsteekt.

In het parkrestaurant drinken we koffie en beginnen dan aan de steile klim naar onze bungalow.

Na ons te hebben gedoucht en omgekleed en nog iets te hebben gegeten maken we die middag een rondrit door een stukje Nordeifel. We komen door liefelijke zij het volstrekt uitgestorven nederzettingen, langs keurige, saaie tuintjes met daarin molentjes, beeldjes van hertjes en honden, van tuinkabouters die kruiwagentjes duwen met daarin een plant. Door dorpjes rijden we met schone namen als Schmidtheim, Krekel, Wildenburg, Manscheid en Wiesen, onveranderd uitstekende plekken om nationaal-socialistische sentimenten te laten gedijen. Om een uur of vijf arriveren we in het plaatsje Hellenthal waar we de dam van het stuwmeer in het Olefdal beklimmen. Even overwegen we het stuwmeer te voet te ronden. Maar nóg een wandeling van meer dan twee uur is ons te veel. De vraag is zelfs of we voor het donker weer terug zullen zijn. We volstaan met een stukje langs het stuwmeer te kuieren waar we niemand tegenkomen.

(Is *zij* het die nu naast je loopt, hand in jouw hand, en die glimlachend tegen je zegt dat ze het hier zo mooi vindt?)

We zijn vlak bij de Belgische grens en ik bedenk me dat de serene rust waar we nu doorheen kuieren ruim vijfenvijftig jaar geleden verscheurd kan zijn geweest door een uitloper van het Ardennenoffensief. Ik vraag Imke of ze van het Ardennenoffensief heeft gehoord. Dat heeft ze niet. Wel is ze een en al oor als ik tijdens de korte wandeling vertel van Hitler & Co's laatste wanhoopspoging het tij te keren, de wandelkaart uitvouw en op al die rechte weggetjes en paden wijs die nu min of meer in het niets verdwijnen, maar die voor en in de oorlog zijn aangelegd om snel naar het westen te kunnen doorstoten, en vier of vijf jaar later ook nog von Rundstedt en zijn door Baldur von Schirach en Artur Axmann gehersenspoelde kindsoldaten langs de kortst mogelijke routes te bevoorraden.

Maar Imke is geen wezen voor oorlogen, voor tanks en afweergeschut, voor granaten en uiteengereten soldatenlichamen. Imke is geboren voor de liefde en het minnespel – een Aphrodite.

In een klein doch knus restaurant in Hellenthal eten we goed en drinken we weinig, en tegen negenen zijn we weer in ons droomhuisje bij Stadtkyll. We trekken de gordijnen van het woongedeelte dicht, sluiten ons als het ware in onze eigen dromen op. We drinken nog een glas wijn, kleden ons uit. Met een handdoek onder m'n vlezige zitvlak in de mij vreemde stoel van 't vakantiehuisje zet ik mijn schriele kind – haast nog echt een kind, nauwelijks volgroeid en misschien nog niet helemaal afgeronde vormen – schrijlings op mijn dijen. Met haar eigen kleine gewicht als het ware wringt ze mijn monsterachtig gezwollen lid tussen haar verrassend vochtige schaamdelen. Gezien haar nogal etherische bouw, haar vrij korte lijfje, vreest grote witte Manitou het ergste, maar zijn kindsquaw biedt voldoende ruimte. Ze geeft geen krimp, zucht slechts. Als na enige tijd en na enkele spastisch aandoende bewegingen van haar romp, ik haar ademhaling hoor stokken, haar zuchtend bij mijn oor voel verstijven, haar vagina voel samentrekken en ze licht transpirerend, na een prelude van korte, kermende kreetjes in één lange uithaal haar orgasme beleeft, is dat het moment waarop ik wel wil sterven; sterven met een snik en een zucht, als de allergelukkigste schurk op deze aarde.

(Is *zij* het, die ik oppak, naar de slaapkamer draag en op bed leg, waar ze met hoog opgetrokken knieën en wijd open ogen op mijn verschrikkelijke binnendringen wacht, is *zij* het...?)

Als ik op haar lig, dringt ook letterlijk tot me door hoe klein en tenger dit meisje is. Als ik bij haar inga, onbeschermd, tot het andere wel nog bij machte, maar door Imke resoluut afgewezen 'omdat het nu al wel weer kan', als ik kortom, mijn gloeiende vlees tegen het hare, bij haar inga stoot ik, ruw en egoïstisch als ik ben, ook letterlijk tegen een grens (Mijn uterus, lief, mijn uterus! Zij is zacht en warm, speciaal voor jou hier ingebed, ze zal jouw kind dragen). Als ik luttele minuten later al het dagen-, weken- en maandenlang rusteloze vuur uit mijn lendenen in haar spuit, weet ik dat ik figuurlijk gesproken een grens heb overschréden en dat er in zekere zin geen weg terug meer is. Maar kan dat nog deren?

28.

De nieuwe Imke en de herboren Andreas pakken die maandagochtend vroeg, na een nogal doorwaakte nacht waarin ze zich nog een paar keer tot elkaar bekenden, wel beseffend dat zo'n uitgelezen mogelijkheid zich vooreerst niet meer voor zal doen. De mevrouw De Vries van de receptie laat haar arglistige blik andermaal op hen – uitgeput maar gelukkig stel – rusten, maar Andreas de Andere Mens laat zich er niet meer door van zijn stuk brengen. Hij lijkt wel te zweven van alle lichtheid in z'n lendenen die zijn aanstaande nu als zwaarte draagt, vermoedt dat deze ervaren vrouw de nieuwe, zo gretig ingezogen liefde van z'n oude, jonge gezicht kan aflezen. Hij tart haar met een kleine flirt richting Imke, op zijn lippen het *weg met de vrees als dat het plezier in de weg staat,* als variatie op het goede, oude Fontaineaanse motto.

Was het niet zijn aanvankelijke bedoeling om in Stadtkyll, toen nog de een of andere contourloze toeristische armzaligheid ergens in de Eifel, een *maison de rendez-vous* te creëren? Een laatste kans wellicht voor een man van zijn leeftijd om met gesloten portemonnee nog een keer te proeven van jong vrouwenvlees? Zoals hij dat ooit geproefd moet hebben, zó lang geleden al dat hij zich daar geen voorstelling meer van kan maken. En met dit verschil dat hij, ervaren man, weet hoe hij zulke hapjes moet consumeren en, met het voordeel van deze kennis, in alle rust en met overleg het smakelijke uiterste te halen uit het genot dat je als je jong bent zo vanzelfsprekend vindt en daarom juist zo jammerlijk verloren laat gaan in de de jeugd kenmerkende haast, onervarenheid en verspilling.

De oude wereld van het cynische opportunisme. Hoe ver staat dit alles nu al van hem af! Nu gloort het nieuwe, met z'n kansen, mogelijkheden, uitdagingen.

Ze doen nog Keulen aan, lopen door de benedenstad, langs de Rijnkade, over de Heumarkt, hand in hand over de Deutzer Brücke, langs de Kennedy-Ufer en over de oude spoorbrug weer terug. Een uitstapje waar hij Imke zichtbaar groot plezier mee doet. Ze straalt van enthousiasme, is een en al blijheid. Ze brengen een kort bezoek aan zijn vader in Velp. Ze drinken er koffie, en veiligheidshalve (hij heeft een nogal zwak hart, pa Damstra) wordt Imke aan de oude heer voorgesteld als Andreas' jongste medewerkster. Tussen Arnhem en Zwolle vraagt ze hem honderd uit over zijn vader, zijn moeder, z'n jeugd. Ze lijkt geheel zorgeloos, kijkt stralend in het rond, sluit af en toe haar ogen om aan mooie jongemeisjesdingetjes in verleden, heden en toekomst te denken.

Maar op zeker moment moet haar zijn toenemende zwijgzaamheid zijn gaan opvallen. De lieveling voelt haarfijn aan waar het aan schort, meent dat hij zich nergens zorgen over moet maken. Ze vindt wel dat hij Petra zo spoedig mogelijk op de hoogte hoort te stellen, maar ze zal zelf in eerste instantie haar ouders voor haar rekening nemen. Vanzelf zal Andreas binnenkort een gesprek met ze moeten hebben. En hoe vanzelfsprekend het allemaal ook klinkt, hoezeer in lijn met de afgelopen dagen en hun afspraken, het lijkt hem toch in de eerste plaats de uitkomst van haar jeugdige onbezonnenheid die met een heleboel voor haar misschien onbeduidende maar toch wezenlijke dingen geen of onvoldoende rekening houdt.

Hij beseft eens te meer dat nu het moment is aangebroken om door een aantal zure appels heen te bijten. De eerste zal zijn de aanstaande ontmoeting met Petra, al over een half uur. Andreas heeft Imke na veel aandringen moeten beloven zijn dochter te vertellen van hun grootse plannen, in haar aanwezigheid, en zo mogelijk deze middag nog. Hij vreest Petra's reactie die hij wel kan raden, hij vreest de manier waarop ze met haar soms zo snijdende blik Imke zal kunnen bejegenen. Hij wikt en weegt hoe te handelen, welke woorden te kiezen om dit heikele thema in te leiden, welk gezicht hij erbij moet zetten, in hoeverre Imke in bescherming te nemen tegen een mogelijk furieuze Petra, hoever hij kan gaan in het terechtwijzen van zijn jongste die hij eigenlijk ook aanbidt en niet missen kan, laat staan dat hij haar pijn of verdriet kan doen.

Dan de familie De Vries. Naarmate meer kilometers onder z'n auto de verkeerde kant op zoeven ziet hij meer op tegen het gesprek, als volwassenen onder elkaar, met dit echtpaar. Aan het begin van de terugreis zweefde hem, meende hij, een schitterend argument voor ogen. Het argument namelijk dat dit kind dat nu neuriënd en wel naast hem zit en dat, wie weet, al zwanger van hém is, dat zij in elk geval anderhalf jaar geleden, op haar zestiende, door een volwassen, eergetrouwde vent is gedefloreerd en moeder zou zijn gemaakt als toen niet was ingegrepen door mensen die weer een goede boterham verdienen aan het plegen van abortushandelingen bij te jonge meiskes. Een panacee, deze argumentatie, tegen alle mogelijke bezwaren en aantijgingen. Dacht hij.

Maar ter hoogte van het klaverblad Hoogeveen beseft hij dat ditzelfde argument zich ook keihard tegen hém kan keren, en ligt het al in zijn hoofd als een ideeënconstruct waarmee je nog geen deuk in een pakje boter kunt slaan. De venijnige Nietzscheaanse notie van de eeuwige terugkeer der dingen heeft hem, gelooft hij, nooit zó na op de huid gezeten als tijdens deze ontnuchterende afloop van een lange autorit, het ontluisterende vastlopen van een schitterend lang weekend in een mechanisch pulserende maandagse werkdag onder de grijze luchten van het Drentse landschap waarin een paar verspreide buien hun natte spoor hebben getrokken.

Het wil dat Petra niet thuis is. Een briefje dat Andreas op het met vaat volgestouwde aanrecht vindt, vertelt dat – "sorry paps, ik ben bij Alie, ga nou niet afwassen, dat doe ik wel als ik om een uur of zeven terug ben, heb je het leuk gehad?" – ze op z'n vroegst over twee uur thuis is. Ze drinken thee, daarna zet hij Imke bij haar ouders af met de mededeling dat hij nu niet mee naar binnen zal gaan, met de nadruk op 'nu'. Ze knikt begrijpend, maar neemt, haar nieuwe status conform, vervolgens zó opzichtig intiem afscheid dat Andreas de ogen van de hele buurt op hen gevestigd voelt, en hij de hoogst misprijzende gezichten van het echtpaar De Vries achter het raam van hun woonkamer meent te zien schemeren. (Later hoort hij dat ook zij niet thuis waren).

29.

Imke laat er geen gras over groeien. Al de volgende ochtend om half negen (Had dat nou verdorie niet nog een paar weken kunnen wachten?) word ik op kantoor gebeld door mevrouw De Vries met de eis van een bij voorkeur onmiddellijk maar in elk geval nog vandaag te voeren gesprek. (Inbindend) of ik niet op een middag kan als ik uit woede omdat ze kennelijk meent mijn tijd te kunnen indelen, met zeer onderkoelde stem een avondtijdstip voorstel. Mevrouw wil me in eerste instantie onder vier ogen spreken, bij voorkeur een tijdstip waarop haar dochter niet thuis is – waar ik me wel iets bij kan voorstellen. Me in gedachten al voorbereidend op dit eerste onheil als gevolg van Imkes voortvarende en roekeloze gedoe, trek ik mijn agenda. Overmorgen, donderdagmiddag vind ik een gaatje – om twee uur. En geen seconde eerder, mevrouw! Mijn toon is gezet.

Vreemd genoeg klamp ik me vast aan de zotte illusie dat de familie wel zal instemmen met het aanstaande huwelijk. Mevrouw De Vries haar stem klonk, afgezien van het bitse kortetermijntijdstip redelijk neutraal, wat me enigszins geruststelt. Misschien, zo spreek ik mezelf moed in, misschien is dit echtpaar toch nuchterder dan ik me voorstel. Misschien hebben de echtelieden zich al met het onvermijdelijke verzoend, zijn ze diep in hun hart blij op deze manier hun stiefdochter bij een nette, zij het wat oudere heer te kunnen parkeren, veinst mevrouw haar verontwaardiging die deze mensen natuurlijk aan hun ouderlijke verantwoordelijkheid verplicht zijn. Misschien hebben ze om die reden Imke afgelopen vrijdag niet botweg verboden bij me in de auto te stappen, misschien...

30.

– Leeftijdsverschil tweeëndertig jaar; – zij een puber, hij een man met twee volwassen dochters; – seksuele gemeenschap met een minderjarige (ik neem toch aan dat ze daarvan niet op de hoogte zijn!). Enfin, echt geen curriculum om trots op te zijn natuurlijk. En dan ook nog in een burgerlijke omgeving als de onze. Het zou inderdaad getuigen van een krankzinnig gebrek aan verantwoordelijkheidsbesef als dit alles de familie De Vries geen aanleiding verschafte 's een ernstig woordje met me te spreken.

Om tien over twee die donderdagmiddag, en met frisse tegenzin, bel ik aan bij de met zoveel onheil bezochte familie die in een huis op stand aan de kruising van twee met ruimgroeiend lover omlijste straten in een wijk van stand woont. "Uw tuin ziet er keurig uit," merk ik op nadat mevrouw, nu gehuld in een andere kleur bruin, de voordeur heeft geopend, en in een laten we zeggen instinctieve poging uit de lucht waaronder het aanstaande gesprek zal plaatsvinden de ergste kou te halen. Ik wijs wat links naar de geometrische perkjes die het keurige, onkruidvrije pad naar de voordeur begeleiden (ik zou er een voorbeeld aan kunnen nemen). "Vooral de eh... fuchsia's en de asters doen het bij u nog erg goed, veel beter dan bij mij," schieten me de namen van deze bloemen ook nog op 't juiste moment te binnen. Soms is elk grammetje mazzel meegenomen in levensbedreigende situaties.

"Stelt u belang in het tuingebeuren?" informeert ze als ik voorzichtig om 'r heen slalom de vestibule in. Ze spreekt algemeen beschaafd, zeer articulerend zelfs, maar wel met neuzelend Fries accent (het was me al eerder opgevallen). Ze vraagt het op wantrouwige toon, als kán het niet zijn dat het beest dat ze nu binnenlaat buiten de fysiek van haar dochter in iets schoons geïnteresseerd is.

Ik mompel iets van 'als je zelf een tuin hebt en je wilt hem niet een woestenij laten worden...' Enfin, de wedstrijd begint maagdelijk.

Ik had haar vormelijk een hand gegeven, en vervolgens haar man Douwe die naar ik voorzie aan het komende verhoor dus ook zijn bijdrage zal leveren. We betreden de woonkamer. Na een afgemeten 'neemt u plaats' zet ik me schrap in een diepe, solide fauteuil tegenover een dito bank waar het rechtsprekende ouderpaar op plaats neemt. Ik heb gelezen van veroordeelden pal voor hun terechtstelling wier zintuigen zich onweerstaanbaar richten op op zich triviale dingen die volstrekt buiten de aanstaande gruwelijke handelingen liggen. Ik word een ogenblik door het volgende in beslag genomen. Tussen ons in staat een laag tafeltje met een glazen plaat die bij een bepaalde stand van m'n hoofd en als gevolg van een wonderlijke lichtbreking maakt dat de hoogst ernstige gezichten van het echtpaar De Vries weliswaar verdubbeld maar niet spiegelbeeldig verdubbeld op mij, het *monstrum horrendum*, zijn gericht. Dit vreemde natuurverschijnsel geeft me de indruk door twee echtparen De Vries gelijktijdig te zullen worden geschoren.

Ik heb grote behoefte een sigaret op de steken, maar zie zo gauw nergens een asbak, laat het er daarom bij.

Er wordt meteen afgetrapt en voorgezet. Mevrouw doet het inleidende woord, meneer kijkt me aan alsof hij tot geen tien kan tellen – wat overigens zeker niet het geval is, want ik herinner hem met toenemend bewustzijn als een van de meest bekwame en nog toegewijde leraren die onze stad rijk is. Douwe de Vries is een begrip, zelfs in onze Alma Mater geen onbekende, een eerstegraads leraar van de oude stempel, zoals die nu niet meer gemaakt worden, en al bijna een legende.

Zij: "Meneer, we weten natuurlijk alles van onze dochter intussen. We kunnen wel zeggen... – Douwe, zo is het toch...? – dat we nergens om hoefden te vragen en hoogst onaangenaam verrast zijn. Begrijpen we het goed, meneer, dat zij het belachelijke plan heeft opgevat met u in het huwelijk te treden, met u ergens een bestaan op de bouwen?"

Haar voorzet is geplaatst. Ik pluk de bal gemakkelijk, en tamelijk laconiek uit de lucht.

Zij: "Maar meneer eh…"

"Damstra, mevrouw, Damstra is de naam." Dit voorziene, glasdoorzichtige steekballetje in de vorm van zogenaamde desinteresse in mijn persoon kan me inwendig alleen maar doen glimlachen. Ongetwijfeld is er op het moment niemand in het leven van mevrouw De Vries naar wie haar belangstelling sterker uitgaat.

"Ja, eh, Damstra… Meneer, ik mag vanzelfsprekend aannemen dat u dit alles niet serieus neemt, dat u beseft… u hebt zelf twee dochters hoorden we…? Dat dit de dwaze ideeën van een puber zijn, waarmee met de nodige tact moet worden omgegaan, daar niet van. En u maakt een grapje natuurlijk."

"Niet in het minst mevrouw." Ik ben meteen op dreef, besef dat ze geen eigen kinderen hebben waardoor ik naar het echtpaar toe de rol van de met natuurlijke dochteren gezegende en opvoedingservaren vader kan spelen. Deze voorsprong probeer ik op hetzelfde moment uit te buiten.

"Dochters van zeventien jaar oordelen heel anders dan wij, volwassenen, gewoon zijn te veronderstellen. Ze weten wat ze willen, hebben over hun toekomst nagedacht. Ik heb gegronde redenen om aan te nemen dat Imke als volwassene… laat ik zeggen jongvolwassene, haar gedachten heel goed over een aantal dingen heeft laten gaan." Korte, dreigende scrimmage in hun doelgebied.

Zij, met al toenemende afschuw in haar stem. "Moet ik hieruit concluderen meneer, eh… Damstra, dat u haar plannen… nou ja, dat u ze in zekere zin goedkeurt, dat u ze serieus neemt zelfs, dat u haar stimuleert deze weg te gaan?"

Haar ontsteltenis over het tegenover haar zittende monster is al tastbaar. Geen excuses, geen beloftes van beterschap, geen *junctis manibus*. Ik besef hoe woedend ze moet zijn om mijn lapidaire woorden, hoe machteloos ze zich moet voelen omdat er straks niets, helemaal niets is waarmee ze ons zou kunnen tegenhouden als we zouden besluiten… Ze zou, om bij mijn beeldspraak te blijven, ons beiden of een van ons beiden onder de groene zoden moeten schoppen. Maar evengoed, het roofdier voelt geen triomf, niets van een overwinning. Edoch, hij kan het uitdagen niet laten als hij bevestigt, en deze bevestiging met een fijn glimlachje gepaard laat gaan, dat hij hun dochter volstrekt serieus neemt. Wat heeft het lieve kind het hele weekend immers anders gedaan dan hem bezweren dat te doen. Zou hij dan dit prooidiertje uit duizenden nog weer laten schieten? Zó gaat het er op de savanne van het intermenselijke verkeer niet aan toe, mevrouw.

"Maar meneer, u begrijpt dat daar niets van in kan komen. En ik moet zeggen dat ik ernstig in u teleurgesteld zou zijn en zou weten wat me te doen staat als zou blijken… als zou blijken dat u dit allemaal gedaan… Het kan immers alleen maar een spel zijn. Welke afschuwelijke reden schuilt erin dat u het arme kind in haar wanen sterkt, dat u door zou willen gaan dit rampzalige spel met haar te spelen. Mannen als u… nou ja, dit is moreel… nou ja, dit kán natuurlijk helemaal niet. Dit zou een zedendelict opleveren waar onze samenleving gelukkig wel raad mee weet."

Ach, hoe duidelijk me deze wedstrijd nog voor de geest staat. Het zedendelict! Eindelijk, na wat minder interessante spelmomenten, een aanval met samenlevingscodes (met verwaarlozing van uw defensie, mevrouw), snijpunt van diagonale afzwaaiers. Ik ga wat meer rechtop zetten, het argument van enkele dagen geleden komt weer in me op. Nu zal ik de bal precies op de goede plek, in het perfecte kuiltje kunnen leggen… Maar ik laat het na, na nog enig overwegen laat ik het na omdat het een explosie in deze kamer zou veroorzaken, en omdat ik Imke – Waar zou ze trouwens uithangen? En waarom hebben ze haar dan op een gemeentelijke scholengemeenschap geplaatst? – liever niet wil compromitteren. Niettemin, onder druk van een ongelofelijk grote behoefte ineens de sfeer te tarten en deze in haar conventies verstijfde mevrouw een beetje bloed onder haar nagels vandaan te peuteren, stelt deze verdorven ziel doodleuk vast dat…

"Over minder dan een half jaar is uw gezegende dochter meerderjarig. Wat denkt u er dan nog aan te doen wanneer we zouden huwen en eventueel naar elders vertrekken?"

Ik probeer zo triomfantelijk mogelijk te kijken, steek nu toch een sigaret op en vraag om een asbak die me door de heer des huizes wordt aangereikt. Smakelijk rook uitblazend, overzie ik de spelsituatie en meen deze enigszins in de hand te hebben. Misschien is het nu één-nul. Maar laat ik oppassen dat mijn hybris me niet de baas wordt. Hoe vaak immers gaat een wedstrijd verloren doordat de deelnemers met een overwinning voor het oprapen in de valstrik van hun hoogmoed trappen.

Mevrouw, nerveus verschikkend op haar solide bank – o, het kan me niet ontgaan – en met schelle stem opeens:

"Dat méént u niet! Hoort u eens, wij zijn christelijke mensen, en menen daarom over een gefundeerd oordeel te beschikken aangaande kwesties van fatsoen en moraal. Het gaat hier... meneer, het gaat hier niet om wat juridisch mogelijk is, maar om wat onze christelijke normen ons goed en niet goed doen vinden. Mijn normbesef, en daar ben ik heel trots op, meneer Damstra, mijn normbesef vertelt mij dat het hoogst onbehoorlijk is wanneer een man van úw leeftijd, *uw* leeftijd ja!, getrouwd en gescheiden, vader van twee intussen volwassen dochters, een kind van zeventien het hof maakt met het belachelijke, om niet te zeggen ethisch volstrekt verwerpelijke doel haar tot zijn vrouw te maken. Ik moet me niet voorstellen hoe dit allemaal in z'n werk gaat... *hoe* u haar het hof maakt, bedoel ik."

Douwe, kuchend opkomend: "Ik sluit me helemaal bij de opvatting van mijn vrouw aan, Damstra (dat zal je geraden zijn makker, anders de rode kaart). In het onderwijs zie ik natuurlijk heel veel dingen om me heen gebeuren. Je kunt ook niet overal het waarschuwende vingertje bij opsteken. En de tijden veranderen. De jeugd is tegenwoordig anders... laat ik zeggen; vrijer in haar opvatting, makkelijker in de omgang dan in onze tijd, maar wij volwassen mogen daaruit natuurlijk geen verkeerde conclusies trekken.

Ik, haastig omhalend: "Welke conclusies?"

"Dat mannen van onze leeftijd in de verleiding komen… nou ja, menen… u begrijpt wel…"

Zij, hem in de rede vallend; ze noemt het beestje kordaat bij de naam: "Wat hebt u dit weekend allemaal met haar uitgespookt, zijn jullie intiem met elkaar geweest? Dat bedoelt mijn man."

"Dat gaat u niets aan mevrouw, dat is een zaak tussen ons beiden."

Maar misschien vragen ze naar de bekende weg. Ik ben me ervan bewust dat tussen Imke en haar ouders natuurlijk de afgelopen dagen al de nodige woorden zijn gevallen en zie mijn kleine schat ervoor aan dat ze in een ogenblik van grote woede of vertwijfeling, of om voldongen feiten te presenteren, er de nodige intieme details heeft uitgeflapt.

"Mijn man en ik denken erover de politie en het maatschappelijk werk in de schakelen. Ik zal vandaag of morgen m'n licht opsteken bij het stedelijk bureau Jeugdzorg. Ik ben bezig een afspraak te maken. Er moeten toch mogelijkheden zijn om kinderen van Imkes leeftijd tegen mannen… mannen als u te beschermen." En dan opeens heftig, waarschijnlijk omdat ik haar, zij het met inspanning van al mijn krachten, minzaam blijf aankijken: "Dát noemt zich sectordirecteur! Dát werkt bij de overheid die toch het goede voorbeeld hoort te geven! Vertel eens, hoeveel jonge meisjes heb je onder je hoede? En moeten die ook allemaal vrezen voor je losse handjes…?"

"Froukje… kom," doet Douwe een halfslachtige poging een dreigende spelverruwing in de kiem te smoren.

Ik, nu toch een korte golf woede wegslikkend: "Mag ik u eraan herinneren dat wat nu tussen uw dochter en mij bestaat iets is dat met haar volledige instemming is ontstaan?"

Nog andere voorzetten schampen langs m'n scheenbeen als ik in weerwil van alle menace steeds beter in vorm kom. Maar ik besef dat het zinloos is deze te benutten. Hier zal niet naar argumenten geluisterd worden, hier heeft men alleen boodschap aan mijn spijtbetuiging, vergeving en genade, m'n deemoedig gevouwen handen, inderdaad, om mijn ruwe spel, en aan mijn belofte dit speelveld onmiddellijk te verlaten zonder ooit nog een vinger naar hun dochter uit te steken. Ik begin trouwens een hekel aan deze hele situatie te krijgen, het is alsof ik me met haar besmeur, wens haar nu zo snel mogelijk te beëindigen.

Zij: "Beseft u wel dat u in deze stedelijke gemeenschap een naam hebt te verliezen?" Haar temerige accent wordt sterker nu het de kracht van het dreigement draagt.

Ik, opnieuw wat triomfantelijk pakkend en een beetje liegend: "Dat besef ik terdege, mevrouw. Maar u moet weten dat deze naam overwegend verbonden is met mijn baan, mijn functie, en dat ik overweeg binnenkort m'n baan eraan te geven en deze stad en misschien wel Nederland te verlaten."

"Dus toch Sumatra?" Deze bemoeizuchtige dueña blijkt op de hoogte, kijkt haar man veelbetekenend aan.

"Wie weet." Ik besluit me in dit opzicht ook naar haar toe wat op de vlakte te houden. Hoe onsterfelijk belachelijk je je zou kunnen maken, nietwaar, met een al te boude benadrukking van dit voornemen.

Zij: "Damstra, het kan er bij ons volstrekt niet in dat hier sprake is van echte liefde tussen twee mensen zoals onze dochter beweert. Dat kán gewoon niet bij zo'n groot leeftijdsverschil. Hier is sprake van een misverstand, een vergissing… Door schade en schande zult u daar nog achter komen, meneer. Gesteld dat jullie… nou ja, over een jaar op z'n laatst zal Imke inzien welke fout ze heeft gemaakt, en dan staat u mooi te kijk."

…Ergens op Sumatra, voorzie ik het vervolg van dit wanhoopsoffensief. Ik haal m'n schouders op, besluit geen millimeter terrein prijs te geven. "Dan zien we wel weer verder, dunkt me."

Na nog zo'n tien minuten onvruchtbare standpunten en argumenten te hebben rondgespeeld weet ik dat de wedstrijd op een dood punt is aanbeland. Ik heb de indruk dat ik hem vooralsnog in mijn voordeel heb beslecht, laten we zeggen met een bescheiden één-nul, waar ik overigens geen enkel genoegen aan beleef en vrezend dat over een revanche zal worden bezonnen. Met name mevrouw zal zich, dunkt me, nog helemaal vertrouwd moeten maken met de gedachte aan de aanstaande huwelijksvoltrekking. Ik kijk welbewust opzichtig op mijn horloge en zeg, enigszins vergoelijkend omdat ik terdege ook wat medelijden voel – met haar, en eigenlijk meer nog met hem, Douwe de Vries, die naar het zich laat aanzien volstrekt niet weet hoe met de situatie om te gaan en die ongetwijfeld uitdrukkelijk bevolen is bij dit gesprek te seconderen:

"Ik moet nu weg, ik heb zo dadelijk een werkafspraak. Ik denk dat het goed is hier een andere keer over door te praten. Natuurlijk zullen we de komende tijd met elkaar te maken krijgen. Misschien kunnen dan andere gezichtspunten worden uitgewisseld."

"Daar moet u niet op rekenen," meent mevrouw. Haar hoofd is in een ongezond rode kleur gevangen opeens.

We staan gelijktijdig op. Ik schud de hand, een slappe, vochtige hand, van mijn aanstaande schoonvader Douwe de Vries, die ik slechts een paar jaar jonger schat dan ikzelf ben, word door mijn aanstaande schoonmoeder, Froukje de Vries – Schuitema haastig en zonder nog een woord of handdruk uitgeleide gedaan. Om half vier precies ben ik bij Lena voor mijn eerste werkafspraak sinds Wims vertrek.

31.

'De weerstand doet hem slechts te onstuimiger aanvallen' wil een Latijns spreekwoord. Na dit heugelijke onderhoud laat ik alle reserve jegens Imkes plannen varen, maak ze feitelijk tot de mijne. Froukje de Vries is de druppel geweest, haar ondanks, de laatste en sterkste stimulans.

Het zijn die weken dat ik me begin te oriënteren op ontwikkelingsprogramma's in Indonesië. Na de jarenlange brouille tussen de Nederlandse regering en het Soeharto-regime telde de Archipel op papier geen met Nederlands geld gefinancierde projecten meer (Ik wist overigens dat interdepartementaal al enige tijd werd gesproken over hervatting van de ontwikkelingshulp aan Indonesië). Een gedienstige medewerkster van de Unesco die ik ken via mijn lidmaatschap van de toewijzingscommissie speelt me namen toe van contactpersonen bij een oorspronkelijk met Nederlands geld opgezet en nu met voornamelijk Amerikaanse particuliere donaties onderhouden langjarig landbouw- en educatieprogramma op Sumatra. Het project waarvan Imke me de folder heeft laten lezen blijkt een dependance te zijn. Na wat telefoontjes heb ik tenslotte de juiste man – beter gezegd vrouw – aan de lijn. Een mevrouw Subandro. In een vrij moeizaam Engels, doorspekt met Maleise woorden, valt tenslotte de conclusie dat ik op grond van mijn contacten met ontwikkelingsprojecten en m'n relaties met het ministerie van Ontwikkelingssamenwerking nuttig werk kan doen rond de continuering en uitbreiding van een regionaal onderwijsplan; *long-term fund acquisition* (volgens mevrouw) en wel op basis van door mij geschreven evaluatie- en voortgangsrapporten. O zeker, het 'geheim' hiervan is me overbekend en mevrouw Subandro voelt dat bij ons derde of vierde gesprek, als ik haar vertrouwen heb gewonnen, al haarfijn aan!

Het is inderdaad in de loop van deze telefoongesprekken (ik zal er in totaal zo'n zes voeren en ik breng ook Imke ter sprake, haar afkomst, geschiedenis, onze huwelijkse staat (!), dat het enthousiasme van mevrouw groot wordt, En wel zo groot, dat ze me op zeker moment onomwonden vraagt wanneer ik langskom voor een kennismaking en een nadere oriëntatie te velde. Vanzelf worden hiermee gemoeid zijnde reis- en verblijfskosten vergoed. Omdat ik natuurlijk nog mijn lopende verplichtingen heb, spreek ik met haar af dat ik in principe begin komend jaar op Sumatra mijn opwachting kom maken. Nader bericht zal volgen.

Ik maak Imke razend geestdriftig met deze informatie, maar ik waarschuw haar onomwonden haar school af te maken, ook als dat tot gevolg zou hebben dat ik vóór haar naar voormalig Nederlands-Indië afreis. Ze belooft als een braaf meisje haar best te doen.

En zo drijf ik op de wolken van een enthousiasme dat ik pakweg drie maanden eerder volstrekt niet voor mogelijk had gehouden. In mijn borst voel ik een tinteling die wellicht iedereen kent die in zó korte tijd zó existentiële, heftig aan z'n momentane bestaan schuddende beslissingen neemt of voornemens is dit te doen. Ik voel me een totaal ander mens, één die graag vergeet dat nog tamelijk heikele zaken op afhandeling wachten.

Het zijn mijn lieve dochters en Lena Lorentz die ik nog steeds niet voorzichtig van mijn grootse plannen op de hoogte heb gebracht (ik stel het alsmaar uit). Mijn innerlijke stem die me zo zelden bedriegt, zegt me dat ik hier niet te licht over moet denken. Maar, onverstandig als ik ben, verblind door m'n nieuwe vergezichten, wens ik één noodlottige keer deze trouwe metgezel te veronachtzamen. Ik geef toe dat ik op zeker moment, eind oktober, zó in de ban van mijn plannen met Imke ben, dat ik meen te mogen verwachten dat mijn voornemen bij genoemde dames vanzelf ook op enige geestdrift, in elk geval op het nodige begrip mag rekenen. En ben ik immers niet stellig van plan tenminste drie keer per jaar en met enige regelmaat Nederland aan te doen? Imke is het daar overigens roerend mee eens. Ze wijst me op mijn plichten jegens Petra en Monique, en ook zijzelf wil niet helemaal van Holland vervreemden. Uiteindelijk ligt hier haar jeugd, meent ze, en ze heeft er een prima tijd gehad.

Van mijn 'banden' met Lena weet ze niet.

Mijn voornemens komen in nog fraaier daglicht te staan als ik, Nederlander pur sang, eenmaal, andermaal en opnieuw, nu in overleg met mijn accountant, balans opmaak van de economische waarde die ik in deze zo op geld en goed gefixeerde wereld vertegenwoordig. Mijn huis 'op stand' blijft voorshands gewoon mijn eigendom. Petra kan er gratis gebruik van maken zolang ze belieft, ik zal de huisvestings- en bijkomende woonlasten alsook het onderhoud voor mijn rekening blijven nemen. De enige 'tegenprestatie' die ik van haar zal eisen, is zelf de periodieke schoonmaak van het huis ter hand te nemen. Ik overweeg onze interieurverzorgster die één dag in de week duchtig bij ons tekeer gaat, op te zeggen. Je moet het je kinderen uiteindelijk ook niet té makkelijk maken.

Een afgewogen aandelen- en obligatiemix, kapitaalverzekeringen en koopsommen hebben mijn bezit de afgelopen decennia dermate doen aangroeien, dat ik me thans tot de groep redelijk welgestelden in de lage landen mag rekenen. Mijn jaarlijkse kapitaalinkomsten wedijveren al enkele jaren met mijn netto jaarsalaris. Alleen al het rendement uit mijn vermogen maakt dat ik in Indonesië met Imke, mét eventuele kinderen en waarschijnlijk een bescheiden maandelijkse ondersteuning aan haar moeder (dit voel ik aan) als een stoïcijnse maharadja zal kunnen leven. Met een wat slordig op mijn rekening-courant geparkeerd bedrag (de accountant spreekt me hierover zelfs bestraffend toe) zou ik in de Sumatraanse dessa een degelijk optrekje kunnen laten bouwen.

Open als mijn verjongde hart nu staat voor m'n geliefde, elk geheim voor haar nu en in de toekomst uit den boze, geef ik haar onbeschroomd inzage in mijn financiële situatie. Ze knuffelt me, is blij dat dit allemaal zo goed kan worden geregeld, maar ik krijg steeds niet de indruk dat Imke erg in geld en goed is geïnteresseerd. Ze is jong en vertederend in haar idealisme van geld maakt niet gelukkig, wat, veronderstel ik, de jeugd soms tot die ontwapenende en onbedorven, maar ook wat onnozele en zorgeloze jeugd maakt, en ze houdt van haar Andreas, niet van zijn geld. Zij die nog die argeloze leeftijd vertegenwoordigt die vindt dat je van de liefde alleen kunt leven, ze wordt werkelijk niet moe haar gevoelens voor mij te benadrukken, en ik drink gulzig het bevrijdende aroma dat in haar argumentatie steekt. Ze is ook wat steviger heb ik de indruk, ze begint een echte jonge vrouw te worden.

Hoewel het wat mij betreft altijd nog wel kan, besluiten we te huwen zodra ze haar schoolperiode heeft afgesloten. Het liefst nog wordt ze wettelijk met me verbonden meteen na haar achttiende – dat is al over drie maanden, zeven februari om precies te zijn. Maar het lijkt me om moverende redenen die ze goddank inziet en deelt, beter haar schoolgenootjes niet te exclusief van de ernst van onze verhouding op de hoogte te brengen, ze in elk geval niet klaarwakker te maken met een misschien overijld huwelijk. Wat ik eigenlijk vooral vrees, is reputatieschade op mijn werk, waar het tot nog toe opvallend stil is (maar ik wantrouw die stilte).

We treffen elkaar in deze periode vrij regelmatig. We eten vaak samen, lunchen tussen de middag, geregeld maken we een autoritje met aansluitend een wandeling en een knuffel in de beslotenheid van mijn trouwe Volvo – overigens wordt het daarvoor langzamerhand wat te koud (het is begin november nu). Ik mijd haar ouderlijke huis, ze komt bij mij. Naar Petra toe voorlopig nog onder het mom van een tweede fase stagebegeleiding (het arme kind vraagt nergens meer naar). Intussen blijf ik op de bekende, vaste tijdstippen mijn trouwe en toegedane, nu in ingewikkelde en nog behoorlijk tijdrovende scheidingsperikelen verkerende Lena met mijn warme bezoekjes en goedbedoelde adviezen vereren.

Ook zij weet formeel nog van niets, maar ik begrijp dat ik beide betreffende dames, Petra en mijn minnares, nu toch werkelijk zeer binnenkort op de hoogte zal moeten stellen van mijn plannen, wil ik voorkomen dat ze door anderen op de hoogte worden gebracht; wat ik mezelf zeer kwalijk zou nemen. Een gedegen huwelijk verdient niet de aankondiging via het roddelcircuit. Ik moet zeggen dat ik er tegenop zie als tegen een berg. Ik vrees de reactie van beide dames meer naarmate de tijd verstrijkt. Dat het allemaal wel mee zal vallen baseer ik, daarvan ben ik me met de dag sterker bewust, op twee flinterdunne argumenten. 1) Lena is niet met me getrouwd, kan dus geen enkel formeel recht op me laten gelden, 2) Petra is niet meer en niet minder dan mijn natuurlijke, voor de wet meerderjarige en intussen feitelijk volwassen dochter die immers toch een keer zal uitvliegen. Hoe goedgelovig een man van mijn intelligentie kan zijn! Gelukkig besef ik wel nog dat achter deze formele argumenten een zee aan informele, maar veel belangrijkere schuilt, en ik vrees dat het juist deze betogen zullen zijn die de betreffende dames vol vuur en met alle morele gelijk aan hun kant in de strijd gaan werpen.

Ik wacht, met andere woorden, met steeds meer angst en beven op het moment dat ik te linker- dan wel te rechterzijde zal worden aangesproken op mijn omgang met ene zeventienjarige donkere, exotische schoonheid, getooid met de weinig exotische naam Imke de Vries, én... ik neem het initiatief. In weerwil van mijn aangeboren terughoudendheid neem ik andermaal het voortouw…

In mijn omgang met Imke verontrust me nog een ding. Het betreft 't overigens sporadische intieme verkeer. Ik heb geen enkele aanleiding te veronderstellen dat ze niet van mij zwanger kan worden. Ze is een gezonde meid en preludeert af en toe op het natuurlijke, met mij gedeelde ouderschap. Ik weet – ze heeft me dat al eens energiek verzekerd – dat ze geen anticonceptiva gebruikt. Zij van haar kant weigert die momenten waarop het vlees te zwak wordt, m'n stoere mannelijkheid in zo'n knellend regenjasje te ontvangen (inderdaad geen flitsende uitstraling). Ik, op mijn beurt, heb een uitgesproken hekel aan het neurotiserende want voor mijn gevoel tegennatuurlijke gedoe waarbij men voor het zingen te kerk verlaat (en naar ik meen deelt Imke deze afkeer). Wanneer die enkele keren waarop de gelegenheid zich uitdrukkelijk aanbiedt (bijvoorbeeld een hele week bij mij thuis als Petra met haar klas op werkkamp is en we als getrouwd stel leven), of wanneer de liefdesbeker tussen ons beiden volstrekt helemaal overvloeit en seksueel contact menselijkerwijs met de beste wil van de wereld niet meer uit te stellen valt, is dat, met andere woorden, steeds onbeschermd.

Als ik haar daar na zo'n doorwaakte liefdesnacht naar vraag – ik ken mijn verantwoordelijkheden, nietwaar – glimlacht ze vermoeid en verliefd en luidt haar antwoord steevast 'het kon nog wel' of 'het kan wel weer'. Het neemt mijn bezorgdheid niet weg, er valt geen enkel patroon te ontdekken in de momenta van het innigste samenzijn – die overvallen ons als gezegd, en ik kan alsmaar moeilijker de idee van me afzetten dat Imke bewust dan wel onbewust groot risico neemt, of het er domweg op aan laat komen. Het vooruitzicht binnenkort voor het trouwaltaar te staan met een nog zo jonge bruid die wel al zeer zichtbaar in positie is, lacht me weinig toe. Ik vrees überhaupt de blik van elke ambtenaar van de burgerlijke stand, waar ook ter wereld – ter stede ken ik ze allemaal bij naam en voornaam, dat komt door m'n beroep.

Imke, de lieveling, desgevraagd spaart ze kosten noch moeite me na de natuurlijke inseminatie gerust te stellen. Wel herhaalt ze steeds vaker de woorden: "Ik zal blij zijn Andreas, als we straks een paar zijn, ik kan haast niet meer wachten."

Het begint haar te lang te duren.

Het is half november geworden; april komend jaar zal ze haar schoolopleiding kunnen afsluiten. Het is in de eerste weken van deze novembermaand dat Petra, mijn slimme maar soms wat waanwijze dochter, me een keer langs de neus weg vraagt: "Hebben jij en dat kind (sic!) nu echt iets met elkaar, of hoe zit dat? Iedereen heeft het erover intussen."

Ja, voor mij aansporing temeer om met een zucht van onbehagen mijn tanden te zetten in de eerste van twee zure appels die ik op mijn bord heb liggen.

32.

Locatie: aan tafel ten huize van de familie Damstra, pal na het avondeten. Aanwezig: de heer des huizes en zijn dochter.

"Wat bedoel je precies als je meent dat Imke en ik iets met elkaar hebben, en dat iedereen daar over praat intussen?"

Een slappe ouverture, ik zie het nu ook wel in. Het is ongeveer een week later en ik heb na nog ampele overwegingen besloten eerst Petra in te lichten. Ik geef toe, ik moest wel, ik zag er zó tegenop dat het aan mijn nachtrust begon te vreten.

"Paps, ik zie jullie als een verliefd stelletje door de stad lopen. Je denkt toch niet dat ik de enige ben die dat ziet? Alie (haar vriendin) zag je vorige week in Bellevue (een parkrestaurant waar ik regelmatig met Imke de lunch gebruik) terwijl je haar zoende. Niet zomaar zoende, nee, haar als een gek omhelsde. Nu kan ik niet eens meer het verhaal overeind houden dat zij je secretaresse is. Heus, binnenkort weet iedereen het... En jij, je blijft als een blinde door de omgeving gaan."

Ik, parmantig maar niettemin enigszins aangeslagen: "Ik zou heus niet de eerste chef zijn die iets met z'n secretaresse heeft." Het gezicht van Ina van Dalen komt me voor de geest, een holle huiver is mijn deel.

"Paps, hè kom nou, toch niet van die leeftijd. Hè, wees nou 's een beetje realistisch. Je bent toch hoop ik door die meid niet aan het verkindsen?"

Ik protesteer zwakjes. "Niet 'die meid' alsjeblieft."

"Paps, dit moet je niet meer doen. Je loopt volstrekt voor gek op jouw leeftijd. En straks weet echt de halve stad het. Je maakt je belachelijk. Binnenkort zijn we de risees hier ('risee' jongedame, dat heb ik je al eens eerder verbeterd). Dan worden we nog gedwongen te verhuizen."

Ze kan een smalle glimlach niet onderdrukken.

"Ik verhuis ook, binnenkort."

Ik versterk woord na woord de ongelovige trek op haar gezicht opeens met het uit de doeken doen van mijn grootse plannen. Die trek vloeit langzaam uit tot een uitdrukking van weerzin, daarna protest en tenslotte verdriet. De ellende op dat vertrouwde meisjesgelaat heeft m'n hart dan al een paar keer omgedraaid. Ik walg van mezelf zonder te weten hoe ik het anders had moeten aanpakken. Als ik na een kwartier ben uitgepraat, heerst een ogenblik stilte, diepe stilte. Dan vraagt mijn dochter over de eettafel heen:

"Is je dit ernst?" In haar stem ligt afgrijzen.

"Volstrekte ernst. Binnenkort neem ik ontslag, over een half jaar ben ik vertrokken. Vanzelf houd ik dit huis aan. Jij kunt erin blijven wonen zolang je wilt, ik betaal de kosten en je kunt..."

"Hou op, hou op, ik wil daar niks van horen! Paps, je bent gek, volgens mij moet je onder curatele!"

"Zo is het wel genoeg, hè, hou je mond!"

Petra kijkt me aan, bestuderend, alsof ze moet nagaan in hoeverre hier inderdaad sprake is van een ernstig geval van krankzinnigheid. Dan staat ze op, lijkbleek opeens, een totaal verwrongen gelaat, slaat haar handen voor het gezicht en rent huilend de trap op naar haar slaapkamer. Zoals vroeger als ze van Anna haar zin 's niet kreeg en ik naar boven sloop om het weer goed te maken.

Ik doe de vaat aan kant, kijk naar het achtuurjournaal en roep langs de trap naar boven dat de koffie klaar is. Als daar na een kwartier nog geen beweging is, loop ik zuchtend de trap op en luister aan haar kamerdeur. Het is er doodstil. Even heb ik de indruk dat ze het huis uit is, via de hal naar de bijkeuken gelopen en vervolgens naar buiten, zonder dat ik iets heb gehoord. Op mijn kloppen volgt geen reactie; maar als ik de deur opendoe zit ze onderuitgezakt in haar stoel bij het bureau waaraan ze haar huiswerk maakt, haar correspondentie verzorgt. Ik zie dat ze pas nog heeft gehuild, misschien al die tijd heeft gehuild. Wat me opnieuw een pijnlijk diepe wond bezorgt. Ik ga op de rand van haar bed zitten, bied haar een sigaret aan die ze bij hoge uitzondering aanneemt.

"Ben je de eerste schrik te boven?" vraag ik tegen beter weten in.

Zij, met starende ogen, troebele blik: "Ik moet aannemen dat het je allemaal ernst is?"

Ik, met zachte stem: "Het is volstrekt ernst, Petra."

"En weet je wel hoeveel *ik* van je hou?"

"Zelfs als je meer van me houdt dan ik denk dat je van me houdt... ik weet dat dat heel veel is en ik ben daar enorm gelukkig mee, we zijn niet uit elkaars leven Petra. Ik kom vaak genoeg terug naar Holland, misschien straks wel vaker dan je lief is. Je houdt het huis, dat is ons gezamenlijke bezit. Dit zal altijd mijn tweede huis..."

"Paps, beséf je eigenlijk wel dat ik van je hou?" Mijn dochters stem klinkt zacht opeens, er is een tremolo die duidt op grote emotionaliteit.

"Dat besef ik, ja, ik ben me daar misschien wel meer van bewust dan jij denkt."

Er valt een stilte. Dan vervolgt ze, de sigaret uitdrukkend: "Dat ik wel eens op een andere manier van je zou kunnen houden dan jij nu denkt?"

"Hoe bedoel je?"

(Met nog steeds bevende stem): "Dat ik van je hou… nou… zoals jongens en meisjes, mannen en vrouwen, vaders en moeders van elkaar houden?"

Ze kijkt me aan, peinzend, steeds een beetje ingezakt, en afwachtend. Dan, terwijl er weer tranen wellen:

"Weet je, papa, ik heb me voorgesteld samen met jou te leven, hier in dit huis, samen met jou hier ouder te worden, samen te delen, samen straks dingen te doen, in het vervolg samen met vakantie en zo… Toen in Mexico had ik het liefst gezien dat jij bij me was. En als je een keer helemaal oud bent geworden, en hulpbehoevend… zoals opa op het laatst (ze bedoelt Anna's vader), om je dan zelf te verzorgen."

Ze snuit haar neus, kijkt me kwijnend aan, vraagt nog een sigaret.

"Geloof je niet dat ik wat dat betreft ook bij Imke in goede handen ben? Trouwens, een poosje geleden stelde je me voor met Lena te trouwen. Hoe moet ik…"

"Ach paps, ik was toen nog bang dat jullie dat werkelijk een keer zouden doen. Nu is Lena voor mij… ik weet dat je toch niet met haar gaat hokken. Het blijft gewoon zoals het nu is, jullie vrijen met elkaar… Nou en… die zon kan ik heus wel in het water zien schijnen."

"Wil jij niet een keer trouwen dan… en kinderen? En hoe lang denk je het met mij…" (vol te houden wil ik zeggen en besef dat ik daarmee misschien de opening bied voor een gesprek waarvan de absurditeit me waarschijnlijk pas achteraf goed duidelijk zou zijn geworden).

"Paps, praat me niet van kinderen. Ik wil helemaal geen kinderen. Er zijn miljoenen, misschien wel een miljard kinderen op de wereld die met oorlogen, ziektes, de hongerdood worden bedreigd. Laten we ons eerst maar eens om hen bekommeren."

Ze staat op, komt naast me zitten op haar bed en omarmt me. Dan ziet ze me aan, haar blik verheldert. Ze zegt, me recht in de ogen kijkend:

"Als het erop aankomt, paps, als we hier samen zouden blijven wonen hè… ik zou het heel fijn vinden als we, jij en ik, dan ook met elkaar naar bed gaan. Je weet het niet, maar ik hou ook zó van je en ik ben immers volwassen… Ik weet heus wel wat ik doe. En als we vrijen… wie zou dat moeten weten immers?"

Ik bevrijd me uit haar omarming, ruwer dan mijn bedoeling is, beëindig dit rampzalige gesprek, loop zwijgend, een tollend gevoel in mijn hoofd, de slaapkamer uit, Petra opnieuw in tranen achterlatend.

Dit voor mij uiterst vervelende, mij tijden achtervolgende onderhoud probeer ik voorshands te ontlopen door me op mijn werkkamer terug te trekken. Ik hoor mezelf daar meedogenloos oordelen dat onder een dergelijk onzuiver gesternte het ongezond is om als vader en dochter nog langer onder één dak te vertoeven; dat het tijd wordt dat we min of meer voorgoed uit elkaar gaan. Ook Petra speelt me een prima argument in handen. Ik meen al iets van de stank van het te lange samenzijn te ruiken. Ja, hoe dieper ik erover nadenk…

33.

… hoe meer het onderhoud met Lena tot een volgende berg wordt. Met de stukken en brokken van de andere nog in mijn keel besluit ik aan mijn tweede, zure vrucht te beginnen.

Ik weet me hoogst weifelachtig als ik die donderdagnamiddag bij (nog steeds) mevrouw Lorentz aanbel. Sinds het feit van de aanstaande scheiding heb ik de indruk dat mijn bezoekjes daar meer welkom zijn dan ooit. Ik leid dat af uit de manier waarop m'n maîtresse me in de hal begroet. Met grotere heftigheid, onstuimigheid, minnezucht en sterke lotsverbondenheid als het ware.

Ben ik immers niet ook gescheiden, heb ik niet ook al die ellende en rompslomp door moeten maken? Hoewel de verleiding groot is want ook nu alles weer gereed voor een 'ongehaaste' ontvangst, besef ik dat ik het nu niet eerst op een dergelijk intiem gebeuren kan laten aankomen. Mijn ontboezemingen nadien zullen haar dan niet als geweer- maar als kanonskogels treffen.

Daarom stel ik maar meteen een andere route voor dan de gebruikelijke die aanvangt met het nuttigen van een glaasje geest- en aderenverruimend vocht – zogezegd om de sfeer op dronk te brengen. Gewoonte is het dit op de verdieping te doen waar Lena (ook het gezin Lorentz woont riant ruim) een nooit als zodanig benutte slaapkamer als antichambre heeft ingericht. Een ruimte die via een ingenieuze, speciaal aangelegde doorloop uitkomt op mevrouws vaste slaapvertrek. De investering in dit *cabinet particulier* is gedaan om in den beginne het hartstochtelijke stel enige bescherming te bieden, mocht onverhoopt niet altijd te sturen, maar wel hoogst ongewenst bezoek in de vorm van het (toen nog) kleuterschoolkind Marjon de trap opkomen. Vanuit Lena's opvoedkundige standpunt bezien was het overigens eerder de bedoeling om het tere kinderzieltje dat het allemaal nog niet zou hebben begrepen, bescherming te bieden tegen de mogelijke aanblik van een harig, hijgend aapmens op haar kreunende ma.

Regel is het tenslotte om, na nog een glaasje, ons tot elkaar te bekennen. Gewoonlijk houdt dit in het elkaar giechelend uitkleden, rustig, laagje voor laagje, het zittend (zij op mijn knieën) op een ruime canapé elkaar wat strelen en (voor)beminnen. Om ten slotte, als de liefdesbeker tot aan de rand gevuld is, in haar ruime bed te belanden en hem schoksgewijs te legen met die oeroude en toch altijd weer splinternieuwe spasmen die tot op heden geen Damstraatjes mochten opleveren.

Ik (in de hal): "Lena, ik moet even serieus met je praten."

Lena, in hoogst verleidelijk decolleté: "Nou, dat kunnen we toch boven, gekkie. Ik heb alles al klaargezet."

"Nee, laten we dat maar hier doen." Ik loop de woonkamer binnen, bedenk dat die befaamde vrouwelijke intuïtie in elk geval niet altijd op scherp staat, vrees boven ongewild in een stemming te komen die het me onmogelijk maakt vanmiddag mijn heikele missie tot een goed einde te brengen.

We nemen tegenover elkaar in een fauteuil plaats en steken een sigaret op. Ze draagt een wijde, maar korte rok, alles hoogst veelbelovend. Nog veelbelovender wordt het als ze met die sensuele glimlach van haar waar ik zo verliefd op ben, ook nog haar benen uitdagend uit elkaar doet zodat haar donkere primuladorus uitdagend naar me kan knipogen (in de voorbereiding tot het grote gebeuren draagt ze zelden een slipje). Allemaal dingen die mij toch nog aardig op temperatuur weten te brengen... Maar kom, laat me niet cynisch zijn in dit uur van de waarheid. Na een ferme trek aan mijn sigaret vraag ik: "Heb je een vermoeden waarom ik een serieus gesprek met je wil voeren?"

Onhandzame want veel te ingewikkelde vraag die ook nog naar niks lijkt of misschien wel juist door haar aankomende scheiding een totaal verkeerde suggestie wekt. Ik heb meteen al spijt dit vehikel zo plompverloren te hebben laten rijden.

Maar zij (me nieuwsgierig, sensueel en verwachtingsvol opnemend, na een korte stilte en zie... daar heb je de ellende al) weet er niettemin heel elegant mee om te gaan want meent:

"Ik zou me kunnen voorstellen dat het te maken heeft met de... èh... Wim en mij... en, zal ik maar zeggen, de daardoor veranderende situatie tussen *ons* beiden."

"Je bedoelt...?"

"Ik bedoel... (aarzelend eerst, een beetje verkrampt lijkt het) André, wat kan ons straks nog tegenhouden? Ik bedoel, waarom denk je dat ik de scheiding zo gelaten over me heen laat gaan, Wim al min of meer luchthartig het beste heb gewenst in zijn verdere leven...? Nou ja, luchthartig..."

Ze sluit een ogenblik haar ogen, vermoeid naar het lijkt. Ik zie achter haar oogleden het gebeuren van de afgelopen weken voorbijtrekken, besef dat ik het gesprek ogenblikkelijk over een andere boeg moet gooien, mijn besluit om kort en krachtig, luid en duidelijk te zijn nu meteen tot uitvoer moet brengen. Ik praat en praat, spreek aan één stuk, samenhangend, goed articulerend, als in een beoordelingsgesprek op haren en snaren – iets waarom ik door mijn ondergeschikten wel wordt gevreesd.

En zij zwijgt, minstens een ijzig kwartier. Maar dat kwartier maakt haar lijkwit; het is alsof een andere Lena tegenover me zit. De uitdaging, de sensualiteit, kortom de verleidelijke vrouw daar is niets meer van over. En ik kreeg de stellige indruk dat ze de laatste tien minuten al geen woord meer tot zich liet doordringen. Daarom hoop en bid ik (verbeeld me zelfs een ogenblik) deze tweede zure appel al met pit en schil en klokhuis en rotte plekken en zo meer te hebben geconsumeerd en dat mijn maagsappen reeds hun nuttige werk doen. Ik zoek min of meer wanhopig naar een passende afronding van deze missie, om dit mij altijd gastvrije huis met gezwinde spoed, maar niettemin met bij mijn leeftijd en functie behorende waardigheid te kunnen verlaten. Niet dat ik me dan opgelucht zal voelen, dat zeker niet (een kort ogenblik misschien, maar dat is wat anders). Ik weet nu al dat dit gesprek me de rest van mijn leven zal bijblijven, en dat, als ze nu een scène maakt, ik verdoemd ben, omdat deze alsmaar als een brandvlek op mijn ziel zal blijven schrijnen. Ik bid en hoop… en het lijkt wel alsof de bede van deze man zo loodzwaar van zonden en schuldbesef, van geknoei en geklungel, wordt verhoord als hij opstaat en zegt:

"Natuurlijk zullen jij en ik contact blijven houden, jij bent me veel te dierbaar, Lena." (Weer een paar cruciale woorden achter de komma te veel, verdomme!)

Zij, nog steeds lijkwit en voor zich uitstarend: "Denk je werkelijk, André, dat ik *daar* dan nog prijs op stel?"

Haar stem klinkt schor, als die van een oude vrouw.

Ik, schouderophalend, op mijn hoede met mijn woorden nu: "Nou ja, het minste wat we toch kunnen doen, is vrienden blijven."

"Vrienden… ja inderdaad, vrienden…"

Ik sta bij de deur naar de hal als ze plotseling uit haar stoel opstaat, opveert haast, en zo een beweging maakt die me eerst doet geloven dat ze me het huis uit wil gooien – iets wat ik me volstrekt kan voorstellen en waar ik haar onder de gegeven omstandigheden hoogst dankbaar voor zou zijn geweest. Maar ik zou beter moeten weten. Ze doet iets waar ik niet gelukkig mee ben, dat zelfs geheel niet in mijn draaiboek voorkomt, ook niet in een verloren hoekje, en dat geen schroeiplekken óp, maar grote brandvlekken ín mijn ziel teweegbrengt. Zij, m'n trotse, gelijkmatige, anders zo makkelijk relativerende *chère amie*, ze gooit zich aan m'n voeten, ze omklemt met haar armen mijn beide benen, gilt:

"André, lieve André, doe me *dit* niet aan… Alsjeblieft André, ik kan veel hebben… maar dit… Mijn god, lief, wie dacht je dat de scheiding meer heeft gewild, Wim of ik? Wie er al jaren geleden op zinspeelde? Jij hebt toch ogen in je hoofd, oren aan je… O alsjeblieft, André, lieve lieve André, doe me dit niet aan, doe me dit **nu-niet-meer-aan!**"

Haar laatste metrische staccatowoorden voeren naar een hysterische hoogte. Als ze opkijkt en mijn (veronderstel ik) misprijzende, besluitvaste godenblik op haar gericht ziet, breekt ze in een onbedaarlijke huilbui uit. Ik heb de indruk dat haar huilen dwars door ramen en muren breekt en door iedereen wordt gevolgd, de hele straat meteen solidair met deze arme, reddeloze vrouw, en al bezig (*ça ira! le barbare à la laterne*) voor mij, oud, waardeloos vod en voorbije adel, het hoogst verdiende schavot op te richten, aan de overkant op het trapveldje, breiende, kletsende en commentaar leverende buurvrouwen eromheen.

Ik moet mijn benen voorzichtig maar door haar kracht toch nog hardhandig uit de omstrengeling bevrijden en zij zakt op de tegels van de hal. Een berg koolstofatomen desillusies. Even voel ik de behoefte om haar, die mijn geluk in de weg staat, dit wil blokkeren, tegenhouden, gijzelen met de een of andere dwaze aanspraak die ze op me meent te hebben – om haar tegen het hoofd te schoppen, tegen de grond te drukken, te slaan, te pijnigen, onherkenbaar te verminken. Maar dan is er alweer de dwaze neiging om naast haar neer te knielen, haar te troosten, te zweren dat het allemaal niet waar is wat ik heb gezegd, dat het een groot misverstand is natuurlijk, een boze droom, een nachtmerrie, 'n kleine verstandsverbijstering van mijn kant, een weddenschap, een uit de hand gelopen grap, ha ha, dat ik…

Maar ik sta al buiten, heb de voordeur achter me dichtgetrokken, loop naar mijn auto, verbeeld me haar hoge, dierlijke janken nog te horen. Een stroom verwensingen ja, een scheldpartij, beschuldigingen, iets als 'ik was dus alleen maar goed voor jou in bed, dat was ik', deze en dergelijke zo voor de hand liggende praktische, ordinaire doorsneevrouw-verwijten. Die had ik gehoopt in mijn gezicht geslingerd te krijgen.

Maar Lena een doorsnee vrouw?...

Onderweg naar huis rijd ik een fietser ondersteboven, die er overigens zonder noemenswaardige kleerscheuren vanaf komt en die me zelfs te lijf wil. Er is een politieagent die ingrijpt. Ik heb al die tijd het gevoel te dromen, te slapen, te slapen en te dromen. Een pijnlijk gonzend hoofd; alsof die sierlijk vallende wielrijder me toch een dreun tegen m'n kop heeft kunnen verkopen. Ik acht me door Lena onheus bejegend. En ik vecht tegen mijn tranen (meen ik), want als ik mezelf in de binnenspiegel bekijk zie ik dat ze, als het bloed uit een wond die je niet voelt, en dat je kleren en alles wat je aanraakte al heeft besmeurd, de vrije loop hebben genomen. Verdomme, hoe lang al, en sinds wanneer heb ik voor het laatst gehuild? Dat moet een eeuwigheid geleden zijn, minstens veertig jaar. Ik wist niet eens dat ik het nog kon. Ik haat Lena, wil haar haten, moet haar haten, maar kan het dan toch weer niet, kan het onmogelijk...

34.

De nu volgende periode – half november – wordt gekenmerkt door een dwaze opeenvolging van affecten als hoop en wanhoop, angst en agressie, argwaan en vertrouwen, zelfmedelijden en zelfhaat en nog meer, en gedragen op het laatst door een steeds sterker wordende onderstroom van goedgelovigheid. Op haar toppen maakte ik mezelf wijs dat het allemaal nog wel weer op z'n pootjes terecht zou komen, dat de nu geslagen wonden snel zouden helen, enfin, spoedig zou kunnen worden overgegaan tot de orde van de dag. Een arend vangt geen vliegen, tekende 'n woordkunstenaar ooit op, en ik omarmde steeds krachtiger de opvatting dat iemand met mijn verstand en karakter boven die dingen hoort te staan die de gemiddelde vrouw nu eenmaal aangaan, belangrijk vindt, er desnoods alles voor op het spel zet. En vervolgens betrapte ik me er op het Petra en Lena kwalijk te nemen dat ze het me zo moeilijk maken. Ik begon in te zien dat ze – een gezamenlijk opgesteld plan – het opzettelijk zo zwaar aanzetten, in de egoïstische hoop dat ik de hun nu nog zo noodlottig schijnende maar mij zo nobele plannen liet varen. Nobel ja: het ging immers niet alleen om het geluk van Imke en mij… nee, daarachter stak het altruïsme van het vrijwilligerswerk, de belangeloze inzet voor het goede doel op Sumatra (ik geloofde dit echt). Petra noch Lena zou ik zo gek hebben gekregen, en wat kon ik niet allemaal betekenen voor het onderwijs, de alfabetisering daar, het welzijn van een hele dessabevolking.

O, ik zag steeds duidelijker voor me; het *clair obscur* van een fantastisch, geniaal, duister georkestreerd complot: het koele, berekenende verstand van een wraakzuchtige Lenagodin gepaard aan het kinderlijke fanatisme en duivelse van mijn incestueuze, makkelijk te beïnvloeden dochterengel. Een beeld dat ik naar mijn gevoel bij de staart van de werkelijkheid heb als ik op een middag wat eerder dan gebruikelijk kom aanfietsen. Petra, onbekend met het feit dat ik al thuis ben, is aan het telefoneren. Ik hoor haar stem in de kamer, in een op haastige toon gevoerd gesprek (natuurlijk beseffend dat pa's komst niet lang meer op zich zal laten wachten). Het is een bepaalde zinsnede die maakt dat ik me ervan bewust wordt dat ze Lena aan de lijn heeft. Ik sluip met tijgersprongen de trap op naar mijn werkkamer, doe iets wat ik nooit eerder deed en wat ik wel in Anna verfoeide. Toen Monique een jaar of veertien was en het duidelijk werd dat de jacht op onze voor haar leeftijd nogal uit de kluiten gewassen oudste was ingezet begon ma haar telefoongesprekken af te luisteren. Het staat me tegen, maar mijn klamme klauw pakt bevend de hoorn van het toestel en meteen vult de mij zozeer vertrouwde stem mijn oor.

…"ertoe doet hem dat te zeggen."

Mijn dochter: "Ik blijf erbij. Alleen zullen we dat verstandig moeten aanpakken. Hij kan soms zó vreselijk eigenwijs zijn."

"Ik weet het niet, Petra… als mannen zich zoiets eenmaal in het hoofd hebben gehaald."

Ik poog een razendsnelle reconstructie. Helaas krijg ik slechts het staartje mee, merk dat de dames bezig zijn geweest met een herhaling van strategische zetten. Heel graag had ik bijvoorbeeld de aanleiding geweten tot de volgende afsluitende woorden:

"Ik zal in elk geval met hem praten, Lena, dat beloof ik je. Dan bel ik je, of ik kom langs, oké?"

Instemmend gemompel aan de andere kant van de lijn, de verbinding wordt verbroken. En ik weet niet hoe snel ik weer naar beneden moet sluipen. Gelukkig blijft mijn dochter nog wat in de woonkamer rondhangen. Ik loop fluitend (!) de hal door, de keuken in om mijn complotterende kind te begroeten.

"Hai pa, hoe was het op je werk?" Sinds een paar dagen is ze weer wat opgefleurd, vanochtend verwaardigde ze zich zelfs weer tegen me te spreken.

Eén, twee, drie vruchteloze dagen na dit mij verwarrende telefoontje (wie heeft wie gebeld bijvoorbeeld?) is er nog niet met me gepraat. Er is een toenemende behoefte Petra te herinneren aan haar belofte, langs m'n neus weg te informeren wanneer ik het gesprek mag verwachten. Dat ik er dan niet onderuit kom toe te geven haar te hebben afgeluisterd, houdt me nog tegen.

Gedurende deze dagen en weken ontmoet ik Imke regelmatig. Het voorbeeldige schoolmeisje doet uitstekend haar best, het is nu zo goed als zeker dat ze eind april aanstaande de schooldeuren voorgoed achter zich kan sluiten – wat haar betreft het moment bij uitstek om definitief af te reizen. Af en toe komt ze nog bij me thuis, meestal zien we elkaar 's middags in Bellevue. Soms maken we een wandeling, of drinken 's avonds iets in Boschlust waar ze zich kennelijk nog steeds niet bekreunen om een vader en dochter die daar *tête à tête* uren met elkaar zitten te smoezen, om tegen een uur of elf vervolgens nog in het pikkedonker van 't bosgebied te verdwijnen. Ik zet er mijn vermogen op dat we vanuit de uitspanning worden nagekeken door uitbaatster en medeplichtig personeel zodra ik de Volvo start en hem geduldig het op de parkeerplaats aansluitende duistere paadje naar het beginpunt voor natuurwandelaars en andere 'natuur'-liefhebbers laat aftasten. Daar, zó'n vierhonderd meter van Boschlust verwijderd, eindigt ons armzalige samenzijn in de beslotenheid van m'n eveneens medeplichtige stationcar – een einde dat me eerlijk gezegd steeds mistroostiger maakt en dat Imke doet uitzien naar andere, bloeiende en perspectief biedende landschappen, en naar een comfortabel bed voor ons beiden zoals ze al eens verzuchtte.

'Ach Andreas, wat zou ik graag willen dat deze herfst en de komende winter snel voorbijgaan. Voor ons het nieuwe voorjaar, hè'.

Zuchtend beëindigen we onze omarming of meer, stijf van de in de gegeven omstandigheden nogal ongemakkelijke liefdeshoudingen. We beluisteren hand in hand nog een stukje mooie muziek; ik slaak voor de zoveelste keer een zucht van verlichting dat niet het verwonderde gezicht van een verdoolde nachtbrakerbekende of het grimmige gelaat van de zedenpolitie of andere autoriteit tegen het portierraam gedrukt werd, en we hobbelen tegen een uur of één beslist een beetje mismoedig huiswaarts.

Het onderhoud met het echtpaar De Vries, het gesprek met m'n redeloze, reddeloze dochter, het door mijn onbegrijpelijke goedgelovigheid onvoorzien dramatische afscheid van Lena, dit alles heeft me geloof ik veel sterker aangegrepen dan ik mezelf wilde toegeven. In mij worstelde dat sterke gevoel van *Wiedergutmachung.* Dan bekroop me plotseling de neiging weer met Lena contact op te nemen, haar het een en ander nog eens uit te leggen. Met geen ander doel overigens dan haar te kunnen verlaten in een betere stemming en met een indruk die minder navrant voor me zou zijn. Maar de goden zij dank besefte ik ook dat er verder niets uit te leggen, te veranderen viel, dat een herhaling van woorden zou plaatsvinden, en op gevaar af dat ik toch weer een zonnestraaltje hoop op haar richtte – of erger, dat er weer zo'n hartverscheurende toestand zou ontstaan, of dat ze me vierkant de deur zou wijzen, me niet eens binnen zou laten.

Een verzoeningspoging en haar onvermijdelijke tragiek zijn achterwege gebleven.

Om eerlijk te zijn, ik zag geen alternatief. Maar na alle ervaringen van de afgelopen weken begon ik steeds minder van het lonkende voorjaarsperspectief te genieten. Het leek alsof er een laagje as overheen was gestrooid. En het was niet zonder enige aarzeling, om niet te zeggen pas na door Imke uitgeoefende zachte dwang, dat ik aan mijn cursus Maleis begon. Ik geloofde er kennelijk nog niet zo in; ik geloofde minder in deze mij zo vreemde syntaxis naarmate Imke enthousiaster werd en er al enigszins in bedreven raakte. Natuurlijk, zij zal misschien door de buikwand van haar jonge moeder heen en de eerste drie jaar van haar jonge leven dagelijks de klanken van het Minangkabau hebben opgevangen, en wie weet niet hoe makkelijk een taal in hersencellen geprint blijft op die soepele leeftijd.

Hoe dan ook, haar vorderingen overtroffen de mijne met stip. En het *'saja tjinta padamoe'* was dan weliswaar al de vaste begroeting die we naar elkaar uitspraken, maar ook deze vertrouwde gemoedsuiting kon niet verhelpen dat ik min of meer sluipenderwijs besmet raakte met een matheid die me verontruste en die me deed afvragen hoelang het nog zou duren eer Imke het een en ander ging opvallen. Had ze al iets in de gaten misschien?

35.

Ik zit met Petra aan tafel; het is in het achttiende, hijgende uur van een triestige, verregende woensdag. Ik sta op het punt haar toch maar omtrent het gevoerde telefoontje te bevragen als de bel gaat. We kijken elkaar aan. Ik sta op, loop naar de voordeur, druk de knop van de buitenverlichting in hoewel die al automatisch was aangesprongen. In het vale schijnsel, voor een achtergrond met daarin een kerende taxi en een vlaag wind en regen, staat Monique, ingeklemd tussen twee zware tassen die ze op de stoep heeft gezet. Haar haren verwaaid en op haar gezicht een trek die mijn reflex haar met een wijds gebaar van verbazing, en vervolgens met een ferme knuffel te begroeten bevriest.

"Pa, kan ik de komende tijd bij jullie onderdak krijgen?"

Geen vader die zoiets kan weigeren als zijn hart al bonst van vermeende rampen. Ik open de deur wijd als een wagenschuur, pak haar twee loodzware bags, terwijl mijn jongste zich al om haar oudere zus bekommert. Die vraagt, een blik op de nog niet afgeruimde tafel werpend, of ze iets mag mee-eten, maar dat is overbodig want Petra is al bezig groente bij te snijden en de overgebleven aardappels op te bakken.

Hoewel ze wat nerveus oogt, er diverse sigaretten bij opsteekt, vertelt ze het verhaal op de rustige, zakelijke toon die haar zo op haar moeder doet lijken. Het komt erop neer dat ze nu definitief met Marc, haar vriend, heeft gebroken omdat die er nóg een vriendin op na blijkt te houden. Ze had hem gewaarschuwd dat ze niet van dat soort gerommel gediend was en dat hij daar mee op moest houden. Toen ze dan dit weekend toch weer met zijn ontrouw werd geconfronteerd, had ze besloten haar boeltje te pakken – dat wil zeggen de meest noodzakelijke dingen, de rest wil ze later laten overkomen –, want mijn vastberaden dochter is niet van plan weer definitief naar Amsterdam te gaan en ze wil haar vriend al helemaal nooit meer terugzien.

"Wat zijn je plannen?" informeer ik, haar een zoveelste sigaret toestekend. Ze is allang uitgegeten, maar we zitten nog steeds aan tafel, Petra, Monique en ik, en ik betrap me erop dat ik die Marc niet eens onsympathiek vind, ondanks zijn kennelijk overspelige karakter en wat hij mijn dochter daarmee aandoet (en wie weet juist om dat eerste), en hoewel ik hem niet ken, alleen weet dat hij nog maar ééntentwintig is. Waarom ook pakken die meiden dat meteen zo serieus aan? Anna was ook al zo'n type destijds. Ze moeten toch kunnen begrijpen dat zo'n joch er recht op heeft eerst iets van de wereld en de vrouwtjes te ervaren.

"Ik maak mijn studie af," zegt mijn oudste, "ik ben bezig met mijn afstudeerscriptie." (En ik besef met een schok hoe weinig ik op de hoogte ben van de studievorderingen van mijn dochter en aanstaande doctoranda).

Voorlopig zal ze nog een paar keer in de week naar de hoofdstad reizen. Ze wil intussen een onderkomen hier in de stad zoeken, ze verwacht over drie of vier maand een baan te krijgen bij het Volkenkundig Museum. Gaat dat onverhoopt niet door dan, zegt ze, zoekt ze wel iets anders. Pa hoeft niet bang te zijn dat ze bij hem haar hand komt ophouden.

Daar is pa ook niet bang voor, eerlijk gezegd. Meiden als zij vinden altijd werk, domweg omdat ze doortastend zijn en bereid desnoods alles aan te pakken. Het thuis zitten duimendraaien kun je je bij sommige types niet voorstellen. Monique is zo'n type.

"Paps, kan ik hier een tijdje wonen… als jullie daar geen bezwaar tegen hebben?" Ze kijkt ook haar jongere zus aan. Het is natuurlijk wel een hele verandering, dat snapt ze wel, maar ze belooft dat ze zo snel mogelijk achter iets aan gaat. Ze zegt zich al bij de plaatselijke corporaties te hebben laten inschrijven.

Paps houdt voor zich dat hij via zijn netwerken in staat is haar zelfs heel snel aan een onderkomen te helpen, maar meent wel dat ze volstrekt geen haast hoeft te maken. Hij vraagt wat haar moeder van deze beslissing vindt; moeder die (maar dat zegt hij niet) altijd zo begaan is met het lot van haar oudste.

Zij, geërgerd: "Praat me niet over mammie. Die heeft alleen nog aandacht voor zichzelf de laatste tijd. Haar werk, haar inkomen, haar vriendjes, daar draait het allemaal om. Nu heeft ze weer een nieuwe vlam. Hij is twintig jaar jonger, moet je nagaan, op die leeftijd. Daar is ze nog trots op ook, en het is een en al 'Leslie, Leslie', je wordt er doodziek van. Terwijl die vent haar domweg met een ander bedriegt."

Hoogst onnozele Petra: "Wéét mama dat dan niet?"

"Als mama op een man verliefd is, dan kan hij haar van alles wijsmaken. Hij komt al een maand of drie bij haar over de vloer, hij leeft ook nog 's op haar portemonnee. Maar ik heb hem tot twee keer toe in het centrum van Den Haag gezien met de een of andere opgeblondeerde del. Dat was als ik iets leuks voor mama kocht omdat ik bij haar bleef eten. Nou, als ik ze al twee keer tegenkom, hoe vaak denk je dat zo'n stel dan bij elkaar is. Geloof maar niet dat die het bij een praatje houden, zo gingen ze niet met elkaar om." Ze trekt aan haar sigaret, kijkt peinzend voor zich uit. "Ik heb mammie gewaarschuwd, en weet je wat ze zei?"

Petra en ik kijken elkaar aan, halen onze schouders op.

"Ze zei: op mijn leeftijd moet je er nu eenmaal rekening mee houden dat je een man niet voor je alleen hebt, en ze vroeg waar ik me in godsnaam mee bemoeide. Dát is nou moeder als ze verliefd is! Ik heb nog een flinke scène gemaakt ook."

Deze en nog volgende mededelingen en ontboezemingen maken dat Petra haar volley laat voor wat het is, en doen mij in gepeins verzinken. Ik kan mijn oudste natuurlijk niet het huis weigeren, en als het langer duurt... Ik zou Jan Smit eens kunnen bellen natuurlijk, jofele vent, directeur van... Die heeft vast wel ergens een mooi optrekje. Hij is me ook nog iets verschuldigd tenslotte. Want wat mij zorgen baart, is dat het nu de eerstkomende tijd nóg moeilijker zal zijn Imke thuis te ontvangen, een gegeven dat me niet toelacht nu het in de Volvo echt te koud wordt. Maar nog veel bezwaarlijker is dat ik op gerede gronden mag duchten (daarvoor ken ik Monique goed genoeg) dat ook zij zich met mijn grootse plannen verregaand zal bemoeien en volop in de aanval zal gaan. Ongetwijfeld – aangenomen dat ze het nog niet weet (maar die aanname blijkt al snel een illusie) – zal mijn grote, nieuwe voornemen een van de eerste dingen zijn waar Petra haar van op de hoogte brengt.

Ik vrees mijn oudste in dit opzicht veel meer dan m'n jongste. Niet alleen dat ze zes jaar ouder is – op die leeftijd het verschil tussen adolescent en volwassen vrouw –, ze is ook intelligenter, rationeler dan Petra die als punt bij paaltje komt meer het gevoelige type vertegenwoordigt en dito argumenten hanteert. Als volwassen Monique haar scherpe tong in mijn zaakjes gaat steken zoals Anna zou hebben gedaan als ze zich ervoor had geïnteresseerd, voorzie ik nog veel problemen; problemen die ik, zeker met het oog op mijn wankelmoed van de laatste weken, als kiespijn kan missen.

Iets fluistert me in dat er donkere wolken kunnen samenpakken aan onze zonnige Sumatraanse voorjaarshemel; dat er met de onverwachte thuiskomst van Monique een mene tekel aan de wand is gespijkerd. Mijn voorgevoel waarschuwt voor een Ilias van onaangenaamheden.

Het is ná enen als vader en dochters elkaar welterusten wensen.

36.

Mijn jongste is er een die eerst iets roept en dan nadenkt; de oudste het type dat nadenkt voor het iets roept. Ik houd weliswaar van spontaniteit, maar in serieuze kwesties is men meer gebaat bij een afgewogen opstelling, hoe weinig welkom misschien ook. Het is de woensdagavond, precies een week na haar thuiskomst, Petra is naar volleybal, als haar zus vraagt of ze me kan spreken.

Natuurlijk kan dat. "Ik kan me voorstellen," zeg ik, "dat je na alles wat je met die... èh... die Marc hebt meegemaakt 's rustig met je oude vader wilt praten."

Ik geniet er zowaar van me van de domme te houden. Een kort genot. Helaas.

"Doe niet zo flauw, paps, je weet best waar ik het met je over wil hebben."

Ik: "Ik ben benieuwd." – nog steeds die nutteloze argeloosheid veinzend.

Ik besef dat ze zich op voorhand een nauwkeurig beeld heeft gevormd van mijn rampzalige situatie, dat ze me daarover onderhouden wil op een manier die me niet welkom is. Ze zal grondig te werk zijn gegaan, zich goed hebben voorbereid. De aard van haar moeder ten voeten uit. We besluiten een kop koffie te drinken op haar nieuwe kamer, dat wil zeggen haar vroegere kamer die we het afgelopen weekend van een nieuw verfje en nieuwe vloerbedekking hebben voorzien en die, in afwachting van wat stukjes meubilair uit Amsterdam (de rest slaat ze op) nogal leeg oogt. Vanwege een krachtig op toeren komende roddelmachine trouwens (daarover straks meer) bleek Jan Smit al niet meer 'in staat' me te matsen. Jammer van die Jan, ik had hem eerlijk gezegd een ruimer denkraam toegedacht – laten we zeggen wat relativeringsvermogen. Monique, met andere woorden, ondervindt hier een eerste inconveniënt als gevolg van het gedrag van haar ontaarde vader.

Zij, meteen van wal stekend: "Met die èh… die…"

"Zeg maar Imke, Imke de Vries," zeg ik, verveeldheid voorwendend. Ik besluit er van mijn kant ook geen doekjes meer om te winden.

"Precies. Die Imke… dat èh… dat meen je toch niet heus, hè?"

Ik zwijg, kijk haar aan, zo onbewogen als mogelijk in zo'n situatie.

"Maar paps, dat kan toch helemaal niet, dat moet je toch echt uit je hoofd zetten, hoor. Denk in godsnaam ook aan Petra."

Zij op haar beurt bestudeert haar ontspoorde verwekker glimlachend, ongemakkelijk glimlachend.

"Heeft ze je op de hoogte gebracht?" Overbodige vraag. Ze beaamt wat ik allang vermoedde en vrees.

"Ze vertelde het me diezelfde avond nadat je haar zo aan het schrikken hebt gemaakt. Ze belde me. Het kind is totaal overstuur, ze heeft ook gister de hele avond zitten huilen (ik was naar een vergadering), ze ziet het niet meer zitten."

Ik schrik nu ook. "Hoe bedoel je, ziet het niet meer… Is dat misschien de reden dat je hier bent ingetrokken?" Scherp wantrouwig als dit baasje geworden is, meent hij dat hem een nieuw lichtje opgaat, hem een poets wordt gebakken misschien. Boven Huize Insomnia ziet hij opeens een kring wraakgodinnen.

"Paps, doe niet zo flauw. Dat kind houdt van jou, houdt zielsveel van je. Je kunt haar toch niet in steek laten om…"

"Ze is achttien intussen, ik kan moeilijk op haar blíjven passen. Ze blijft hier gewoon wonen, ik betaal de kosten. Dat heb ik met haar afgesproken. En nu... (dit schiet me met groot genoegen te binnen) nu je weer in town bent, hè... dan kun jíj de komende jaren mooi een oogje in 't zeil houden als je denkt dat dat nog nodig is."

Eén-nul denk ik; ik denk het werkelijk.

Mijn dochter snuift. "Daar gaat het toch helemaal niet om, paps. Ze houdt van je, dat probeer ik je duidelijk te maken. Je kunt haar dan toch niet zomaar aan de kant schuiven, dat moet je toch ráken!"

"Ik denk dat je..."

"Weet je," onderbreekt ze, en precies zoals Anna mij altijd, en dat soms tot wild wordens toe, onderbrak. "Mama," zegt ze, "zegt altijd, die beiden, Petra en André, dat zijn twee handen op één buik. Ze is altijd een beetje jaloers als ze dat zegt, want dat zíjn jullie natuurlijk ook. Besef je wel dat het wat mijn zus betreft letterlijk twee handen op één buik zijn?"

Wat ik nu ducht is hoever mijn schaamteloze jongste kind gaat in haar gevaarlijke ontboezemingen die zelfs mij, schaamteloze vader, ongetwijfeld behept met de nodige pederosa, het rood op de kaken brengen – ontboezemingen waarvan ik ook nog eens vind dat die strikt tussen ons beiden moeten blijven. Mijn jongste, incestueuze (mijn god wat een huishouding!), is heel ver gegaan, dat wordt me al na enkele minuten pijnlijk duidelijk.

"Paps, zoiets gooi je toch niet zomaar aan de kant. Waarom zouden jullie niet als man en vrouw kunnen leven? Dat is toch een zaak tussen jullie twee. Allebei volwassen mensen. Nou, wie heeft daar verder iets mee te maken. Alleen Petra, jij en ik weten het. En het is helemaal vrijwillig, van haar kant volstrekt vrijwillig. Ik heb haar dat met klem gevraagd omdat ik mijn vraagtekens had en omdat ik het heel zeker wou weten. Ze wil het graag, en ze kan immers altijd nog gaan en staan waar ze wil. Nou, dan heb jij toch ook nooit iets te vrezen?"

Tussen ons beiden valt een lange stilte. Ik zwijg obstinaat. Het liefst had ik haar door elkaar gerammeld, zij het dat ze voor een afstraffing van pa hopeloos veel te oud is intussen. Ze komt op dit onderwerp in elk geval niet meer terug. Maar na een tweede of derde kop koffie en een zoveelste sigaret gooit ze het over een andere, zeer onaangename boeg. Ze informeert naar mijn relatie met Lena.

Ik (dommere zelfverzekerdheid dan ooit): "Lena weet van m'n plannen, mijn vertrek."

Monique, met twinkelende ogen: "Hoe reageerde ze?"

"Nou ja… ze was natuurlijk een beetje verdrietig. Maar ze neemt het ook nuchter op heb ik de indruk."

Het is een seconde alsof iets op mijn borst drukt, een seconde slechts…

"Paps, je liegt, je liegt dat je barst! Ze heeft gehuild en gehuild, en ook nu is ze er nog lang niet overheen." Moniques stem kaatst door de halflege ruimte.

"Hoe…" …weet je dat? wou ik vragen, maar ik kom niet verder dan het eerste woord.

"Ik ben bij haar geweest gistermiddag. We hebben thee gedronken, een paar sherry's ook. Ze ziet er niet uit, ze is al twee weken ziek thuis, ik ben me rot geschrokken. En ze heeft me alles verteld. Ik vind het verschrikkelijk schofterig van je dat je zoiets doet, terwijl zij in een scheiding… Weet je, een scheiding ook om jou. Paps, hoe kun je het in gódsnaam verzinnen, hoe krijg je het voor elkaar! Ik heb haar mijn excuses aangeboden voor jouw gedrag… Nou jij nog. Wáág het niet dát na te laten!"

Als ik mijn ogen sluit heb ik nu duidelijk Anna voor me, hetzelfde toontje, dezelfde stijl van vragen, concluderen, onderhouden en dreigen. Ik ben (understatement van een understatement) niet echt aangenaam getroffen door de recherches van m'n dochter naar de rampsporen die ik achter me aantrek en ik kaats de bal terug, op dezelfde scherpe ondervragerstoon. Maar mijn argumenten ruiken naar niks, ze lopen meteen vast in de modder van mijn halfbakken aanpak der dingen. Ik had bikkelhard moeten zijn, me tot de mededelingensfeer beperken, niet meer en niet minder, tot hier en niet verder, discussies uitgesloten, stug en zakelijk moeten optreden, naar Petra toe, naar Lena en naar Monique.

Die haalt haar schouders op, onderbreekt m'n gestuntel, meent dat ik toch werkelijk morgen al naar Lena toe moet gaan, mijn excuses moet aanbieden. Het gesprek zou eerst wel wat stroef verlopen. Mijn god, vindt ze, ik heb haar ook wel wat aangedaan. Lena heeft natuurlijk ook haar eergevoel. Maar ze adoreert me, net zoals Petra en zij me adoreren. Lena is, weet ze, goed in staat om te vergeven, het komt zeker weer goed tussen haar en mij, ze is alleen maar teleurgesteld, teleurgesteld en vreselijk geschrokken...

"Paps," probeert ze mijn gevoelens, "ik word nu misschien een beetje egoïstisch... maar doe het ook om mij. Ik vind het ook fijn jou dichtbij te hebben, bij je aan te kunnen kloppen als ik een probleem heb, 's in een dip zit. Wie heeft zo'n fijne vader als wij hebben? We zijn hartstikke trots op jou. Mijn huis staat straks altijd voor je open, ik verwacht dat je minstens twee keer in de week bij me langskomt voor een kop koffie, een borrel."

Ik sta op, zij staat op, we omhelzen elkaar, geven elkaar een zoen.

Maar ik ga naar bed met zeer gemengde gevoelens, beseffend dat niets is opgelost, de problemen alleen maar zijn toegenomen. Eén ding is zeker: hoe harder m'n beide dochters aan me trekken hoe sterker m'n wens tot uitvoering van mijn voornemens te komen. Binnenkort pak ik met Imke de biezen, punt uit. Ze zullen nog 's wat beleven!

Ook mij begint het nu wat lang te duren.

37.

Voor menige landman vormt ons provinciestadje nog steeds een soort burcht waar hij in z'n paasbest aanklopt, voor een bezoek een dag uittrekt en er vervolgens verstrikt raakt in het verkeerscirculatieplan, de doolhof van parkeergarages, de cryptiek van hun afrekeningsystemen en andere ongedachte geheimen en gevaren. Voor de stadjer is het niet meer dan de gemiddelde plaats, zonder mysteries en ongemakken, afgezien van de gebruikelijke zoals tasjesroof, insluiping, drugsperikelen en de kans 's nachts door brooddronken rappes in elkaar te worden geslagen. Hij ervaart er de morose van een plattelandsdorp; hij weet dat, als hij op een zekere status kan bogen en zich op zeker moment niet naar de mores ervan voegt, speciaal voor hem de roddelmachine volop in werking treedt, niet anders dan in het doorzichtigste provincieгat. Een stad, een dorp, een groot dorp, met z'n klets, achterklap en spot, als overal waar mensen zich dood vervelen en op verzetjes azen.

Mijn omgang met de formeel minderjarige Imke is, heb ik beslist de indruk, algemeen bekend intussen. Een enkeling, de grappigste thuis, het feestnummer, schiet me aan, aan een bar, bij een borrel, tijdens het zogenaamde ouwe jongens krentenbrood, het heren onder elkaar die mekaar wel af en toe een enormiteit toedichten. Op de course worden opmerkingen geplaatst als 'denk aan je hart, kerel, op jouw leeftijd', (de cynicus) 'denk je die voor je alleen te hebben?' Een zeventigjarige grappenmaker (een gepensioneerde rechter) biedt zelfs zijn belangeloze diensten aan mocht het me niet lukken mijn jonge aanstaande zwanger te maken. Mensen die al te vanzelfsprekend doorgaan voor de crème van onze samenleving – ik heb het over makelaars, bestuurders, hoogleraren en ander onderwijs- en wetenschapsvolk, advocaten, mensen van balie en magistratuur, heel dat uitstekend betaalde befgajes waar je privé of beroepshalve nu en dan mee te maken krijgt –, haast stuk voor stuk blijken ze dit affront uitstekend te bespelen, en Petra heeft eigenlijk geen ongelijk als ze klaagt dat we de risee van de buurt aan het worden zijn.

Mijn naaste buren, de Can Calcars, mijden ons sinds enige tijd. Als Van Calcar (een notaris) in zijn voortuin is en ik kom aanfietsen loopt hij naar binnen of verdwijnt gezwind om het huis. Iemand die niet meer *on speaking terms* met de Damstra's wenst te zijn. Een linkerbuur heb ik niet; mijn huis is het laatste in een rij vooroorlogse herenhuizen, ook het begerenswaardigste en daarom het duurste want het ligt op een kavel van ca. 2000 m2 die overgaat in het stadspark.

Mijn overbuurman, Wim de Jong, directeur van een verzekeringsmaatschappij, een aardige open vent met wie ik geregeld een boom opzet, groet me niet meer. Kom ik hem in de stad tegen dan gaat hij een blokje om of loopt haastig een winkel binnen. Zijn vrouw daarentegen, met wie ik nooit meer contact heb gehad sinds zij en Anna een paar keer hooglopende ruzie kregen, begint nu weer tegen me aan te femelen. Nooit gedacht, het nieuwsgierige mens, dat er op numero vijftien zo'n merkwaardige maniak woont. Ze raadde me een behandeling aan, de heks, voor het misschien echt uit de hand ging lopen.

Onlangs, in een stafoverleg waar ik iets te laat arriveerde, stokten de stemmen toen ik in de deuropening verscheen. Ik kon me onmogelijk in het gespreksonderwerp vergissen en ik had de neiging te zeggen: praat gerust door, lui, ik kom zo wel terug.

Maar mijn beste antenne in de organisatie is mijn doodsaaie maar solide secretaresse Ina van Dalen. Zij is op mijn hand; omdat ze al vele jaren mijn secretaresse is en we het altijd uitstekend met elkaar konden vinden. Tussen ons is in de loop van die jaren een vertrouwensband gegroeid. De schat gaf een keer ruimhartig te kennen dat ik me van de dingen maar niet te veel moest aantrekken, dat liefde tussen twee mensen voor haar de belangrijkste maat is, niet de leeftijd, en dat liefde nu eenmaal niet te sturen valt. Het is voornamelijk door haar coöperatieve opstelling dat ik me een beeld kan vormen hoe in onze organisatie over me wordt gedacht en geoordeeld intussen. Dit beeld wordt steeds completer met behulp van deze vertrouwelinge die me systematisch op de hoogte brengt van wat ze hoort, meekrijgt en zelf uitvist bij minder intelligente en loslippige collegaatjes.

Dit beeld is niet wat je noemt positief en ik heb geen zin hierover in details te treden. Het gesmiespel om me heen maakt in elk geval dat ik nu toch met steeds meer plezier aan de cursus Maleis deelneem. Ik heb mevrouw Subandro nog eens gebeld die er nog steeds op vertrouwt dat ik mijn diensten kom aanbieden, ik heb een makelaar gevraagd een taxatie op te stellen van mijn huis – niet met de bedoeling het te verkopen, maar om een nog nauwkeuriger plaatje te krijgen van m'n financiële toestand. Het concept van mijn ontslagbrief hunkert in mijn pc.

Ik was, geloof ik, volstrekt nietsvermoedend toen Imke me op een mooie zaterdagmiddag eind november na een wandeling voorstelde om in Boschlust iets te drinken omdat ze het over iets met me hebben wou. Dat trof: ik was toch al van plan een dezer dagen met haar echt de puntjes op de i te zetten, ging neuriënd op haar voorstel in.

Als ze die middag tegenover me aan het formica tafelblad zit, we onze koffie roeren, valt me opnieuw op dat ze robuuster wordt. In haar gelaat, om haar armen, haar polsen krijgt het jongemeisjesvlees wat meer volume, nu ze een strakke blouse draagt, tekenen haar busteloze borstjes zich duidelijk af. Tijdens wandelingen beweegt hun lichte zwaarte. Sinds ruim een maand geleden, toen we in mijn huis die week als man en vrouw leefden, heb ik haar uitsluitend nog naakt gezien in de Volvo, en daar is het eerder tasten dan zien. Ik moet naar de mate van haar toename dus min of meer raden. Niettemin, ze begint volgroeid te raken, een heuse jongedame. Mijn god, wat hou ik van dit kind! Seksuele opwinding doorgloeit me in Boschlust, en ik stel haar voor de eerste de beste gelegenheid te baat te nemen ons weer eens uitgebreid en onder meer ideale omstandigheden tot elkaar te bekennen. Petra en Monique gaan binnenkort samen een dag of wat naar Amsterdam om daar wat dingen af te handelen, om aansluitend in Den Haag Anna een bezoek te brengen. Dat vertel ik haar.

Mijn aanstaande kijkt me peilend aan, op haar gezicht ligt een glimlach, maar een andere dan die ik van haar gewend ben; laat me zeggen: dieper, mysterieus, maar ook afstandelijker. Ik steek een sigaret op, niet helemaal gerust.

"Andreas… (ze aarzelt even, haalt een keer diep adem) Andreas, die plannen met Sumatra, hè, hoe kijk je daar nu tegenaan?"

Ik vertel haar van mijn stille voorbereidingen, mijn laatste gesprek met mevrouw Subandro, en dat ik nu toch maar heb besloten te wachten tot zij haar school heeft afgemaakt, en dat we dan wat mij betreft zo spoedig mogelijk kunnen vertrekken. Ik vertel haar niet van die bepaalde 'dingen' die mijn steeds grotere voortvarendheid kunnen verklaren.

"Wat vinden Petra en Monique van onze plannen?"

Een ogenblik ben ik onaangenaam verrast. Het feit dat ze m'n oudste bij naam noemt, beter gezegd, de manier waarop ze die voornaam nu uitspreekt, doet me beseffen dat ze persoonlijk contact met haar heeft gehad. En meteen ook dat dit 'iets' waarover ze met me wil praten niet iets is dat aan mijn persoonlijke glorie zal bijdragen. Ik vraag het haar, dat eerste. Dan vertelt mijn *future* op neutrale toon, min of meer in de vorm van een relaas, van haar uitgebreide gesprekken met mijn twee gevaarlijke kinderen. Ze is, kort en wel, volstrekt en tot in detail op de hoogte van hun bezwaren, en met name die van Petra die, zo blijkt, andermaal van haar hart geen moordkuil maakte, neemt ze heel hoog op. Ze besluit met de vraag:

"Wat denk je nu te doen, Andreas?"

Die weet als een schuldig schooljongetje slechts z'n schouders op te halen en 'luchtig' te zeggen: "Niets, ik bedoel het gaat gewoon door. Ik kom vaak genoeg in Nederland om Petra, en ook Monique niet uit het oog te verliezen. Ze zijn natuurlijk wel mijn dochters, en ik begraaf me heus niet in Indonesië."

Maar het wordt nog erger. "En Lena…? Ondeugd, je hebt me nooit van Lena verteld. Ik bedoel, jullie leven toch zo ongeveer als man en vrouw?"

"Heb je met haar gepraat?" Het zweet kriebelt onder mijn oksels opeens.

"Ja, maar kort, en telefonisch. Ik hoorde het allemaal van Petra."

Ze pakt mijn handen der vrijgestelde, kijkt naar m'n vingers, streelt ze. Dan begint ze plotseling, rad en opgewonden: "Andreas, nu ik dit allemaal weet, hè… ik zou misschien nooit een gelukkig moment hebben op Sumatra, en jij vast ook niet. Al gingen we achter de maan zitten, schuldgevoelens zullen ons blijven achtervolgen. Mij omdat ik Petra en Monique hun vader heb afgenomen, jou omdat je Lena en ook Petra feitelijk in de steek laat. Ook ik geloof dat je nog niet half beseft hoeveel *die* om je geeft. Petra adoreert je, die kan echt niet zonder jou."

164

Ik, manhaftig maar al in het besef een verloren strijd te voeren: "Dat is me allemaal bekend, maar ik kan mijn toekomst, mijn verdere leven, mijn geluk niet door mijn dochter laten bepalen, wel? Dat zou absurd zijn."

Zij, me aankijkend, met vernauwende blik: "Dit is niet absurd, dit is pure waarheid. Op deze manier krijg je gruwelijk spijt als je naar Indonesië gaat. Ik ken je nu goed genoeg, Andreas, om dat te weten. Je bent veel te gevoelig, ook in dit opzicht."

"Stel dat ik me aan Petra gelegen laat liggen, en doe wat zij graag wil, dus hier blijf. Wat dan?"

Ze kijkt me aan, peinzend, heel lang, nog steeds met mijn vingers spelend, ze kijkt steeds meer langs me heen ook, in de verte. Waarschijnlijk ziet ze Sumatra voor zich. Maar welk Sumatra? En wat ziet ze daar?"

"Misschien moet ik alleen gaan, misschien... Ik... ik weet het allemaal niet meer, ik weet het werkelijk niet meer. Ik ben zó wanhopig, al de hele week, al na het gesprek met Petra die vanaf nu mijn liefste vriendin is, dat hebben we afgesproken, dat hebben we plechtig gezworen zelfs... Ik weet het niet, Andreas, ik weet het echt niet. (Ze huilt nu, geluidloos, maar het zijn wel tranen met tuiten; de oude jonge mevrouw van Boschlust kijkt al oplettend in onze richting). "Je kunt Petra zo niet in staat laten," meent ze, "en Lena ook niet. Dat kun je niet maken. Die... o, die voelt zich door jou helemaal aan de kant geschoven... O Andreas, ik dacht... ik wist niet dat mensen hier aan je hangen, zó aan je hangen, van je houden, dat wist ik niet, werkelijk niet."

Ze legt haar handen op de mijne nu, kijkt me fel aan opeens. "Je mag Petra nooit, *nooit* loslaten Andreas, hoor je! Dat moet je me beloven, dat moet je me echt beloven!"

Er valt een onaangename stilte. Door haar tranen heen ziet ze me aan, neemt mijn beide handen in de hare. Vervolgens wisselen we standpunten uit die ons ook niet verder brengen. Niettemin gaat de rest van deze erbarmelijke namiddag in Boschlust voorbij met het verzinnen en uitproberen van alternatieven. Die omcirkelen voortdurend de volgende onvruchtbare mogelijkheden: a) Imke blijft bij me, trekt bij me in, wordt mijn echtgenote, b) toch samen voorgoed naar Sumatra vertrekken, c) de queeste naar de mogelijkheid Petra mee naar Sumatra te nemen – hoewel ik weet, bij voorbaat weet, dat ik mijn dochter nooit zover krijg. Nog enkele onbeholpen varianten passeren de revue; zelfs een *ménage à trois* zweeft door mijn gedachten, enkele barmhartige minuten, of Imke als *maintenee* in een huwelijk tussen Lena en mij.

Intussen geselt me het vermoeden dat het allemaal wel eens niet door zal kunnen gaan. Iets waarschuwt me dat dit gevaar loert, er is het steeds sterkere besef dat ik al bezig ben een hopeloos achterhoedegevecht te voeren. Als we in Boschlust zitten, als we de uitspanning verlaten, het hele weekend. Ik raak dit gevoel van hopeloosheid ook de daaropvolgende week niet kwijt, en evenmin het daaropvolgende weekend als we bij elkaar kunnen zijn omdat Petra en Monique in de Randstad vertoeven en we elkaar beminnen met een hartstocht en een gretigheid als nooit tevoren.

Ze is nooit liever, nooit inschikkelijker geweest dan die drie dagen en nachten...

38.

Niet wetend wat ik nog kan doen, besluit ik in elk geval niet verder bij haar aan te dringen. Ik kán ook niets; ze zal zelf tot het inzicht moeten komen wat het beste voor ons is. Ik hoop op haar loyaliteit tot het uiterste. Aanvankelijk ging ik ervan uit dat ze over de bezwaren van Petra en Monique heen zou stappen, na de aanvankelijke beroering zou inzien dat het allemaal eigenlijk niet zo veel voorstelt, en dat ik voor mijn dochters inderdaad de wereld niet uit ben. Hen, die twee kwade geniën, spreek ik nergens op aan. Dat is nutteloos meen ik. Zij zullen zich niet voor mijn karretje laten spannen, en zo toch; Imke is psychologe genoeg om een dergelijke toer te doorzien.

De omgang tussen ons beiden wordt formeler, wat afstande-lijker. Ze noemt me zelden nog 'mijn lief', het 'Andreas' lijkt uit haar vocabulaire verbannen, het is nu overwegend 'je' en 'jij'. Ik ontwikkel een vlijmscherp oor voor dit soort veranderingen. Na verloop van tijd – we schrijven begin december – worden de intervallen tussen onze gezamenlijke uurtjes steeds groter door al dan niet van excuses voorziene afmeldingen van haar kant. Af en toe verneemt mijn paranoia (want die komt weer duchtig op streek) een zó slordig geformuleerd excuus, dat wel van een uitvlucht gesproken mag worden. Maar ook op momenten vrij van zinsbegoocheling bespeur ik bij Imke veranderingen. Het verkeer wordt stroever, dat staat buiten kijf.

Ik begin opnieuw complotten te ontwaren; nu tussen Petra en Monique, tussen Petra, Monique en Lena, zowaar een ver-bond tussen deze drie en Imke sluit ik niet meer uit; of zelfs een *camaraderie à titre de revanche* tussen vijf vrouwen: Lena, Marjon, Monique, Petra en 't mens De Vries. Opeens lijkt me de schei-ding tussen Lena en Wim een geregisseerde klucht, zodat mijn goede vriend de samenzwering compleet maakt. Ik vrees gek te zullen worden.

Uit deze rampzalige situatie red ik me tijdelijk met m'n voor-genomen tiendaagse bezoek aan Burkina Faso, vanaf de tweede week van december. Ik stelde Imke voor met me mee te gaan, ik had tijdig haar papieren in orde kunnen brengen. Maar ze wei-gerde. Toen ook meende ik in haar stem die klank te vernemen die mij voor het eerst het hopeloze onder ogen bracht van mijn situatie met dit begeerlijke meisje. Ik nam mijn toevlucht tot een profylaxe; panisch bevreesd als ik sinds mijn eerste seksuele ervaringen ben voor een zekere innerlijke verdorring besloot ik dat dit bezoek aan de Sahel naast een publiek- ook een pri-vé-karakter moest hebben. Het verblijf bij moeder en dochter M'Kromo verliep vervolgens in uiterst ontspannen om niet te zeggen intieme sfeer, waarin beide dames op z'n zachts gezegd een groot en verrassend initiatiefrijk aandeel hadden. Waar som-mige morele kwesties in ons zogenaamd geseculariseerde westen nog flinke hindernissen kunnen opwerpen om vervolgens in de vorm van allerhande trauma's de ontplooiing van een gezonde persoonlijkheid te frustreren, en waar onze eigen Lieve Heer naar mijn smaak bij bepaalde hartsaangelegenheden nog veel te vaak als het ware over de schouder meekijkt (waar bemoeit Hij zich mee!), bleek in de zonbeschenen cultuur van de Sahel alles van een leien dakje te lopen. Allah knijpt soms makkelijker een oogje toe. Deze belangrijke ervaring werkte hoogst bevrijdend – voor mijn mishandelde ziel een zegen, voor mijn arme hart waarlijk balsem of nectar.

En waar in hetzelfde geëmancipeerde westen ongetwijfeld strubbelingen zouden zijn ontstaan tussen moeder, dochter en beider geliefde verliep onder het dak van het best wel behoorlijk ruime huis van de M'Kromo-dames alles gladjes als een glijmiddel – als men mij een dergelijke vergelijking in deze aangelegenheid toestaat. De wisseling van de wacht verliep zwijgend en met 'n veelzeggende glimlach op aller gelaat. Toen na vijf volle etmalen moeder, dochter en de in de watten gelegde gast vermoeid maar gelukkig afscheid namen gonsde het tussen hen van kleine en grotere beloftes en verwachtingen. Het gonsde zelfs zo hard dat mijn olijke en ongetwijfeld medeplichtige *postillion-d'amour* die mij na het weekend afhaalde om me naar het vliegveldje van Dédougou te brengen onderweg geen vragen meer stelde, maar tevreden neuriënd met zijn vingers op het stuurwiel van z'n Landrover trommelde. Nooit had de stoffige Sahel mij zo mooi toegeschenen als op deze glanzende maandagochtend. Na de binnenlandse vlucht stapte ik in Ouagadougou op het vliegtuig naar Holland waar me overigens weer enkele fikse onaangenaamheden wachtten.

39.

Voici bien une autre fête! Terug in Nederland is iedereen in rep en roer. Imke blijkt spoorloos! Monique die me van Schiphol afhaalt, bereidt me voor, zonder een spoor van genoegen, daarvoor is de zaak te ernstig. Rijdend door het triestige vaderlandse december-landschap, besproeid met overvloedige regens, vertelt ze dat mijn geliefde al vijf dagen zoek is en dat de heer en mevrouw De Vries in alle staten zijn en naar mij hebben gevraagd (ze denken dat ik hun kind naar Afrika heb ontvoerd). *Dies ater*! Ik zie rampspoed naderen bij elke natte kilometer die mijn dochter onder de Volvo door laat glijden op weg naar mijn kille, noordelijke stadje.

Aangezien ik nog een dag verlof heb, kan ik meteen al de volgende ochtend bij de ongelukkige familie mijn opwachting maken en de ontvangst is, mag ik wel zeggen, weer allesbehalve hartelijk. De heer des huizes staat voor de klas, maar een uitermate getourmenteerde mevrouw De Vries gaat het in haar eentje prima af me te beschuldigen van alles wat mooi en lelijk is. Mooi is er weinig, lelijk alles; aan mij en aan de situatie. Aangezien ze weigert te luisteren naar de zakelijke reden van mijn bezoek aan de Sahel, verdenkt ze me er ongeveer om het andere woord onomwonden en luidkeels van dat ik haar kind afgelopen week heb verstopt op een plek ergens waar we uit de greep van de Nederlandse zedenwet en haar bewakers zijn. Ik zal wel zo door-trapt zijn geweest haar te hebben achtergelaten in een land waar Nederland geen uitleveringsverdrag mee heeft, 't gekke mens.

Als ik na lang en indringend soebatten haar er dan einde-lijk toch een beetje van heb kunnen overtuigen dat van zoiets belachelijks als een ontvoering, vrijwillig dan wel gedwongen, natuurlijk geen sprake kan zijn, gooit deze hydra van mijn geluk het over een andere boeg. Ze probeert me er met een redenering die ik niet helemaal volgen kan van te doordringen dat, als haar dochter ook maar een haar wordt gekrenkt, ik, domweg door mijn existentie, het loutere bestaan van dit beest, altijd voor de volle honderd procent schuldig ben en dat ik maar goed moet overdenken wat me dán te wachten staat. (Het tuchthuis, mevrouw, het tuchthuis!) Het treft me zeer onaangenaam van haar te moeten vernemen dat ze de officiële instanties inclusief de gemeentepolitie van mijn relatie met haar dochter en van haar vermoedens omtrent dier verdwijning uitvoerig op de hoogte heeft gebracht.

Ik neem van mevrouw De Vries afscheid met de hoogste gevoelens van laagachting.

Een dag of wat later, we zitten pal voor de Kerst, word ik uit een stafoverleg geroepen door twee geüniformeerde gorilla's van de gemeentepolitie. Verre collega's dus ook nog; maar dat doet er niet toe, ze gedragen zich er in elk geval niet naar – zoals gebruikelijk bij mensen die zich eens wat minder vaak zouden moeten herinneren in de organisatie zoveel minder te verdienen dan anderen die in hun waarneming toch minstens zo bedreven zijn in het lijntrekken. Deze onbeschaamde apen in uniform menen dat ik maar even mee moet komen naar het bureau voor het beantwoorden van enkele delicate vragen.

Delicaat, inderdaad. Ik heb geweigerd mee naar het politiebureau te komen, ze mijn kamer aangeboden voor een onderhoud. Ik wil niet te zeer uitweiden over deze voor mij uiterst vernederende situatie. Uit de vraagstelling werd me duidelijk dat er ernstige verdenking bestond dat ik Imke ergens voor haar stieffamilie verborgen hield (ik proefde de morbide fantasie van Froukje de Vries). Mij werd vooral duidelijk dat deze ongewassen wouten van mijn relatie met een 'minderjarig meisje' tot in ongelofelijke details die het mens ze had verzonnen en opgedist, op de hoogte waren. Ze zouden me, zei een van die koddebeiers met het poids hem al eigen, in de gaten blijven houden en meneer deed er goed aan voorlopig niet meer naar het buitenland te reizen. Nader bericht zou ik nog vernemen.

Ik moet bekennen dat ik na dit verhoor eraan toe was de telefoon te pakken en mijn goede vriend Manuel mee te delen dat ik er aan kwam, nu voorgoed, en dat moeder en dochter M'Kromo me op het vliegveld in hun feestelijkste tooi mochten opwachten.

De kerstdagen en de jaarwisseling verlopen allerbelabberdst, temeer omdat ik me om Imke steeds ongeruster maak. Haar groeiende tegenzin me nog te treffen, haar zichtbare en voelbare veranderingen in de afgelopen tijd, haar plotselinge radiostilte tenslotte jagen me vrees aan dat ze zichzelf wat heeft aangedaan. Gerekend naar haar karakter kan ik me zoiets nauwelijks voorstellen, maar hoe goed ken ik haar werkelijk? Hoe ver doorgrond ik haar psyche? Dat ze ergens in een sloot ligt, in een kanaal misschien, dat ze in een pand, een miserabel onderkomen, een bouwvallig pakhuis ligt dood te zijn, doorgesneden polsen, overdosis tranquillizers, of iets nog veel ergers, op welk concreet gegeven moet ik het baseren dat dit onmogelijk het geval kan zijn?

Verdoofd en verdwaasd, blisters slaaptabletten ter consumptie om me tenminste van een beetje nachtrust te verzekeren, glij ik het nieuwe millennium binnen.

40.

Eind maart van het tot nog toe wisselvallige nieuwe jaar, drie dagen nadat Monique in haar flatje is geïnstalleerd, en na twaalf weken hellevuur, komt de brief. Petra overhandigt hem met een gezicht dat aan medeplichtigheid en ander duidelijks niets meer te wensen overlaat. Al aan de postzegels – twee tegenover elkaar geplaatste wajangpoppen – herken ik de afzender. Het is alsof ik als een ballon wordt opgepompt en meteen weer leegloop – niet met lucht, maar met allerlei kwalijke sappen en dampen die mijn blik, mijn verstand al ruim drie maanden verduisteren.

De brief is handgeschreven en als ik hem heb gelezen en herlezen zegt Petra die over m'n schouder meelas, het volgende:

"Jij weet het niet, maar ik kan je nu vertellen dat ze ook nog zwanger van je is, al bijna zes maanden intussen. Ze heeft me erover gebeld, ze durfde het jou niet te schrijven en ze wil het kind houden. Als het een meisje wordt gaat ze haar Andrea noemen, wordt het een jongen dan krijgt hij jouw naam."

Dochter kijkt haar duizelende vader nors aan. "Paps, waar ben je in hemelsnaam mee bézig geweest! Nog even, en ik ga me diep voor je schamen. Zoiets doe je toch niet! Ze is net achttien."

Plotseling slaat ze haar handen voor het gelaat en begint te huilen, hard en hartverscheurend. Ze vertelt dat ze Imke heeft beloofd komende herfst naar Sumatra te komen, drie weken lang, om samen een reis over het eiland te maken en dat ze hebben afgesproken ook in de toekomst regelmatig met elkaar contact te houden en elkaar op te zoeken om hun vriendschap niet weer verloren te laten gaan.

Ik ben nooit een groot innemer geweest, de uitstapjes met Wim Lorentz en met enkele andere kroegmaten ten spijt. Ik heb al met al denk ik niet overdreven veel etablissementen van binnen gezien, zeker in latere jaren niet meer. Maar in de nu achter me liggen-de periode heb ik het genoegen gesmaakt me het interieur van naar mijn beste weten zo goed als alle in de stad en ommelanden bestaande drankgelegenheden vertrouwd te maken – en geloof me, het ene is nog armoediger dan het andere, ondanks prachti-ge indices als *'bruin café', 'oud café', 'taveerne', 'taberna', 'auberge', 'l'amicale'* en wat er al denkbaar is aan oudhollandse, gotische, bourgondische, ja zelfs Latijnse naamgevingen. Wat dacht u van *'In Baccho et Venere'*, in roze neon, ergens op het platteland, net buiten de stad. Geen straat, geen steeg, geen krocht in de een of andere vale buitenwijk die ik niet heb doorwoeld op zoek naar het geluk dat me was ontstolen. Geregeld vond ik mezelf de andere ochtend terug in een bed met een op dat moment volstrekt niet meer verleidelijke dame of deerne – en een enkele keer zonder, maar dan ook zonder portefeuille en waardedocumenten. Tot drie keer toe zijn ze in de gelegenheid geweest mijn lopende rekening te plunderen, de dieven!

Door mijn alcoholnevels heen zag ik een pandemonium azende hoeren en hun pooiers, meegaande, kortaangebonden en grimmige kroegbazen en –bazinnen aan me voorbijtrekken. Ik herinner me leuke en minder leuke dienstertjes die me glimlachend, of met koele blik of misschien minachtend flessen verderf uitschonken, en ik heb mogen constateren hoe weinig verantwoordelijkheidsbesef dit soort uitbaterij vaardig is nadat je je geld op het formica, het opgelegd eikenhout, fineer, en glaswerk van teek, toonbank of gelagtafel hebt laten rinkelen. Gewetenloze lieden die mij 's nachts met een promillage van 3 of 4 de deur uit- en de mist injoegen, me gerust naar mijn auto lieten wankelen wanneer ik ergens buiten de stadsmuren mijn ellende verzoop, geen vinger naar me uitstaken, zelfs niet de politie belden die alleen maar mijn redding zou hebben kunnen zijn.

Mijn benevelde en desperate staat die ongeveer een half jaar aanhield, had me overigens nog niet zodanig afgestompt dat ik verzuimde mijn ontslag in te dienen (ik was overdag domweg niet meer handelingsbekwaam, maar ik bezat wel nog m'n eergevoel). Voor Petra en Monique hield ik mijn verdriet, m'n hopeloze alcoholmisbruik zo goed als mogelijk verborgen omdat ik me overwegend tot wodka beperkte en over het vermogen beschik mijn dronkenschap niet de baas te laten worden over mijn spraak en motoriek. Mijn dochters hadden natuurlijk het een en ander in de gaten, maar omdat ze beseften bij mijn zelfdestructie niet vrijuit te gaan, ontstond voor hen een nogal onhandzame situatie en door hun hulpeloze verdriet wisten ze ook niet van doorpakken. In huize Damstra bestond een stille patstelling.

Moriturus te salutat. Op een verraderlijk natte en stormachtige late herfstavond in de provincie waar hij in het een of andere drank- of rovershol waarvan hij zich de naam niet meer herinnert weer stevig aan Bacchus had geofferd, moet Andreas Damstra op zeker moment het stuurwiel uit z'n handen zijn geglipt, waarop de trouwe Volvo een eigen koers is gaan varen. Omdat een auto nog niet over verstand of instinct beschikt, net zomin overigens als op dat moment zijn berijder, kan hij niet improviseren en is het ergens in een vrij flauwe bocht misgegaan (en werd een levende hond nageworpen).

Milieubewegingen zweren om hun moverende en op zich goedbedoelde redenen bij bomen langs secundaire wegen. Dat deze bomen al menige auto en inzittende noodlottig zijn geworden telt minder in het halen van de doelstellingen van deze behartigenswaardige maar gewetenloze organisaties. Aangezien hij anderzijds steeds in de veronderstelling verkeerde dat er langs secundaire en kruip-door-sluip-door-wegen minder kans is op vernederende blaastests, loopcontroles en andere belachelijke handelingen onder het toeziend oog van humorloze uniformen en hij zo ongezien de stad binnen kon glippen (zijn veilige haven!), hadden deze wegen 's avonds na twaalven of enen Andreas' voorkeur. Maar toen het mis ging, ging het door de halsstarrigheid van voornoemde organisaties ook goed mis opeens. Andreas had immers ook een sloot in kunnen glijden, met tamelijk onschuldig gevolg, zoals hem al eens overkwam op een glibberige nachtvorstelijke avond (een uit z'n slaap gehaalde grommende boer, een tractor, een ketting, driehonderdvijftig piek en klaar was Kees). Eén keer reed hij via een glazen pui een café binnen. Zijn Volvo stond met de neus voor de tapkast. De paar gasten sprongen dodelijk verschrikt van hun barkrukken. Het café stond in een haakse buitenbocht die Andreas finaal over het hoofd had gezien. Een politieagent vroeg: 'Maar meneer, had uw auto zó'n dorst?'

Toen hij 's ochtends om vier uur uit zijn coma ontwaakte, hadden ze hem net uit zijn vehikel gezaagd, hem op een ondergrond gelegd die bij nakend bewustzijn een brancard bleek te zijn. Andreas herinnert zich dat hij het steenkoud had, een kou die leek te worden opgezweept door het kille, flitsende, hem door merg en been gaande blauw van wat wel ambulance en politie moeten zijn geweest, en dat zijn dronken – en misschien op slag broodnuchtere ene ongeschonden oog – pijnigde. Vastgebonden als hij was kon hij zich niet weren, niet met zijn handen die belachelijke slangen en ventielen van zich wegtrekken die hem volstrekt overbodig voorkwamen en die zijn uitzicht belemmerden. Andreas voelde immers geen pijn, zag geen bloed, meende z'n ledematen gewoon te kunnen bewegen als ze maar niet zo ingesnoerd waren geweest.

Hij herinnert zich de van tranen verstikte stem van zijn jongste die bij elke stap en later in de nauwe ruimte van de ambulance steeds haar hand op zijn hoofd drukte en onophoudelijk tegen zijn achterhoofd riep: "Papa, ik ben er toch, ik ben toch bij je, ik blijf toch bij je!"

Kan een kind ooit wanhopiger hebben gesproken?

Ik bezit een sterk gestel. Met een verbrijzelde enkel, een gebroken linkerarm, gebroken knieschijf, een ingeklapte long, een fikse maar godzijdank vrij ondiepe hoofdwond, een zware hersenschudding en een ingedrukte oogkas (in uw dronkenschap vergeten de veiligheidsgordel om te doen, meneer) mag ik al na veertien dagen het ziekenhuis verlaten, daar in de hal in ontvangst genomen en vervolgens in een huurauto vervoerd door mijn twee zeer emotionele, maar dankbare kinderen die me thuis afleveren en lange tijd niet van zins zijn van mijn zijde te wijken. Ik behelp me een aantal maanden met krukken, en deze onpraktische tijd vul ik met het nemen van enkele vérgaande besluiten. Ik heb namelijk opnieuw dringend verzorging nodig, maar wel andere verzorging dan mijn goedbedoelende dochters me kunnen bieden. Verzorging in een omgeving waar een van dieppaars naar violet kantelende hemel het einde van een woestijnmiddag aankondigt, het begin van 'n stokoude Sahelavond…

★ ★ ★

2000–2001.

HR AUTOREN A HEART FOR AUTHORS À L'ÉCOUTE DES AUTEURS MIA ΚΑΡΔΙΑ ΓΙΑ ΣΥΓΓΡΑΦ
RTA FÖR FÖRFATTARE UN CORAZÓN POR LOS AUTORES YAZARLARIMIZA GÖNÜL VERELIM SZÍVÜ
PER AUTORI ET HJERTE FOR FORFATTERE EEN HART VOOR SCHRIJVERS TEMOS OS AUTORE
ZÖINKÉRT SERCE DLA AUTORÓW EIN HERZ FÜR AUTOREN A HEART FOR AUTHORS À L'ÉCOUTE
AO ВСЕЙ ДУШОЙ К АВТОРАМ ETT HJÄRTA FÖR FÖRFATTARE À LA ESCUCHA DE LOS AUTORE
MIA ΚΑΡΔΙΑ ΓΙΑ ΣΥΓΓΡΑΦΕΙΣ UN CUORE PER AUTORI ET HJERTE FOR FORFATTERE EEN HA
ARIMIZ VERZÖINKÉRT SERCE DLA AUTORÓW EIN HERZ FÜR A
SCHRI ORAÇÃO ВСЕЙ ДУШОЙ К АВТОРАМ ETT HJÄRTA FÖR F

De auteur

Bernard Lovink werd in 1942 geboren in Wisch in
Gelderland en groeide op in Zelhem. Hij volgde
voortgezet onderwijs aan hbs-A in Doetinchem,
waarna hij koos voor de universitaire studie
sociale wetenschappen in Nijmegen. Lovink
werkte vervolgens als beleidsadviseur voor aan
aantal gemeenten. Inmiddels is hij lang en breed
gepensioneerd en woont hij samen met zijn
echtgenote in Vries. Zijn favoriete bezigheden
zijn lezen en wandelen. Daarnaast houdt hij
van klassieke muziek. Mijn Sumatraanse bruid is
Lovinks tweede boek. Eerder publiceerde hij de
roman Niemandsland.

De uitgeverij

Wie ophoudt beter te worden is opgehouden goed te zijn!

Op basis van dit motto zoekt uitgeverij novum steeds nieuwe manuscripten! Ondertussen zijn wij in Nederland, Duitsland, Oostenrijk en Zwitserland dé specialist voor nieuwe auteurs.

Elk manuscript dat wij ontvangen wordt gratis door onze redactie beoordeeld.

Meer informatie over onze uitgeverij en over onze boeken kunt u op online vinden onder:

www.novumpublishing.nl

Beoordeel
dit boek
op onze
website!

www.novumpublishing.nl

Bernard Lovink

Niemandsland

ISBN 978-3-99107-045-0
310 Seiten

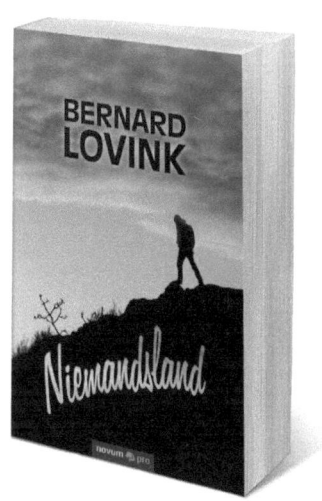

Bernard Lovinks debuutroman Niemandsland vertelt het verhaal van een man die onverwacht zijn 'vrijheid' in de schoot geworpen krijgt. Maar heeft hij het karakter om er iets positiefs mee aan te vangen? Of tuimelt hij met open ogen in dezelfde valkuilen?